ULRIKE KOCH

MYTH OF MOTU

VERFLUCHTES HERZ

Ulrike Koch

IMPRESS

© privat

Ulrike Koch ist ein waschechtes Küstenkind, dass bereits seit Kindertagen von einem abenteuerlichen Leben als Archäologin träumte. Mit ihrem Studium erfüllte sich dieser besondere Wunsch. Doch der Drang längst Verschwundenes zu entdecken weitete sich aus, sodass sie anfing eigene Welten zu erschaffen. Wenn sie nicht gerade an einer neuen Geschichte schreibt, dann bereist sie mit ihrer Familie fremde Orte.

VORWORT DER AUTORIN

Bevor du dich Hals über Kopf in eine Welt aus Magie stürzt und dabei drohst, dein Herz zu verlieren, wollte ich dir noch ein paar Worte mit auf den Weg geben.

Diese Geschichte beinhaltet einige Elemente der ozeanischen Mythologie, die ich jedoch frei nach meinem künstlerischen Empfinden adaptiert habe. Wenn du wissen möchtest, welches Schicksal manche Figuren laut der ursprünglichen Mythologie ereilt hat, schau in das Personenregister am Ende des Buches. Ich empfehle allerdings damit zu warten, bis du die ganze Geschichte gelesen hast, um dich nicht eines Überraschungsmoments zu berauben.

In diesem Sinne wünsche ich dir Schmetterlinge im Bauch, ein Lächeln auf den Lippen, Freudentränen in den Augen und ein Herz, das zum Takt der Geschichte schlägt.

Willkommen in Aotearoa, dem Land der langen weißen Wolke.

Für meinen wundervollen Mann,
weil du immer an mich glaubst,
wenn ich es selbst nicht kann.

1. KAPITEL

Charlotte

Ungläubig starrte ich aus dem kleinen Fenster der Maschine, die gerade die flauschige Wolkendecke durchbrach. Während des stundenlangen Fluges hielt ich die Augen kaum länger als ein paar Minuten geschlossen, obwohl die Müdigkeit mich bereits fest im Griff hatte. Noch behielt aber das Adrenalin, das unermüdlich durch meine Adern strömte, die Oberhand.

Nervös knetete ich die Hände und versuchte mein schlagendes Herz zu beruhigen, das lauter in meinen Ohren dröhnte als die Turbinen des Flugzeugs.

Die kleinen Eiskristalle, die sich zuvor auf der Oberfläche des Fensters gebildet hatten, schmolzen nun sachte dahin und ich betete, dass es sich mit all meinen Ängsten ebenso verhielt.

Unbewusst stieß ich mit dem linken Knie immer wieder gegen den vorderen Sitz, als bräuchte mein Körper die Bestätigung, dass das hier real war. Ich hörte erst auf, als sich ein Fluggast lautstark räusperte und mich böse anfunkelte. Ups.

Nachdem ich mich gefühlt ein dutzend Mal in allen Sprachen, die ich kannte, entschuldigt hatte, wandte der wütende Mann sich wieder dem Laptop zu. Jetzt allerdings haute er dermaßen fest auf die Tastatur, dass die einzelnen Buchstaben unter seinem Unmut anfingen zu zittern.

Einen Liebesbrief tippt er gerade wohl nicht, dachte ich und blickte erneut hinaus.

Das Weiß der Wolken war einem Meer aus grünen Feldern gewichen, in denen die Städte wie verirrte, kleine Inseln wirkten.

»Das ist einfach magisch«, sagte ich leise und presste meine Nase so fest gegen die Scheibe, dass es fast schon schmerzhaft war. Mein Körper kribbelte leicht unter der steigenden Nervosität, während ich mich am liebsten mit einem Fallschirm durch diese winzige Öffnung gequetscht hätte, nur um schneller am Boden zu sein.

Der leichte Druckabfall des langsam sinkenden Flugzeugs machte sich in meinen Ohrmuscheln bemerkbar, doch ich überging dieses dumpfe Gefühl.

»Wir werden gleich landen«, sprudelte es freudig aus mir heraus und ich wandte mich an meinen Sitznachbarn. Allerdings konnte er meine Freude nicht teilen, da er tief und fest schlief. Wenn ich so darüber nachdachte, hatte ich ihn das letzte Mal kurz nach dem Start wach gesehen. Er hatte sich zwei kleine Fläschchen von der Flugbegleiterin geben lassen und mit deren Inhalt eine Tablette runtergespült. Offenbar war die Mischung aus beidem umwerfend.

Das Anschnallsymbol leuchtete hell auf und ich vergewisserte mich, dass der Gurt auch wirklich geschlossen war. Der fremde Mann neben mir schnarchte immer noch fröhlich weiter und konnte erst durch einen Flugbegleiter, der vehement an seiner Schulter rüttelte, aus dem Schlafkoma geweckt werden.

»Sind wir etwa schon da?«, lallte er und ein leichter Alkoholgeruch stieg mir in die Nase.

Offenbar hatte da jemand Flugangst oder eine Vorliebe für die kleinen, mit Alkohol gefüllten Fläschchen. Oder beides.

Trotz seines unangenehmen Mundgeruchs nickte ich freundlich und schaute dann wieder hinaus. Die Landebahn war jetzt schon gut erkennbar und wirkte auf mich wie ein schwarzer Pfeil, der mir den Weg in mein neues Leben wies.

Starke Vibrationen verkündeten von der Ausfuhr der gummierten Räder. Jetzt dauerte es nur noch ein paar Sekunden.

Schließlich setzte das Flugzeug einigermaßen sanft auf dem Boden auf. Einheitliches Klatschen beglückwünschte den Piloten zur gelungenen Landung und ich stimmte fröhlich mit ein, während mein Sitznachbar einer Spucktüte zujubelte.

Ein leicht säuerlicher Geruch stieg mir in die Nase und ich betete darum, möglichst schnell an die frische Luft zu kommen. Wenn ich ein paar Minuten länger diesen Gestank aushalten müsste, dann würde sich bald eine zweite Tüte füllen. Darauf bedacht, ab jetzt nur noch durch den Mund zu atmen, versuchte ich mitfühlend auf den Mann zu wirken, für den diese Situation mit Sicherheit auch nicht einfach war.

Als er nicht mehr ganz so blass war, schaffte er es aufzustehen und dadurch auch mir den Weg freizumachen. Ich bemühte mich darum, weder ihm noch der gefüllten Tüte zu nahe zu kommen, und holte meine gelbe Regenjacke und eine kleine, lederne Handtasche aus dem Fach über der Sitzreihe.

Schließlich konnte ich endlich das Flugzeug verlassen und die frische Luft Neuseelands einatmen. Obwohl ich mich direkt auf dem Flughafen befand, roch es kaum nach Diesel, sondern nach frisch gemähtem Gras mit einer leichten Vanillenote.

Die Wolken, die aus der Höhe noch wie kuschelige Wattebällchen ausgesehen hatten, wirkten vom Boden aus deutlich dunkler. Als hätten sich Gesteinslawinen zu einer großen Kuppel verbunden, die nun drauf und dran war über meinem Kopf einzustürzen.

Als ich die metallene Treppe herunterstieg, spürte ich bereits die ersten Tropfen auf dem Kopf.

Der Regensturz begann.

Ein paar Sekunden später wurde aus einzelnen Tropfen eine ganze Sintflut, die die Erde mit Wasser tränkte. Obwohl ich Regen aus Hamburg mehr als gut kannte, war nichts mit diesen Massen vergleichbar, die gerade auf mich herunterstürzten. Mein Unglück hatte mich offenbar bereits am anderen Ende der Welt eingeholt. Perfekt.

Schnell lief ich zu dem Transportbus, der uns dann vom Flugzeug bis vor die Eingangshalle des Flughafens fuhr. Unermüdlich prasselte der Regen gegen die Scheiben und machte es schwer, weitere Details meiner neuen Wahlheimat zu erkennen.

Ich betrat den Flughafen, in dem emsiges Treiben herrschte, und lauschte den Durchsagen. Zuerst wurde mein Pass kontrolliert, während mich die Dame von der Sicherheitskontrolle skeptisch betrachtete. Ich konnte es ihr nicht verdenken, denn während ich auf dem Foto noch blond war und perfekt sitzendes Make-up trug, stand jetzt eine Frau mit weißen Haaren und einem Septum-Piercing vor ihr. Zudem war mein Gesicht mit Sicherheit von den fast vierundzwanzig Stunden Reisezeit geprägt. Als hätte sich Barbie in einen ungepflegten Zombie verwandelt.

Die Menschenschlange, die wegen mir warten musste, wuchs innerhalb von Minuten und ich verlagerte nervös mein Gewicht von einem Bein auf das andere.

Nachdem sie sich scheinbar sicher war, dass ich kein Sicherheitsproblem darstellte, winkte sie mich durch und reichte mir mit einem Lächeln den Reisepass.

Zu meinem Glück war der Flughafen in Queenstown recht übersichtlich, sodass ich rasch die richtige Stelle fand, an der die Gepäckstücke herausgegeben wurden.

Während die meisten Passagiere bereits ihre Sachen erhalten hatten, entdeckte ich meinen Rucksack erst, als kaum noch Koffer auf dem Rollband lagen.

Wenig elegant setzte ich mir das schwere Monstrum, welches ich Kurt getauft hatte, auf die Schultern. Wenn ich es nicht besser gewusst hätte, hätte ich geglaubt, dass jemand meine Kleidung durch Backsteine ersetzt hatte. Vielleicht lag es aber auch am Schlafentzug, dass es schon eine Anstrengung war die Beine zu bewegen.

Jetzt, da die Anspannung der Flugreise vorbei war, sehnte sich mein Körper nach Ruhe. Im Schneckentempo erreichte ich den Ausgang des Flughafens, wo eine Frau mich in Empfang nahm, die ein Schild mit meinem Namen schwang wie eine Werbetafel. Ihr kunterbuntes Outfit hatte Ähnlichkeit mit dem von Molly Weasley. Eine Tatsache, die ihr sofort Sympathiepunkte einbrachte.

»Hi, ich bin Charlotte Wagner«, begrüßte ich die Dame mittleren Alters höflich, deren weiße Haare große Ähnlichkeit mit meinen eigenen hatten.

Mit dem Zeigefinger gebot sie mir kurz still zu stehen. Als ob ich jetzt noch in der Lage gewesen wäre, einen Sprint hinzulegen.

Sie holte ihr Handy aus einer weiten Manteltasche hervor und schaute zwischen mir und dem Display hin und her.

Ein flüchtiger Blick genügte, um zu sehen, dass sie das Foto betrachtete, mit dem ich mich für das freiwillige ökologische Jahr beworben hatte.

Unglücklicherweise hatte sie jetzt dasselbe Problem wie die Dame bei der Sicherheitskontrolle. Weil ich ja unbedingt mein Aussehen in den letzten Wochen vor der Abreise etwas verändern wollte, hatte ich vergessen, neue Bilder beim Fotografen machen zu lassen.

Sie trat einen Schritt dichter an mich heran und schob ihre schwarze Brille hoch, um mich aus zusammengekniffenen Augen zu betrachten. Ich wusste nicht, ob dieser Umstand die Situation für uns beide wirklich besser machte, aber gerade, als ich ihr meinen Personalausweis zeigen wollte, lächelte sie mich zufrieden an.

Die Fremde zog mich überraschend in eine innige Umarmung, aus der sie mich erst nach ein paar Sekunden entließ. Ich war so perplex darüber, dass ich die nette Geste gar nicht erwidern konnte.

»Freut mich, Charlotte. Ich bin Loreley«, sagte sie mit einem leichten französischen Akzent.

Nur meine Mutter nannte mich bei meinem vollen Namen. Für alle anderen war ich meist Charlie.

»Kind, du musst ja vollkommen erschöpft sein. Wir fahren jetzt erst einmal nach Hause und dort mache ich dir einen schönen, warmen Kakao. Später zeige ich dir dann unsere Auffangstation.«

Ich unterdrückte den Impuls, sie um eine große Tasse randvoll mit Kaffee zu bitten, denn ich wollte sie nicht bei der ersten Begegnung vor den Kopf stoßen.

»Das klingt sehr verlockend«, sagte ich stattdessen, während jede Zelle meines Körpers abwechselnd nach Schlaf und nach Kaffee schrie.

»Sehr schön.« Sie klatschte freudig in die Hände und der Knall war derart laut, dass sich einige Menschen zu uns umdrehten.

Loreley lotste mich bei strömendem Regen zu einem roten Honda Civic, den es wahrscheinlich schon vor der Jahrtausendwende gegeben hatte. Ich verstaute Kurt im Kofferraum und stellte dabei erschrocken fest, dass das Auto bei dem Gewicht etwas absank.

Loreley saß bereits auf dem Fahrersitz und ich nahm neben ihr Platz. Die gepolsterten Sitze verströmten einen leichten Lavendelduft, der mich an diese kleinen Säckchen erinnerte, die man in den Kleiderschrank legt.

Mit einem leichten Stottern startete der Motor und die ältere Dame fuhr selbstsicher los.

»Und, Charlotte, was verschlägt dich in dieses abgelegene Fleckchen Erde?«, fragte Loreley, während ihre grauen Augen fest auf die Straße gerichtet waren.

»Ich wollte mir eine Auszeit nehmen vom Studium und etwas Sinnvolles für die Umwelt tun«, sagte ich vage. Ich musste ja nicht direkt bei der ersten Begegnung alle Informationen hinausposaunen. Denn die Wahrheit war, dass es nur eine fixe Idee gewesen war, einen Neustart in einem fremden Land zu wagen. Doch ich wollte so schnell und weit wie möglich weg von zu Hause.

Weg von dem Studium, das einfach gar nicht meinen Vorstellungen entsprach.

Weg von der Stadt, in der mich jede Ecke an meine gescheiterte Beziehung erinnerte.

Weg von den falschen Freunden, die mein Vertrauen missbraucht hatten.

»Und warum gerade Neuseeland?«, bohrte sie nach und holte mich damit aus den düsteren Erinnerungen.

»Ich habe bisher so viel von diesem Land gehört und wollte es endlich mit eigenen Augen sehen«, erklärte ich wahrheitsgemäß.

»Es wird dir mit Sicherheit hier gefallen. Ich kenne niemanden, der sich nicht in die Insel verliebt«, sagte sie und ein leichtes Lächeln umspielte ihre Lippen.

»Da bin ich mir sicher.« Ich wollte meinen eigenen Worten so sehr glauben, dass ich daran zerbrechen würde, wenn es nicht so war.

Loreleys Fahrstil war wirklich rasant und die hupenden Autos, die unseren Weg beinahe kreuzten, verstärkten mein Unwohlsein um ein Vielfaches.

»Gibt es hier eigentlich keine Geschwindigkeitsbegrenzung?« traute ich mich zu fragen.

»Doch, natürlich, warum fragst du?«, sagte sie und beugte sich etwas weiter über das Lenkrad, als müsste sie sich vergewissern, dass ihre Aussage auch stimmte.

»Ach, nur so. Ist es eigentlich schwer, auf der linken Seite zu fahren?«

»Man gewöhnt sich schnell daran, aber ich fahre sehr selten mit dem Auto. An manchen Tagen sind einfach zu viele Chaoten unterwegs.«

Witzig, wie manche Menschen die Tatsachen verdrehen konnten.

Keine Ahnung, wie viele Minuten wir jetzt schon »Fast and Furious Senior Edition« spielten, aber sehr lange würde ich das nicht mehr aushalten.

Meine Finger umklammerten so fest den Haltegriff über dem Sitz, dass es wehtat. Eine Geste, die meiner Gastgeberin nicht entging und sie sogar zum Schmunzeln brachte.

»Falls dir schlecht wird, habe ich im Handschuhfach ein paar Tüten«, sagte sie beiläufig, als wäre ich nicht die erste Beifahrerin, deren Magen bei diesem Fahrstil rebellierte.

»Wie lange dauert denn die Fahrt zum Park?«, fragte ich und hoffte inständig, dass sie die eigentliche Botschaft dahinter nicht verstand.

»Wenn wir weiter so gut durchkommen, dann sind wir in ungefähr zehn Minuten da.«

Bei all der Anspannung hatte ich bisher kaum die Gelegenheit gehabt, die Landschaft genauer zu betrachten. Natürlich kannte ich dank der Googlesuche Bilder von Queenstown und dem Kiwi Birdlife Park, aber das war dennoch etwas vollkommen anderes.

Die Stadt lag malerisch an einem See und selbst von hier aus konnte man die Sonnenstrahlen sehen, die sich auf der Wasseroberfläche spiegelten. Als würde zu den Füßen der Stadt flüssiges Gold liegen.

»Wie lange lebst du schon hier, Loreley?«, fragte ich, ohne den Blick von dieser fantastischen Landschaft abwenden zu können.

Für einen Moment war nur die Radiomusik zu hören, die fröhlich einen der neuesten Charthits von sich gab.

»In diesem Sommer sind es schon vierzig Jahre. Ich habe einfach meinen Job bei der Bank gekündigt, die Wohnung in Paris aufgegeben und bin hierhergekommen. Tja, und was soll ich sagen, wer motu einmal betritt, muss sich in sie verlieben. Das ist ein ungeschriebenes Gesetz.«

»Motu?«, fragte ich verwundert.

»Verzeihung. Manchmal schleichen sich Begriffe aus der Sprache der Maori in meinen Wortschatz. Motu bedeutet Insel«, erklärte sie.

Jetzt sah ich Loreley an. Kleine Lachfalten hatten sich auf ihrem sonnengebräunten Gesicht gebildet und in ihrem Blick lag eine Wärme, die ihre Liebe zu Neuseeland widerspiegelte.

Ich war kurz davor, sie zu fragen, warum sie ihr altes Leben aufgegeben hatte, aber ließ es dann. Es ging mich schließlich nichts an.

Wir bogen von der Hauptstraße ab und fuhren eine leichte Anhöhe hinauf, bis ich die Stadt im Rückspiegel sehen konnte.

»Der Park liegt etwas abseits von Queenstown, aber offiziell gehören wir noch zur Stadt. Es gibt von hier aus dreimal am Tag eine Busverbindung oder du kannst auch ein Taxi nehmen«, erklärte Loreley routiniert und ich nickte stumm. Das sollte ich mir leicht merken können.

»Arbeitest du schon lange für den Park?«

»Ich war dabei, als er gegründet wurde, und gehöre quasi zum Inventar«, witzelte sie.

»Es muss schön sein, wenn man seine Berufung gefunden hat«, sagte ich mehr zu mir selbst als zu ihr, aber dennoch verstand Loreley meine Worte.

»Wenn du mich fragst, ist es eines der wichtigsten Dinge im Leben. Unsere Zeit ist begrenzt, also sollte man doch das lieben, was man tut.«

»Das ist wahr«, war alles, was ich dazu sagen konnte und wollte. Wenn man etwas gefunden hat, was einen wirklich erfüllt, dann ist das großartig. Allerdings hat nicht jeder von uns dieses Glück.

»Da wären wir, Liebes«, sagte Loreley und ein stolzes Funkeln glomm in ihren grauen Augen, die mich an einen wolkenverhangenen Himmel erinnerten. Sie stieg aus und ich folgte ihr, nachdem ich Kurt aus dem dunklen Kofferraum befreit hatte. »Der Park wird mittlerweile von der Familie Wilson geführt und besteht bereits seit fünfunddreißig Jahren. Es gibt viele Freiwillige, die aushelfen, aber in den letzten Jahren sind es immer weniger geworden. Wir sind daher sehr dankbar, dass sich junge Leute wie du in diesem Bereich engagieren wollen.«

Loreley machte eine kurze Pause und drückte mich dann sanft an der Schulter. Eine stumme Geste der Dankbarkeit.

Als sie mich losließ, zog ein Vogelschwarm meine Aufmerksamkeit auf sich, der sich aus dem nahe gelegenen Wald erhob.

Ich ließ vor Schreck meine Handtasche fallen und betete, dass mein Handy noch ganz war.

»An die Geräusche wirst du dich mit Sicherheit gewöhnen. Dennoch eine kleine Warnung von mir: Geh nicht alleine in den Wald. Wenn man tief genug drin ist, ist es schwer, alleine wieder hinauszufinden.«

Das mulmige Gefühl, das ich während der Autofahrt verspürt hatte, war wieder da. Jetzt lag es allerdings nicht an Loreleys Fahrstil, sondern an den riesigen Bäumen, die so dicht beieinanderstanden, dass man nur wenige Meter weit sehen konnte. Hier würde ich mit Sicherheit keinen Fuß hineinsetzen.

»Keine Sorge, ich bin kein großer Fan von Wanderungen durch Wälder«, sagte ich und hoffte, dass man das Zittern in meiner Stimme nicht heraushören konnte.

»Ich wollte dir damit keine Angst machen. Hier ist es sehr sicher, aber manchmal übernehmen sich Touristen und denken, sie kennen alle Ecken dieser Gegend.«

»Alles klar, also niemals alleine im Wald herumlaufen.«

»So ungefähr, aber jetzt lass uns hinein gehen. Du hast die nächsten Monate noch reichlich Zeit, um dir alles anzusehen.«

Loreley ging voraus und ich bestaunte das große zweistöckige Gebäude, dessen Wände mit Holz verkleidet waren. Es erinnerte mich an eine riesige Scheune, die wahrscheinlich dutzende von Zimmern hatte. Kaum zu glauben, dass hier normalerweise nur eine Familie wohnen sollte.

»Wow«, war alles, was ich in diesem Moment dazu sagen konnte. In Hamburg ist eine große Wohnung in der richtigen Lage ein absolutes Luxusgut und ich war es gewohnt, auf kleinem Raum zu leben. Dementsprechend hatten all meine Sachen auch in einer kleinen Garage Platz gefunden, als ich auszog.

Nur mein gebrochenes Herz konnte ich nicht so einfach zu Hause lassen. Es war ein ständiger Begleiter, der mich daran erinnerte, dass Liebe machtvoll ist. In den falschen Händen kann sie das größte Chaos anrichten.

Loreleys Räuspern erinnerte mich daran, sie nicht länger warten zu lassen und augenblicklich fühlte ich mich schlecht. Ich wollte doch einen guten Eindruck hinterlassen. Sie führte mich durch eine lindgrüne, doppelflügelige Tür hinein in das Haus. Die Wände hingen voll mit Bildern von verschiedenen einheimischen Vogelarten und Echsen. Hinzu kamen Bleistiftzeichnungen von dem Haus und dem Park.

»Es ist eine Tradition, dass die Helfer, die hier gearbeitet haben, etwas hierlassen, das sie an den Park erinnert. Manche zeichnen, andere fotografieren und wieder andere erstellen unglaublich hässliche Statuen.«

Sie deutete mit der Hand auf etwas, das aussah wie ein Schneemann, der langsam in der Sonne schmolz.

»Was soll das darstellen?«, fragte ich neugierig und ging einmal um das gute Stück herum.

»Tja, das weiß niemand so genau, aber Vorschläge werden gern entgegengenommen. Eines Tages stand sie einfach hier und wir wissen nicht, welcher Helfer uns dieses Prachtstück dagelassen hat.«

Ich schaute hinunter auf das Podest, auf dem Frosty stand, doch auf der kleinen, hölzernen Plakette war lediglich ein Wort eingeritzt: »DANKE«.

Ich sah mich weiter um und erkannte Zeichnungen von den Kiwis, die es nur in Neuseeland gab. Die Tiere sahen einzigartig aus und ich freute mich schon darauf, sie in Natura zu sehen.

»Komm, ich zeige dir dein Zimmer. Den Rest des Hauses können wir uns ansehen, wenn du dich etwas ausgeruht hast.«

Wir gingen eine knarrende Holztreppe hinauf, von der die rote Farbe an manchen Stellen abgeplatzt war. Von dem breiten Flur gingen insgesamt sechs Zimmer ab und ich betrachtete ehrfürchtig die geschnitzten Figuren, die an den Wänden hingen.

»Wahnsinn, hier kommt man sich vor wie in einem Museum«, sagte ich und kam aus dem Staunen nicht mehr heraus.

»Sind das hier auch Kunstwerke von ehemaligen Helfern?«, fragte ich Loreley.

»Nein, die hier sind seit Jahrzehnten im Familienbesitz. Ich habe einmal den Versuch gewagt, ein neues Design vorzuschlagen, aber erntete dafür nur empörte Blicke. Ich finde ja besonders die Masken furchteinflößend«, sagte sie und rieb sich die Arme, als wäre ihr plötzlich kalt.

Bei näherer Betrachtung musste ich ihr allerdings recht geben.

»Geh nicht zu dicht ran, auf den Masken liegt ein Fluch«, sagte sie etwas lauter, so als wäre ich ein kleines Kind, das gerade den heißen Ofen anfassen wollte.

Demonstrativ ging ich ein Stück zurück, obwohl ich keine Sekunde an so etwas wie Flüche glaubte.

»Okay, ich glaube, mein Bedarf an Geistern, Flüchen und gruseligen Laubwäldern ist für heute erst einmal gedeckt.«

Loreley ging jedoch nicht weiter auf meine Worte ein, sondern schritt den Flur hinunter, bis sie schließlich vor einer weißen Tür stehen blieb.

»Dieses Zimmer ist in den nächsten Monaten deins. Du kannst es einrichten und dekorieren, wie du möchtest. Hauptsache, du fühlst dich wohl. Wenn du dich ausgeruht hast, dann komm gerne zum Nachmittagstee herunter. Er findet jeden Tag pünktlich um vier Uhr statt und jeder ist herzlich eingeladen. Den Kakao bringe ich dir gleich aufs Zimmer.«

Damit verabschiedete sich Loreley und schlenderte gemächlich den Flur entlang. Ein rascher Blick auf das Display meines Handys verriet mir, dass ich drei Stunden hatte, um mich auszuruhen.

Das war eigentlich zu wenig, würde aber vermutlich den verzweifelten Schrei meines Körpers nach Schlaf zumindest leiser werden lassen.

Voller Vorfreude auf mein neues Zuhause und die Aussicht, Kurt endlich abstellen zu können, öffnete ich die Holztür. Dann schlugen mir der absolute Mädchentraum und mein persönlicher Nachtschreck gleichzeitig entgegen. Die Wände waren mit einer kitschigen Blumentapete überzogen, deren rosa Knospen mich förmlich anzugrinsen schienen.

»Heilige Scheiße«, sagte ich. Kaum hatten die Worte meinen Mund verlassen, betete ich, dass Loreley schon außerhalb der Hörweite war.

Ich trat hinein, obwohl mich meine Augen davor warnten, mich diesem Anblick auszusetzen. Ich schloss die Tür zu, um weitere verbale Eskapaden zu vermeiden.

»Das ist ja wie ein Autounfall. Ich kann einfach nicht wegsehen«, sagte ich leise, während meine Finger über die Tapete glitten.

Ob ich die Blumen alle einzeln mit einem Edding schwarz anmalen konnte? Nur was sollte ich mit der Bettwäsche machen, die das gleiche Motiv hatte? Verbrennen war wahrscheinlich keine Option.

Wenigstens waren die Möbel in einem ruhigen Weißton gehalten und wiesen keinerlei Blumen auf. Ich stellte Kurt in die Zimmerecke, ging ins Bad und wäre beinahe wieder rückwärts raus gestolpert.

Vielleicht sollte ich ernsthaft in Erwähnung ziehen, draußen im Flur zu schlafen, dachte ich.

Im Badezimmer war Rosa die vorherrschende Farbe. Angefangen beim Duschvorhang bis hin zu den flauschigen Handtüchern.

Notiz an mich selbst: Farbe, Handtücher, Bettwäsche und einen Duschvorhang besorgen.

Obwohl ich dringend schlafen musste, hatte eine heiße Dusche Vorrang.

Also zog ich mich aus, legte die Sachen in den Wäschekorb, der zu meiner Erleichterung aus Holz war, und stellte mich in die Dusche. Das warme Wasser kombiniert mit dem einstellbaren Wasserdruck führten dazu, dass sich meine Muskeln etwas entspannten und ich wohlig seufzte.

Einige Minuten später fühlte ich mich nicht mehr ganz so schmutzig wie zuvor, aber noch viel erschöpfter. Ich schaffte es gerade so, mir Unterwäsche anzuziehen, und schlüpfte dann unter die Bettdecke.

2. KAPITEL

Charlotte

Das penetrante Klingeln des Handyalarms, den ich geistesgegenwärtig noch eingestellt hatte, weckte mich unsanft aus dem Schlaf.

Es dauerte etwas, bis mein Verstand begriff, wo genau ich war.

Du hast es tatsächlich getan und lebst jetzt in Neuseeland. Hier wird alles besser, sagte ich mir selbst vor wie ein Mantra. Das beruhigte mich etwas, denn die Angst, dass das alles nur eine gigantische Seifenblase war, die bald platzt, schwebte ständig über mir.

Als der Wecker einen erneuten Versuch wagte, mich an die baldige Teestunde zu erinnern, schaltete ich ihn endgültig aus.

Ich ging ins Bad, um dann erschrocken festzustellen, dass meine schulterlangen Haare in alle Richtungen abstanden. Erst mit einem schwarzen Haarband war ich in der Lage, die Aufständischen zu bezwingen. Als das erledigt war, zog ich mir noch ein paar Sachen an und verließ dann die pinke Kammer des Schreckens.

Ich gähnte herzhaft beim Hinausgehen und bereute es sogleich, als jemand direkt vor mir stand.

»Hey, du bist bestimmt die neue Aushilfe. Ich bin Victoria, aber alle nennen mich nur Vicky.«

Ich starrte die junge Frau an, die kaum älter als ich selbst sein konnte. Als sie mich erwartungsvoll ansah, kam mir endlich in den Sinn, dass ich mich auch vorstellen sollte.

»Hey, ich bin Charlie«, antwortete ich wortkarg, während mein Gehirn erst einmal aus dem Energiesparmodus hochfuhr.

»Das ist die Abkürzung für Charlotte, richtig?« fragte sie neugierig nach und zwirbelte dabei eine ihrer braunen Haarsträhnen mit dem Zeigefinger.

»Richtig.« Ich rang mir das schönste Lächeln ab, das mir gerade möglich war. Vicky sah mich verdutzt an und blinzelte mehrfach, als hätte ich etwas zwischen den Zähnen.

»Freut mich sehr, dass du hier bist.« Sie ließ die Haarsträhne wieder in Ruhe und zupfte dann einen losen Faden von ihrem dunkelblauen Pullover. »Gerade wollte ich zum Nachmittagstee gehen. Loreley brüht immer die tollsten Sorten auf. Möchtest du vielleicht auch mitkommen?«, fragte sie und deutete in die Richtung, aus der ein herrlicher Kamillegeruch kam.

»Sehr gerne.«

Komm Charlie, streng dich an und finde neue Freunde. So schwer kann das ja wohl nicht sein.

Gemeinsam gingen wir die Treppe hinunter und folgten dem Duft nach Kamille, der sachte in der Luft hing. Auf den wenigen Metern schaffte es Vicky, mir ihre komplette Lebensgeschichte zu erzählen. Angefangen bei dem engen Zusammenhalt ihrer Familie über ihre hervorragenden Noten in der Schule bis hin zu ihrem Wunsch, etwas Gutes für Tiere zu tun. Sie endete ihre Erzählung damit, dass sie seit etwa einem Monat hier war und sich diese Zeit als Praktikum für das Veterinärstudium anrechnen lassen konnte.

»Das nenne ich mal ein durchgetaktetes Leben«, witzelte ich unbesonnen.

»O ja, es ist perfekt. Außerdem habe ich gerade einen tollen Mann kennengelernt und ich hoffe, dass bald mehr daraus wird.«

Sie pikste mich mit dem Ellenbogen in die Seite, als wären wir Kinder, die gerade einen Plan ausgeheckt hatten. Irgendwie bewunderte ich sie für diese offene Art. Vicky wirkte auf mich wie ein Mensch, dem noch nie etwas Schlechtes widerfahren war oder sie ließ es zumindest nicht so an sich heran wie andere.

»Ach, Vicky, du hast ja schon unseren neuen Gast gefunden«, begrüßte uns Loreley in der geräumigen Küche. Der Kessel auf dem Herd stieß einen schrillen Pfeifton aus und Loreley nahm ihn rasch herunter, um weiteren Tee aufzugießen.

Wie auch im restlichen Haus war hier alles eher rustikal eingerichtet und schon etwas in die Jahre gekommen.

Vicky schnappte sich sogleich die weiße Kanne.

»Liebes, möchtest du jetzt einen Kakao? Als ich dir vorhin einen bringen wollte, hast du mir leider die Tür nicht aufgemacht. Ich nehme an, du hast schon geschlafen«, erklärte Loreley entschuldigend.

»Um ehrlich zu sein, würde ich gerne einen Kaffee trinken.«

»Natürlich. Nach so einer langen Reise tut etwas Koffein sicherlich gut.«

Ich nickte dankbar und Loreley gab mir einen Teller mit Käsekuchen, meinem absoluten Lieblingskuchen. Eigentlich konnte man mich immer mit Kuchen begeistern, solange keine Rosinen oder Kirschen darin waren.

Ich folgte Vicky in den angrenzenden Wintergarten, wo bereits ein gedeckter Tisch stand. Die Fenster boten einen freien Blick auf den Eingang des Parks, der sich ungefähr zweihundert Meter entfernt befand. Ansonsten konnte ich in der Nähe kein weiteres Haus erkennen.

»Das ist wirklich eine schöne Aussicht«, sagte ich, ohne eine Antwort zu erwarten.

»Warte mal ab, bis du den Park gesehen hast. Der wird dich mit Sicherheit umhauen.« Vicky lächelte mich an und sah ebenfalls hinüber zum Park.

»Leider ist das Glas zu dick, sonst könnte man von hier aus bestimmt auch schon den Gesang der Vögel hören. Das hat immer etwas Magisches, besonders bei Sonnenaufgang.«

Sie faltete die Hände ineinander.

»Magisch? Ich bezweifle, dass du wirklich Interesse daran hast, die Vögel nach deiner Schicht zu hören. Dein Porzellangesicht könnte sonst ein paar Risse bekommen«, ertönte eine männliche Stimme hinter uns.

Ein Mann mit einem Dreitagebart schlenderte über den Fliesenboden und ließ sich dann wenig elegant auf einen Stuhl mir gegenüber fallen. Er trug genau wie Vicky ein dunkelblaues T-Shirt mit dem gestickten Emblem des Parks. Unverhohlen starrte er mich mit seinen azurblauen Augen an und tippte ungeduldig mit den Fingern auf den Holztisch.

»Theo, darf ich dir Charlotte vorstellen?«, begann Vicky und überging dabei seine offenkundige Beleidigung.

»Darfst du, wenn sie nicht für sich selbst sprechen kann.«

Sieh an, da hatte ja jemand genau meinen Humor.

»Schön, dass du uns auch Gesellschaft leistest. Die Wilsons haben leider keine Zeit, also sind wir jetzt vollzählig«, begrüßte ihn Loreley.

Sie stellte mir eine große, dampfende Tasse hin, die randvoll mit Kaffee gefüllt war, und goss den anderen Tee ein. Ich wippte unruhig mit dem Fuß und überlegte, wann ich das letzte Mal mit jemandem eine Teestunde veranstaltet hatte.

Tatsächlich noch nie. Vor allem nicht mit fremden Menschen, von denen einer offensichtlich schlechte Laune hatte.

Unschlüssig darüber, wie genau ich mich verhalten sollte, begann ich zu essen. Mit vollem Mund konnte man schließlich nichts Dummes sagen.

Der Kuchen schmeckte himmlisch und ich unterdrückte das Verlangen, lauthals zu schmatzen, damit auch wirklich jeder verstand, dass dieser Käsekuchen verdammt lecker war.

Theo grinste mich die ganze Zeit an. Nachdem ich sicher sein konnte, keine Kuchenkrümel beim Sprechen zu verlieren, öffnete ich den Mund.

»Ist etwas?«, fragte ich leicht gereizt, aber leise genug, damit nur er mich verstehen konnte.

»Nein, nein. Ich habe nur selten Frauen gesehen, die solch einen Appetit haben. Das ist erfrischend anders.«

Ich sah kurz zu Vicky, deren Stück nur ein Viertel von der Größe meiner Portion hatte. Ganz genügsam aß sie den Kuchen, als wäre sie bereits gesättigt und würde nur anstandshalber am Tisch sitzen. Diese Selbstbeherrschung war ja gruselig.

Als Theo meine Reaktion verfolgte, wurde sein Grinsen noch breiter.

»Ich liebe eben alles, was süß ist, und was oder wie andere essen, ist mir herzlich egal.« Ich lächelte ihn zuckersüß an und steckte mir ein großes Stück Kuchen in den Mund, sodass meine Wangen an einen Hamster erinnerten. Das genügte, um sein Grinsen verschwinden zu lassen.

»Also Charlotte, was möchtest du denn als Erstes sehen? Dein erster Dienst beginnt bereits morgen und er dauert jeden Tag ungefähr sechs Stunden. Am Wochenende kümmern die Familie und ich uns um all die Tiere. Da habt ihr dann frei«, erklärte Loreley geduldig.

»Ich glaube, die Anlage zu besichtigen wäre ganz interessant, und zu erfahren, was genau meine Aufgaben sind.«

Loreley nickte verständig.

»Ich selbst habe in dreißig Minuten einen Termin in der Stadt, aber ich denke, Vicky führt dich liebend gerne herum und zeigt dir alles.«

»Na klar, das mache ich«, verkündete diese fröhlich, nachdem sie einen großen Schluck Tee getrunken hatte.

Loreley klatschte in die Hände.

»Perfekt. Ich hoffe sehr, dass du dich schnell einlebst.«

»Ich bin mir sicher, dass das bei diesem herzlichen Empfang kein Problem sein wird«, erwiderte ich und blickte dabei Theo an.

Es war keine Lüge, aber dennoch nicht ganz die Wahrheit. Allerdings wollte ich ihnen ungern auf die Nase binden, dass ich froh war, so weit von zu Hause weg zu sein, wie ich konnte. Immerhin ging hier niemanden meine Vergangenheit etwas an.

»Ich lass euch jetzt mal alleine. Wir sehen uns sicherlich heute Abend oder morgen.«

Damit verabschiedete sich Loreley. Einen Moment herrschte eine unangenehme Stille, die schließlich durch Theo gebrochen wurde.

»Heute Abend wollte ich mit ein paar Leuten etwas trinken gehen, habt ihr Lust mitzukommen?«

Er sah abwechselnd Vicky und mich an.

»Ich wollte mich später mit meinem Freund treffen«, sagte Vicky und begutachtete verdächtig lange ihre rot lackierten Fingernägel.

»Okay, und was ist mit dir, Granny?«

Die Anspielung auf mein gefärbtes Haar ließ mich kalt. Früher hatte ich meine Haare aufgrund einer Pigmentstörung blond gefärbt, um den großen kreisrunden, weißen Fleck zu verdecken. Doch nach der Trennung wollte ich einen Neustart und meine langen Haare auf Schulterlänge schneiden und umfärben zu lassen, schien mir eine gute Idee zu sein. Schließlich gab es Millionen von Frauen, die einen Friseurbesuch als Neuanfang sahen und wir konnten uns doch nicht alle irren.

»Ich weiß nicht, ob ich es ohne Rollator aus dem Haus schaffe, aber wenn doch, dann komme ich gerne mit.« Meine Worte trieften vor Sarkasmus, aber offensichtlich fand Theo genau das interessant.

»Gut, dann sehen wir uns gegen neun vor dem Haus. Vergiss nicht, dein Gebiss mitzunehmen, sonst versteht man dich schlecht.«

Als Theo aus dem Wintergarten verschwand, schüttelte Vicky nur den Kopf.

»Es tut mir so leid. Eigentlich ist er ganz nett, aber seitdem seine Freundin vor zwei Wochen mit ihm Schluss gemacht hat, ist seine Laune im Keller.«

Ich verkniff mir die Aussage, dass ich ihn gut verstehen konnte und dass mir seine direkte und sarkastische Art deutlich lieber war als die Speichelleckerei manch anderer.

»Wollen wir jetzt los?«, sagte ich um einen Themenwechsel bemüht.

»Wie du möchtest.« Vielleicht irrte ich mich, aber irgendwie hatte ich das Gefühl, dass sie noch etwas sagen wollte.

Doch sie schwieg. Ich gönnte mir noch ein zweites Stück des herrlichen Käsekuchens. Vicky nippte währenddessen nur noch ab und zu an ihrem Tee und ließ den restlichen Kuchen stehen.

»Esst ihr hier immer zusammen?«, fragte ich neugierig und schaute mich um.

»Zum Nachmittagstee schon, aber die anderen Mahlzeiten macht sich meist jeder selbst und du kannst auch auf deinem Zimmer essen, wenn du magst. Falls du nicht selber kochen willst, gibt es in der Stadt auch ein paar gute und günstige Restaurants. Wir bekommen hier eine Art Taschengeld, das locker für Essen, Kleidung und Freizeitaktivitäten ausreicht. Das ist mehr, als man in anderen Einrichtungen erhalten würde.«

Geld war wirklich etwas, worüber ich mir vorher nicht allzu große Gedanken gemacht hatte. Ich hatte ein paar Nebenjobs im Studium gehabt und konnte mir so ein gutes Polster anlegen.

»Das ist gut zu wissen«, sagte ich unverfänglich.

»Nicht wahr? Da macht die Arbeit gleich noch viel mehr Spaß.«

»In erster Linie sollte es allerdings um das Tierwohl gehen und den Dienst an der Gemeinschaft«, sagte ich, ehe ich die Worte noch einmal in meinem Kopf überdenken konnte.

Vickys Lippen kräuselten sich pikiert und sie blickte von ihrem Display auf, um mich direkt anzusehen.

»Du hast ja so recht. Wir sollten dann jetzt keine Zeit verlieren und die Anlage besichtigen.«

Ohne auf meine Antwort zu warten, stand sie auf.

Gemeinsam verließen wir das Haus und gingen einige Minuten, bis wir zu einem kleinen oberirdischen Tunnel kamen. Während dieser Zeit schwieg Vicky und auf einmal glaubte ich, dass der Wald hier nicht das gruseligste war. Der Tunnel endete vor einem großen, hölzernen Gebäude, auf dem in Großbuchstaben »Kiwi Birdlife Park« stand. Den Eingangsbereich kannte ich von der Homepage, doch mir war nicht bewusst gewesen, dass sich das Wohngebäude derart nah am Park befand. Ich wusste nicht warum, aber meine Fingerspitzen fingen an zu kribbeln. Das passierte immer, wenn ich nervös wurde. Hier zu stehen, obwohl ich eigentlich jetzt in einer Vorlesung über Elektrotechnik sitzen müsste, war wie die ersten Sekunden nach einem Traum. Wie in dieser Zeit, in der man begriff, dass man nur geträumt hatte und jetzt in der Realität aufgewacht war. Es fühlte sich einfach richtig an hier zu sein.

»Es gibt hier ungefähr zwanzig verschiedene Vogel- und Reptilienarten, die entweder zur Arterhaltung aufgezogen werden oder weil sie verletzt sind. Wir füttern sie, halten die Anlage sauber und assistieren bei den medizinischen Untersuchungen. Du hast dich bestimmt schnell hier eingelebt«, sagte Vicky zuversichtlich und klopfte mir dabei auf die Schulter.

Gleich, nachdem wir die Eingangshalle verlassen hatten, konnten wir die zahlreichen Vogelstimmen hören. Es wirkte wie eine Sinfonie, in der jede Art ihren eigenen Part hatte. Hohe Bäume, die den Himmel zu berühren schienen und dutzende von Farnen flankierten den sandigen Weg. Vicky zeigte mir die verschiedenen Gehege und erklärte gleichzeitig, welches Tier wann und womit gefüttert wurde.

»Das sind wirklich viele Informationen«, sagte ich leicht überfordert.

»Ich bin mir ziemlich sicher, dass du dir das alles merken wirst.«

Sie lächelte mich an, aber erzählte dann unbekümmert weiter.

Im Nachhinein hätte ich mir doch einen Notizblock einpacken sollen. Langsam, aber sicher schwirrte mir der Kopf von all den neuen Dingen. Ich würde mehr als diese eine Runde brauchen, um mir alles zu merken.

Aus der zentralen Futterstelle, in der die gesamte Nahrung für die Tiere zubereitet wurde, nahm Victoria einen großen Eimer mit. Bei einem kurzen Blick hinein konnte ich reife Früchte erkennen, die bereits einen süßlichen Duft verströmten. Schließlich gelangten wir zur Hauptattraktion für die Besucher: das Kiwi-Haus.

»Ich weiß ja nicht, inwiefern du dich bereits belesen hast. Kiwis sind vorwiegend nachtaktiv und daher ist es sehr dunkel in dem Haus.«

»Aber wenn es jetzt dunkel ist und Nacht, wird dann nicht ihr natürlicher Rhythmus gestört?«, fragte ich verwundert.

»Nein, denn der Raum wird nur zu den Fütterungszeiten abgedunkelt, damit sie entspannter die Nahrung zu sich nehmen. Es steht niemand von uns in der Nacht auf, um die Tiere zu füttern. Zudem gehören die Kiwis zu den Hauptattraktionen und können auf diese Weise wenigstens von den Besuchern gesehen werden.«

Mit einem Ruck öffnete sie die metallene Eingangstür, sodass wir uns in einem Zwischenflur befanden, der nur ganz schwach beleuchtet war. Dann betraten wir das Gehege. Meine Augen brauchten ein paar Sekunden, um sich an die vorherrschende Dunkelheit anzupassen. Ich konnte gerade einmal Umrisse erkennen und musste mich sehr anstrengen, um Vicky zu folgen.

»Ich öffne jetzt die Tür zum Gehege. Die Tiere sind sehr scheu, also verhalte dich bitte ruhig. Wir geben ihnen die reifen Früchte und Regenwürmer.«

Vickys Stimme war nur noch ein Flüstern. Ich wusste nicht, ob sie mein Nicken sehen konnte, aber sie schüttete den Eimer aus und sogleich hörte man seichtes Rascheln.

Wir gingen zum Rand des Geheges, sodass die Tiere ungestört essen konnten. Endlich hatten sich meine Augen so weit an die Dunkelheit gewöhnt, dass ich die kleinen Kerlchen mit dem grauen Gefieder erkennen konnte. Ihre langen, gebogenen Schnäbel pickten eifrig an der Stelle herum, an der wir zuvor das Futter ausgeschüttet hatten. Wenn mich mein Blick nicht täuschte, dann gab es hier sechs Kiwis, die pärchenweise beieinanderstanden und einträchtig fraßen. Die Tiere reichten mir gerade einmal bis zum Knie, was ihren Niedlichkeitsfaktor noch einmal erhöhte.

»Ist das nicht ein faszinierender Anblick? Früher kannte ich diese Tiere nur aus dem Fernsehen, aber sie in echt zu sehen ist, als würde man einem Fabelwesen begegnen«, flüsterte Vicky und ich musste ihr zustimmen. Es war unglaublich.

Auf einmal verspürte ich einen sanften Druck in der linken Wade. Als würde mir jemand mit einem Strohhalm zaghaft ins Bein piksen.

Ich unterdrückte einen Schreckensschrei und sah zu der Stelle, von der der leichte Schmerz ausging. Dunkle Knopfaugen, umrahmt von nachtschwarzem Gefieder, sahen unschuldig zu mir hoch.

Mich hatte tatsächlich ein Kiwi gezwickt.

Zum Glück hatte ich extra meine Tetanusimpfung aufgefrischt, bevor ich hierher geflogen war.

Das Tier starrte mich weiter an, als erwartete es eine Reaktion von mir. An dem Futter schien es zu meinem Bedauern keinerlei Interesse zu haben. Vicky hatte von all dem scheinbar nichts mitbekommen und schaute weiterhin begeistert den anderen Kiwis zu. Der schwarze Vogel legte den Kopf leicht schief und rührte sich nicht von seinem Platz. Offenbar hatte ich einen neuen Verehrer gefunden oder er hielt mich schlichtweg für einen überdimensionalen Regenwurm.

»Komm, Charly, ich zeige dir noch die restlichen Gehege.«

Vicky nahm mich an der Hand und verschloss dann den Käfig der Kiwis hinter uns.

»Ich dachte eigentlich immer, dass Kiwis scheue Tiere sind«, sagte ich, während ich über die schmerzhafte Stelle strich.

»Das sind sie auch, aber viele der Tiere wurden als Küken gefunden und von Menschen großgezogen. Sie sind also in einem gewissen Maße an uns gewöhnt. Zudem erkennen sie uns am Geruch wieder, da sie leider nicht besonders gut sehen können.«

Okay, dann roch ich wohl wie ein riesiger Regenwurm. Notiz an mich selbst: Dringend das Deo wechseln.

»Alles in Ordnung? Du siehst etwas blass aus«, fragte Vicky und sah mich jetzt besorgt an.

»Nein, alles gut. Wie viele Tiere leben denn in dem Häuschen?«, fragte ich.

»Momentan sieben, drei Pärchen und ein Kiwi-Männchen. Es gab hier zwar in den letzten Monaten immer mal wieder weibliche Kiwis, aber unser einsamer Wolf interessierte sich für keins von ihnen. Wir vermuten, dass er seine Partnerin verloren hat, bevor er gefunden wurde. Kiwis wählen einen Partner für ihr ganzes Leben. Wusstest du das?«, fragte Vicky nach ihrem Monolog.

»Ehrlich gesagt nein, aber das ist wirklich beeindruckend.«

»Finde ich auch«, pflichtete sie mir bei.

Diese Tiere waren in ihrer Partnerwahl so sicher, dass sie sich ein Leben lang aufeinander einließen, während manche Menschen bereits nach ein paar Monaten aufgaben. Das war faszinierend und enttäuschend zugleich.

Vicky führte mich im Eiltempo durch die restliche Anlage, aber das Bild von dem einsamen, dunklen Kiwi ging mir einfach nicht mehr aus dem Kopf.

Später am Abend traf ich mich mit Theo, der gerade dabei war, eine Taxifahrt zu organisieren.

»Warum nehmen wir denn nicht den Bus oder gehen zu Fuß?«, fragte ich ihn, nachdem er beim Taxiunternehmen angerufen hatte.

»Der Bus fährt um diese Uhrzeit nicht mehr und zu Fuß ist mir die Strecke wirklich zu weit«, antwortet er. Theo hatte sich den Bart abrasiert und trug ein graues Hemd, dessen obere Knöpfe geöffnet waren. Nichts erinnerte mehr an den Griesgram von heute Nachmittag, abgesehen von seinem Mundwerk.

»Also Granny, erzähl mal. Wo kommst du her?«

»Aus dem Altersheim«, sagte ich knapp und stieß einen Kieselstein mit dem Fuß weg.

»Und wo genau lag dieses Heim mit den schlechten Sicherheitskontrollen?«, hakte er unermüdlich nach.

»In Hamburg.« Ich schloss den Reißverschluss an meiner Jacke. Die Sonne war gerade untergegangen und die Luft kühlte merklich ab.

»Schöne Stadt, aber die Leute sind etwas eigensinnig«, sagte Theo und kratzte sich am Kinn.

Gerade wollte ich etwas darauf erwidern, aber dann kündigten Scheinwerfer das Taxi an.

Nach einer kurzen Fahrt erreichten wir auch schon einen Irish Pub, der einen speziellen Charme verströmte. Alles in dem Laden war in Grüntönen gehalten und die Wände hingen voll mit metallenen Schildern, die für Guinness warben.

»Bist du öfter hier?«, fragte ich Theo.

»Ungefähr einmal in der Woche, manchmal auch mehr. Je nachdem, wie mir der Sinn nach Gesellschaft steht. Mittwochs kann man hier übrigens Karaoke singen.« Ich konnte mir kaum vorstellen, wie der blonde Hühne sich auf die Bühne stellte und *My heart will go on* zum Besten gab.

»Hätte nicht vermutet, dass du einen Fable fürs Singen hast«, gestand ich offen.

»Tja, Granny. Ich stecke voller Geheimnisse.«

Wir gingen immer tiefer ins Lokal, bis Theo vor einem Tisch Halt machte, an dem eine bunt gemischte Gruppe auf uns wartete. Ich wurde freundlich im Empfang genommen und fühlte mich zu meiner eigenen Überraschung sofort wohl. Von den fünf Leuten, die Theo seine Freunde nannte, waren drei einheimische Studenten und zwei machten ebenso wie wir ein freiwilliges ökologisches Jahr.

Zuvor hatte ich daran gedacht abzusagen, aber jetzt war ich froh darüber, mich endlich wieder unter Menschen zu mischen. Hier kannte mich niemand und dementsprechend erntete ich auch keine traurigen Blicke. Selbst Hamburg war nicht groß genug, um den falschen Menschen aus dem Weg gehen zu können. Das andere Ende der Welt hingegen verströmte eine derartige Leichtigkeit, dass ich mich zum ersten Mal seit Wochen in der Anwesenheit anderer wirklich entspannen konnte. Bevor die Sache mit Robin passiert war, hätte ich mir nicht vorstellen können, mit Fremden in einer geselligen Runde zusammen zu sitzen.

Doch Trennungen veränderten Menschen.

Und so kann auch aus dem schüchternsten Mädchen, das sich immer Gedanken darum gemacht hat, wie andere sie sehen, ein vollkommen anderer Mensch werden. Jemand, der auf andere zugehen kann, ohne sie in sein Herz zu lassen. Ich kann sehr viele Menschen aus unterschiedlichsten Gründen mögen, aber lieben würde ich nie wieder.

Wir saßen direkt am Fenster und konnten die vorbeigehenden Besucher gut beobachten.

Hand in Hand schlenderte zwischen den Häusern ein Pärchen umher. Das Gesicht des Mannes konnte ich nicht genau erkennen, aber die blonde Frau daneben schaute ihn verliebt an.

»Da hat er ja schon wieder eine im Schlepptau.«

Theo kniff die Augen so fest zusammen, dass ich jeden Moment damit rechnete, dass rote Laserstrahlen daraus hervorschossen. Zu meinem Bedauern geschah nichts dergleichen.

»Kennst du ihn?«, fragte ich neugierig nach.

»Seinen Namen nicht, aber wir sind einmal aneinandergeraten, als er mit meiner damaligen Freundin geflirtet hat. Danach hatte sie es plötzlich sehr eilig, mich loszuwerden.«

Wow, das waren viele Informationen für einen ersten Abend.

Theo atmete einmal tief ein und aus. Dann nahm seine Stimme einen traurigen Tonfall an.

»Seitdem reagiert sie weder auf Anrufe, noch hat sie irgendwer gesehen. Als wäre sie vom Erdboden verschwunden.«

Er nickte mit dem Kinn zu dem Pärchen, das jetzt um eine Häuserecke bog. »Offenbar hat er es ja nicht besonders ernst mit ihr gemeint, wenn er schon wieder jemand anderen trifft.«

»Na ja, prinzipiell ist ja nichts dagegen zu sagen. Jeder so wie er mag, wenn er andere dabei nicht verletzt«, erwiderte ich schulterzuckend. Das waren offensichtlich die falschen Worte, denn Theo sah jetzt mich mit diesem Laserblick an. Warum, verdammt noch mal, kann ich nicht einmal meinen Mund halten?

Theo beugte sich zu mir herunter, sodass seine Lippen direkt vor meinem Ohr waren. Ich konnte den warmen Atem auf meiner Haut spüren.

»Ich bin mir sicher, dass er was mit ihrem Verschwinden zu tun hat.«

Das war mir dann doch etwas zu viel Nostradamus. Offenbar wirkte sich Alkohol kontraproduktiv auf Theos Realitätssinn aus oder positiv auf seine Fantasie. Je nachdem, wie man die Dinge betrachtete.

Höflich und dennoch merklich distanziert verbrachte ich den restlichen Abend mit der Gruppe, die plötzlich nicht mehr miteinander scherzte. Das Thema schien jetzt über Theo und seinen Freunden zu hängen wie eine düstere Wolke und ich wollte nicht länger Teil dieses Gewitters sein.

3. KAPITEL

Daxton

»Wann wirst du endlich aufgeben?« Die belustigte Stimme meines älteren Bruders hätte mich früher zur Weißglut getrieben, aber jetzt ließ sie mich eiskalt. Sein Gesicht konnte ich in der Höhle nur schemenhaft erkennen und dennoch war sein Hohn fast schon greifbar.

»Niemals.« Von den steinernen Wänden hallte meine tiefe Stimme wider wie ein unwiderrufbares Versprechen. Sie war nicht laut und dennoch durchdrang sie jeden Winkel des behauenen Felsens. Ich verschränkte die Arme vor der Brust.

»Glaubst du nicht, dass die Sterblichen irgendwann dahinterkommen? Immerhin gehst du nicht gerade diskret vor.«

Mein Bruder war mal wieder damit beschäftigt, das Offensichtliche auszusprechen. Wie ermüdend.

»Ich bin mir sogar sehr sicher, dass ihnen bereits aufgefallen ist, dass Menschen verschwinden. Allerdings bin ich es leid, die Ewigkeit als Hines Diener zu verbringen. Momentan kann ich also keine Zeit darauf verwenden, jeden meiner Schritte zu verbergen. Wenn du derart um meine Sicherheit besorgt bist, dann kannst du mir gerne helfen.«

Ungeduldig ging ich ein paar Schritte auf und ab, um meine überschüssige Energie abzubauen.

In all den Jahren meiner Gefangenschaft war die Bereitschaft meines Bruders, mir zu helfen, äußerst gering gewesen. Einen klugen Spruch hatte er dennoch jederzeit parat.

»Mag sein, trotzdem dachte ich, dass der große Halbgott des Windes und Meeres es alleine schafft, eine Sterbliche zu verführen.«

Mein Bruder äffte mich mit geschwollener Brust nach. Ich wusste genau, wie sehr er die momentane Rollenverteilung genoss. Bereits als Kind wollte er sich immer mit mir messen und nichts war vor seinem Zorn sicher, wenn er einen Wettstreit verlor. Dennoch war mir bewusst, dass er auf seine Art und Weise half.

»Du weißt genau, dass es nicht so einfach ist«, versuchte ich zu erklären. Doch es war zwecklos, denn schließlich kannte mein Bruder die Umstände der Strafe. Das hielt ihn jedoch nicht davon ab, mich bei jeder Gelegenheit erneut daran zu erinnern, dass er nicht in diese missliche Lage geraten wäre.

»Dax? Bist du hier irgendwo?« Eine Frauenstimme hallte sanft vom Eingang der Höhle wider.

»Verschwinde!«, zischte ich meinem Bruder zu.

»Viel Spaß mit Susi«, erwiderte er leise und verschwand dann in den Schatten. Dennoch konnte ich seinen Blick auf mir spüren, denn er wollte ebenso wie ich wissen, ob wir endlich die Richtige gefunden hatten.

»Ja, ich bin hier. Entschuldige, ich hatte mein Portemonnaie verloren und mich dann verlaufen. In der Dunkelheit konnte man kaum etwas erkennen.«

Gemächlich ging ich mit einem Feuerzeug in der Hand zum Ausgang der Höhle, wo mein Date sichtlich genervt auf mich wartete. »Verzeih mir bitte, Süße.«

Ich beugte mich zu der Blonden herunter und gab ihr einen sanften Kuss auf die roten Lippen.

»Schon verziehen. Vielleicht sollten wir das nächste Mal tagsüber im Wald spazieren gehen«, sagte sie leise und lächelte mich sanft an. Ich kannte den hungrigen Blick in ihren grünen Augen.

»Soll ich dir etwas Interessantes im Inneren der Höhle zeigen?« Ich deutete auf den Gang, der mit jedem Meter dunkler wurde.

»Das klingt wie der Beginn eines schlechten Horrorfilms«, kicherte sie, veränderte dann aber ihre Körperhaltung. Da war jetzt eine Anspannung, die ich dringend lösen musste.

»Komm schon, Susi. Sei kein Angsthase«. Ich strich ihr sanft über die Wange, doch sie nahm meine Hand weg.

Sie zog die Augenbraun zusammen, sodass sich dazwischen leichte Fältchen bildeten.

»Ich heiße Romy«, sagte sie und funkelte mich finster an.

In diesem Moment hätte ich schwören können, das Lachen meines Bruders zu hören.

Jetzt musste ich ganz dringend Schadensbegrenzung betreiben.

Ich zeigte ihr mein charmantestes Lächeln, das so gut wie nie seine Wirkung verfehlte.

»Ich wollte mir doch nur einen Spaß erlauben«, versuchte ich zu erklären.

»Und du findest es lustig, mich beim falschen Namen zu nennen?«

Sie ging einen Schritt von mir weg. Langsam entglitt mir die Situation und das war gar nicht gut.

»Es war eine dumme, unüberlegte Idee. Ich wollte dich auf keinen Fall verärgern, mein Schatz.«

Sie musterte mich und überlegte scheinbar, ob sie mir das glauben konnte. Schließlich wagte ich noch einen Versuch, um den Abend zu retten. Ich ging auf sie zu und umfasste ihre weichen Wangen mit meinen Händen. Romy ließ mich gewähren, sodass ich neue Hoffnung schöpfte. Langsam, um sie nicht erneut zu verschrecken, beugte ich mich zu ihr hinunter und küsste sie ganz sanft.

Die zärtliche Berührung wurde mit jedem Herzschlag verlangender, sodass sie bald schon ihren Mund für mich öffnete und meine Zunge sanft ihre massierte.

Sie stöhnte auf und tief in mir regte sich ein animalisches Verlangen. Doch ich ging nicht weiter darauf ein, denn ein anderes Ziel war wichtiger.

Langsam löste ich mich von ihr und genoss den Anblick ihrer roten Wangen.

»Verzeihst du mir?«, flüsterte ich in ihr Ohr.

»Gerade so, aber mach das nie wieder.«

»Es war das letzte Mal, versprochen.«

Ich verschränkte meine Finger mit ihren und ging langsam tiefer in die Höhle.

»Hältst du das wirklich für eine gute Idee?«, fragte Romy und sah sich verängstigt um.

»Vertraust du mir?«

»Natürlich«, sagte sie rasch.

Mir entging nicht, dass Romy meine Hand immer fester drückte, dennoch blieb sie nicht stehen.

Das war ein gutes Zeichen. Die Minuten vergingen, ohne dass einer von uns beiden etwas sagte. Ich genoss diese Ruhe, denn normalerweise hielt sie so gut wie nie den Mund.

»Vielleicht sollten wir doch besser zurück gehen?« Sie krallte sich fast schon schmerzhaft in meinen linken Oberarm.

»Hast du etwa Angst?«, fragte ich, obwohl die Antwort offensichtlich war.

»Wie würdest du reagieren, wenn ich dich mit einer deiner Ängste konfrontieren würde?«

»Ich würde antworten, dass ich bereits seit Langem in einem Alptraum lebe«, sagte ich vollkommen emotionslos. Es war mir gleichgültig, was sie dachte. Jetzt war es sowieso schon zu spät für sie.

»Wie bitte?«, fragte Romy schockiert, als hätte ihr jemand einen Eimer eiskaltes Wasser über den Kopf geschüttet.

»Wir sind da«, entgegnete ich, ohne weiter auf ihre Frage einzugehen.

Dutzende kleine Lichter erhellten plötzlich die grauen Wände der Höhle und offenbarten eine unterirdische Grotte, die sich vor unseren Füßen erstreckte. Weiße Stalaktiten ragten bedrohlich aus der Decke und einzelne Wassertropfen fielen von ihnen herab in den dunkelblauen See. An den Ufern, rund um das Gewässer herum, gab es ein weiches Moosbett und in der Luft hing ein leichter Rosenduft.

»Wow. Das ist wunderschön«, sagte sie erstaunt und blickte sich mit großen Augen um. Vergessen war ihre Angst vor der Dunkelheit.

»Gefällt es dir?« Die Gleichgültigkeit in meiner Stimme bemerkte Romy schon gar nicht mehr. Viel zu sehr war sie mit der Grotte beschäftigt.

»Wen hast du mir denn dieses Mal mitgebracht, Daxton?«

Hine trat aus einer dunklen Ecke der Grotte heraus. Ihrem belustigten Gesichtsausdruck nach zu urteilen, hatte sie Romy schon länger beobachtet.

Die Göttin trug ein schwarzes, bodenlanges Kleid und eine mit schwarzen

Steinen besetzte, silberne Krone auf dem Kopf. Es gab Königinnen, die sich weniger opulent kleideten als diese Frau.

»Das ist Romy. Sie wird bestimmt die Aufgaben bewältigen«, sagte ich, als wäre sie nur ein Pferd, das ich ins Rennen schickte. Doch genau das empfand ich. Sie war meine Chance auf eine Fahrt hinaus aus dieser Hölle.

»Das hast du schon dutzende Male behauptet. Bist du es nicht leid, dich selbst und mich zu belügen?«

»Noch nicht«, entgegnete ich gespielt gelangweilt.

»Dax, was geht hier vor?«

Meine Begleitung war aus ihrer Starre erwacht und hielt mich am Arm fest. Ihre grünen Augen sahen hilfesuchend zu mir hoch, doch das kümmerte mich nicht.

»Liebes, bist du ihm freiwillig hierher gefolgt?« Die Stimme der Göttin hallte zuckersüß von den Wänden. Sie umgab sich gerne mit einer Aura der Unschuld, während ihre wahren Absichten bis zum Schluss für alle anderen verborgen blieben. Darin war sie wahrhaft eine Meisterin.

Hine kam immer dichter zu uns und fixierte Romy wie eine Schlange, die eine Maus verschlingen wollte. Als meine Begleiterin bemerkte, dass ich nichts tat, um von hier zu fliehen, ließ sie mich wütend los.

»Ich verschwinde jetzt von hier.«

Aus dem Boden schossen plötzlich dicke Wurzeln, die sich um Romys Arme und Beine wickelten. Sie wehrte sich und schrie, aber die Fesseln lockerten sich nicht.

»Du kannst gehen, wohin du willst, sobald du mir die Frage beantwortet hast.«

Hine positionierte sich jetzt direkt vor ihr.

Hätte mir etwas an der Frau gelegen, dann hätte ich tatsächlich Mitleid empfinden können. »Also?« Hine hob eine Augenbraue. Eine Geste, die die Göttin des Totenreiches zutiefst menschlich wirken ließ. Die Wurzeln zogen sich enger um Romys Gelenke und ihre Tränen gingen in einem verzweifelten Schrei unter.

»Ja«, sagte sie schließlich.

Augenblicklich lösten sich die Fesseln und Romy fiel auf die Knie.

»Na, bitte. Es geht doch.«

Hine richtete ihre braunen, fast schwarzen Augen auf mich und entblößte mit einem Lächeln ihre weißen Zähne.

»Möchtest du zusehen oder verlässt du uns jetzt?«

Ihre dunkelroten Lippen verzogen sich zu einem Lächeln, das Romy aufjammern ließ.

»Ich verschwinde von hier.«

Ich wandte mich von der winselnden Romy ab und bewegte mich Richtung Ausgang.

»Wie schade. Ich werde die Show genießen.«

Ihre weiteren Worte gingen in endlosen Schreien unter. Ich drehte mich nicht noch mal um.

4. KAPITEL

Charlotte

Innerhalb der nächsten zwei Wochen pendelte sich ein Rhythmus ein und ich hatte so langsam das Gefühl, angekommen zu sein. Allerdings scheute ich mich immer noch davor, die Kiwis zu füttern. Ich weiß nicht warum, aber dieser schwarze Kiwi, den ich Pango getauft hatte, hatte einen Narren an mir gefressen. Sobald ich den Käfig betrat, begleitete er mich auf Schritt und Tritt und wenn ich versuchte ihn zu ignorieren, dann zwickte er mich mit dem Schnabel. Scheinbar hatte ich irgendetwas an mir, was er nicht leiden konnte. Als ich Vicky und Theo davon erzählte, schauten sie mich an, als hätte ich nicht mehr alle Tassen im Schrank. Wer glaubt denn bitte ernsthaft, dass ein Vogel ihn nicht leiden kann?

Heute hatten die anderen und ich frei, während sich Loreley alleine um den Park kümmerte. Das kam mir sehr gelegen, weil am heutigen Tag das Blossom Festival stattfand. Eine riesige Parade zog durch die Stadt und es war die perfekte Mischung aus Karneval und Frühlingsfest. Jeder einzelne Wagen war prachtvoll geschmückt. Man musste es einfach lieben. Zumindest wenn man den Bildern aus dem Internet glauben konnte.

Während Theo und Vicky bereits in der Innenstadt waren, war ich nach einem ausgiebigen Schläfchen noch mit der Kleiderwahl beschäftigt. Plötzlich klingelte mein Handy und das leuchtende Display kündigte einen Anruf von meiner Mutter an.

»Hallo«, begann ich zaghaft.

»Charlotte, ich möchte wissen, wann du wieder nach Hause kommst.« Die Stimme meiner Mutter war wie immer fordernd und wehe, man lieferte ihr keine Informationen.

»Mir geht es gut, danke der Nachfrage«, entgegnete ich zähneknirschend.

»Davon gehe ich aus, sonst wärst du ja wohl kaum in der Lage, ans Telefon zu gehen.«

Das nächste Mal bin ich hoffentlich nicht mehr so dumm.

»Was willst du, Mama?«

»Das sagte ich bereits«, erwiderte sie scharf.

»Ich habe noch keine Ahnung, wann und ob ich wieder zurückkommen werde. Es gefällt mir hier sehr gut und die Arbeit macht auch Spaß.«

»Red doch keinen Unsinn. Ich habe mir diesen Schwachsinn jetzt einige Tage mit angesehen und auf deinen Anruf gewartet, aber du bist ja zu stur, um deinen Fehler einzusehen. Du wirfst gerade alles weg, wofür wir so hart gearbeitet haben.«

Und da war es wieder, das *Wir*. Als ob sich dieses Leben zwei Menschen teilten, aber es gehörte allein mir.

»Ich muss jetzt los.« Die Beschimpfungen und die Wut schluckte ich hinunter, denn es war verschwendete Kraft, sie von irgendetwas überzeugen zu wollen, an das sie niemals glauben würde.

»In einer Woche bist du spätestens wieder zu Hause, sonst fliege ich höchstpersönlich in diese Wildnis und schleife dich nach Deutschland zurück.«

»Mach's gut, Mama.«

Dann legte ich auf und atmete einmal tief durch. Sie würde es niemals verstehen, denn in ihren Augen hatte ich das perfekte Leben weggeworfen. Dabei fühlte sich das hier zum ersten Mal richtig an.

Frustriert über das Gespräch zog ich mir ein langärmliges Oberteil an, auf dessen Stoff dutzende Sonnenblumen prangten. Wenn mein Gesicht schon keine Frühlingsgefühle versprühte, würde es wenigstens das Shirt übernehmen. Dazu noch ein weißer Hut mit breiter Krempe, der jetzt zum ersten Mal zum Einsatz kam. Ich hatte doch gewusst, dass es eine hervorragende Idee gewesen war, den in meinen Rucksack zu quetschen. Eine Jeans und ein paar braune Sandalen rundeten das Bild perfekt ab.

Um etwas Zeit zu sparen, nahm ich den Bus in die Innenstadt, der zu meinem Glück bereits mit laufendem Motor an der Haltestelle stand. Außer mir befanden sich lediglich noch zwei Mädels im Bus, die lauthals lachten und in ruhigen Momenten erstaunt aus dem Fenster schauten. Nach einigen Minuten hielt der Bus, denn aufgrund der Festivitäten konnte er nicht weiter in die Innenstadt fahren. Die Straßen waren für die feiernden Menschen und die Festwagen gesperrt.

Die zwei anderen Fahrgäste stiegen vor mir aus, sodass ich als Letzte den Bus verließ und mich zunächst orientieren musste. Allzu oft verließ ich den Birdlife Park nicht, sodass ich auf einer Karte nachsehen musste, wo genau ich mich befand.

Queenstown war voll mit fröhlichen Menschen, die die neue Jahreszeit begrüßten. Wo man hinsah, lachten und sangen Leute miteinander.

Mich jedoch erstaunten vielmehr die zahlreichen Kirschbäume, deren Blüten die Stadt in ein rosanes Meer tauchten. Noch nie zuvor hatte ich etwas Derartiges gesehen. Ich kannte natürlich die Bilder vom Kirschblütenfest aus Japan, doch das war kein Vergleich zu diesem Erlebnis. Selbst die Luft war erfüllt von dem Zauber, der von diesen zarten Blüten ausging. Ich atmete tief ein und aus und saugte jedes Detail in mich auf.

Ganz langsam setzte ich mich wieder in Bewegung und überquerte die ersten gesperrten Straßen. Mit jedem zurückgelegten Meter wurden die Wege voller, weshalb es immer schwieriger wurde voranzukommen. Die Menschen drängten sich dicht an dicht, sodass die Geräusche von allen Seiten auf mich einprasselten. Viele von ihnen waren kostümiert oder hatten sich die Gesichter bunt angemalt, sodass man bei ihrem Anblick einfach gute Laune bekommen musste. Diese Unbeschwertheit färbte ab, weshalb auch ich mich dabei erwischte, einfach zu grinsen.

Bunt geschmückte Festwagen zogen durch die Straßen. Die Menschen, die sich darauf befanden, schmissen Süßigkeiten und Blumen in die grölende Menschenmenge. Die Kinder liefen eifrig den Wagen hinterher, um so viele Bonbons wie möglich zu ergattern. Eine Szenerie, die mich stark an den Karneval erinnerte, nur dass hier das Thema Blumen deutlich im Vordergrund stand. Langsam wurde es Zeit, meine Freunde zu finden.

Nach minutenlanger Suche und mehreren WhatsApp-Benachrichtigungen fand ich Theo und Vicky bei einem Wagen, auf dem dutzende Mädchen, verkleidet als Frühlingszwiebeln, tanzten.

»Da bist du ja endlich«, wurde ich von Vicky begrüßt, die in den letzten Tagen deutlich freundlicher zu mir war. Sie machte sich sofort ans Werk und malte mir eine Rose auf die Wange. Zumindest fühlte es sich so an. Schminken gehörte zum Blossom Festival einfach dazu, sonst war man kein offizielles Mitglied der feiernden Gesellschaft.

Theo hingegen reichte mir erst einmal ein rotes Getränk, das unheimlich süß roch.

Nach dem ersten Schluck verzog ich den Mund.

»Schmeckt es dir etwa nicht?«, fragte er.

»Es erinnert mich an Gummibärchen, die in Zuckerwasser aufgelöst wurden.«

»Das klingt herrlich, aber wenn du es nicht trinken möchtest, dann kann ich dir auch ein Wasser holen«, bot er an.

»Das wäre sehr nett«, sagte ich und reichte ihm die süße Limonade.

In einem Satz kippte er den Inhalt meines Bechers hinunter und ich schüttelte mich bei dem Anblick.

»Na klar, ältere Menschen sollen sich doch besonders bei Wärme schonen, damit der Kreislauf nicht zusammenbricht«, erwiderte er im Vorbeigehen und zwinkerte mir dann zu.

Auch nach zwei Wochen hatte Theo nichts von seinem Charme eingebüßt, allerdings hatten wir über die Situation im Irish Pub kein Wort mehr verloren.

Kurz vor Sonnenuntergang wurde die Stimmung in der Stadt immer ausgelassener und ich war dankbar für diese Ablenkung. Jetzt sangen wir alle die Lieder mit, die aus den überdimensionalen Musikboxen von den Wagen schallten. Zu Theo und Vicky hatte sich eine zarte Freundschaft entwickelt, dennoch wich ich immer aus, wenn es um meine Vergangenheit ging. Es fühlte sich einfach nicht richtig an, darüber mit jemandem zu reden. Noch nicht.

Als der letzte Wagen die Straße verließ, waren bereits die ersten hell leuchtenden Sterne am Himmel zu sehen.

Eine sternenklare Nacht verlor einfach nie ihren Zauber. Ich weiß nicht warum, aber ausgerechnet jetzt fühlte ich mich plötzlich einsam. In diesem

Augenblick war ich umgeben von so vielen glücklichen Menschen, aber in mir wuchs eine Leere. Gegen meinen Willen glitt eine einzelne Träne meine Wange hinunter und ich wusste, dass weitere folgen würden. Kurzerhand verabschiedete ich mich von den anderen und achtete darauf, dass sie mein Gesicht nicht genau erkennen konnten. Sie protestierten zwar, aber ließen mich dann gehen. Mein Weg führte mich zum Rand des Waldes, der sich im Westen der Stadt erstreckte.

Obwohl Loreley mich davor gewarnt hatte, den Wald nicht alleine zu betreten, strahlte dieser Ort genau die Ruhe aus, die ich brauchte. Das nannte man wohl »zur richtigen Zeit am richtigen Ort sein«. Außerdem würde ich nicht tief hinein gehen, sondern nur am Waldessrand bleiben.

Ich setzte mich auf einen Felsen, der noch aufgewärmt war von der Frühlingssonne, und blickte hinauf zu den Sternen. Hunderte konnte man von hier aus erkennen und der Vollmond unterstrich den Zauber der Nacht. Er erhellte die Landschaft so weit, dass ich alles gut erkennen konnte. Das Gezwitscher der Vögel war bereits verstummt und ich lauschte dem seichten Rascheln der Blätter. Die Musik vom Festival war nur noch leise wahrzunehmen und ich versuchte, das Chaos in mir zu ordnen.

»Du bist wohl die traurigste Blume, die ich heute auf dem Fest gesehen habe.«

Eine tiefe Stimme riss mich aus meinen Gedanken. Zwei Meter von mir entfernt stand ein hochgewachsener Mann, dessen dunkelbraune Augen mich fixiert hatten. Wie konnte mir entgehen, dass ich nicht länger alleine war? Reflexartig tastete ich nach meinem Handy und versuchte es vergebens aus der Hosentasche zu ziehen.

Verflucht seien diese Skinny Jeans!

Das Adrenalin rauschte durch meine Adern und ließ meinen Puls in die Höhe schnellen. Ich schluckte schwer beim Anblick des Mannes und wischte meine schweißnassen Hände an der Hose ab. Eine innere Stimme schrie mich an, endlich wegzulaufen, aber wohin sollte ich rennen? Mein Blick glitt in alle möglichen Richtungen und ruhte schließlich wieder auf ihm.

Der Fremde mit den Tätowierungen an den Armen hatte meine Bewegungen amüsiert verfolgt.

»Wenn ich dir etwas antun wollte, dann wäre ich sicherlich nicht so bescheuert, dich vorzuwarnen.«

Ein Lächeln erschien auf seinem Gesicht, das die harten Gesichtszüge weicher erscheinen ließ. Er war schön, gar keine Frage, und unter anderen Umständen hätte ich mich über die Aufmerksamkeit gefreut.

»Wer weiß schon, was in einem Kerl vorgeht, der einer Fremden bis in den Wald hinein folgt. Das können natürlich nur die edelsten Absichten sein«, sprach ich meine Gedanken laut aus.

Langsam stand ich von dem Felsen auf und holte das Telefon aus der Tasche. Sicher ist sicher.

»Ich dachte mir, was muss dieser Frau passiert sein, dass sie sich von ihren feiernden Freunden abwendet, um hier alleine zu sitzen?«

Die Tatsache, dass der Kerl mich scheinbar schon längere Zeit beobachtet hatte, ließ alle Alarmglocken in mir schrillen. Die Stimme in meinem Inneren, die zuvor geschrien hatte, dass ich wegrennen sollte, hatte sich jetzt ein Megafon genommen, um mich endlich zu einer Bewegung zu animieren.

Ich machte einen Schritt nach hinten, und tippte bereits mit den Fingern die ersten zwei Zahlen des Notrufs.

»Ich werde dann jetzt besser gehen. Du solltest wirklich an deiner Paranoia arbeiten, denn nicht jeder Mensch hat schlechte Absichten. Das nächste Mal werde ich sicherlich nicht so naiv sein und mir Sorgen um jemanden machen, den ich gar nicht kenne.«

Er drehte sich um und ging einige Schritte von mir weg. Seine dunklen Haare schimmerten sanft im Licht des Mondes.

Gegen meinen Willen musste ich zugeben, dass seine Worte einen Nerv getroffen hatten.

»Warte!« Mein Mund war mal wieder schneller als mein Verstand.

Er blieb stehen und wandte sich zu mir um.

»Ja?«

»Verrätst du mir deinen Namen?«, sagte ich und bemühte mich um eine feste Stimme.

»Warum?« Er legte den Kopf schief und erinnerte mich unglücklicherweise an den Kiwi, der mich immer ins Bein pickte. Mit all meiner Willenskraft unterdrückte ich einen Lachanfall und schob die Bilder beiseite.

»Weil ich wissen möchte, wie der Mann heißt, der sich so selbstlos um andere bemüht.« Meine Worte klangen sarkastischer, als es eigentlich beabsichtigt war. Zudem gab mir ein Name, ein gewisses Gefühl von Sicherheit. Ein Name verlieh einem Fremden ein Gesicht.

»Ich ignoriere mal die Tatsache, dass du dich offensichtlich über mich lustig machst. Meine Freunde nennen mich Dax, aber du kannst ruhig Daxton sagen.«

Sieh an, da hatte ja jemand Humor.

Er steckte lässig die Hände in die Hosentaschen und mir entging dabei nicht, wie sehr sich das dunkelblaue T-Shirt über seine muskulöse Brust spannte.

»Also schön, Daxton, es war merkwürdig, deine Bekanntschaft zu machen, und wenn ich dir noch einen Tipp für die Zukunft geben darf: Arbeite an deinen Anmachsprüchen.«

Immerhin war der Satz mit der traurigen Blume wirklich lahm.

»Glaub mir, wenn ich Interesse an dir hätte, dann würdest du es wissen.«

Autsch. Keine Ahnung warum, aber seine Worte verletzten das kleine schüchterne Mädchen in meinem Inneren.

»Ich werde es mir merken. Bekommst du die eigentlich für jede Frau, die du vor der Einsamkeit rettest, ein neues Tattoo?« Ich deutete auf seine Arme.

»Das hast du gut erkannt und ich dachte wirklich, heute Abend würde ich mir noch eins verdienen, aber du bist ja scheinbar keine Jungfrau in Nöten«, sagte er und zwinkerte mir verschmitzt zu.

»Nein, weder das eine noch das andere.«

Gerade wollte er etwas erwidern, als die Erde anfing zu beben. Ich verlor das Gleichgewicht und stieß schmerzhaft gegen den Felsen. Das würde mit Sicherheit einen riesigen blauen Fleck ergeben.

»Verflucht!«, stieß Daxton aus und für einen kurzen Moment dachte ich, dass er damit mich meinte. Dann jedoch erkannte ich, dass er hinauf zum Berg sah, der sich vor unseren Füßen erstreckte.

Zu meiner Erleichterung dauerte das Erdbeben nicht lange an und ich entspannte mich etwas. Daxton jedoch starrte immer noch zum Berg empor, als würde er dort irgendetwas Ungewöhnliches erkennen.

»Ich glaube, es ist vorbei«, versuchte ich ihn zu beruhigen.

»Das ist es allerdings.« Daxton drehte sich um und verschwand dann ebenso schnell, wie er gekommen war.

Wenn jetzt noch ein Einhorn auftaucht, schafft es dieser Abend unter die Top Ten der merkwürdigsten in meinem Leben, dachte ich.

5. KAPITEL

Charlotte

Was war das denn? Egal, wie ich die Situation im Nachhinein beurteilte, ich wurde aus dem Kerl nicht schlau. In dem einen Augenblick wollte er mit mir reden und in dem anderen ließ er mich stehen. Einfach merkwürdig.

Theo und Vicky hatten nichts von dem Beben mitbekommen und waren bereits zu Hause, als ich endlich ankam.

In den folgenden Tagen vereinnahmte mich die Arbeit und ich versuchte die wirren Gedanken etwas zu ordnen. Dennoch konnte ich nicht verhindern, dass dieser Daxton darin vorkam. Sein schönes Gesicht hatte eine intensivere Wirkung auf mich, als ich mir selbst eingestehen wollte.

Gedankenverloren schüttelte ich den Kopf und betrat das Kiwi-Gehege.

Mittlerweile hatte ich die Vögel mit der einzigartigen Silhouette ins Herz geschlossen, selbst den kleinen Rebellen mit dem nachtschwarzen Gefieder.

Die Ablenkung von Daxton und meiner Vergangenheit gelang mir bis zu dem Moment, als das Handy klingelte und der Name RIESENARSCHLOCH hell aufleuchtete.

Den ersten Versuch meines Exfreundes, mich anzurufen, konnte ich noch ignorieren, aber auf den ersten folgten weitere und irgendwann machte ich den Fehler ranzugehen:

»Charlie?« Seine Stimme hörte sich noch genauso an wie in meiner Erinnerung. Ich konnte förmlich spüren, wie die Wunden der Vergangenheit mit einem stumpfen Messer erneut aufgerissen wurden.

»Was willst du?«

Ich bemühte mich, möglichst distanziert zu klingen.

»Komm nach Hause. Bitte«, flehte er.

»Du musst wohl glauben, dass ich keinerlei Selbstachtung besitze.« Ich blieb immer noch ruhig.

»Ich habe einen Fehler gemacht, Schatz. Was kann ich tun, damit du mir verzeihst?«

»Reise in die Vergangenheit zurück, verhindere, dass du dich wie ein Riesenarschloch verhältst und meine beste Freundin flachlegst.«

Mit diesen Worten drückte ich so heftig auf den roten Button, dass ich mir beinahe selbst das Telefon aus der Hand geschlagen hätte. Es wäre so viel befriedigender gewesen, wenn es ein Festnetztelefon gewesen wäre. Da hätte man wenigstens den Hörer ordentlich in die Halterung knallen können.

Mein Herz schlug mir bis zum Hals und die Bilder von zwei ineinander verschlungenen Körpern tauchten vor meinem geistigen Auge auf. Selbst das Stöhnen konnte ich in diesem Moment hören und es wurde mit jeder Sekunde lauter. Tränen rannen warm an meiner Wange entlang und ich konnte nicht aufhören zu schluchzen. Meine Hände waren zu Fäusten geballt und die Fingernägel bohrten sich schmerzhaft in die Haut. Wut und Trauer vermischten sich zu einem Meer, in dem ich gerade ertrank. Ein verdammter Anruf hatte gereicht, um mich wieder genauso mies zu fühlen wie vor vier Monaten.

Auf einmal spürte ich eine sanfte Berührung an meinem Bein. Wie eine Feder, die zart über meine Haut strich. Durch meinen verschleierten Blick konnte ich nur die Umrisse des dunklen Kiwi erkennen, der sich an mich schmiegte. Langsam wischte ich mir die Tränen aus dem Gesicht und versuchte einmal tief einzuatmen. Ich beugte mich zu dem Tier hinunter und streichelte es sachte über das weiche Gefieder. Minutenlang kraulte ich Pango und er hielt ganz still.

»Hast du gespürt, dass es mir nicht gut ging?«, flüsterte ich dem Kiwi zu.

Das Tier sah mich aus seinen dunklen Augen an, löste sich schließlich von mir, nur um mich dann in gewohnter Weise zu zwicken. Das war wohl seine Art zu sagen: Reiß dich zusammen!

»Du hast recht. Der Kerl ist keine einzige Träne wert«, sagte ich mehr zu mir als zu Pango.

»Mit wem redest du da?«

Vicky stand mit verschränkten Armen in der Öffnung zum Kiwi-Gehege. Stumm hoffte ich, dass sie meine geröteten Augen nicht sah.

»Mit niemandem, ich hab nur laut nachgedacht.«

»Okay«. Sie zog das Wort wie zähen Kaugummi in die Länge und runzelte die Stirn. »Denkst du daran, dass heute Nachtführungen im Park stattfinden? Du hattest dich freiwillig gemeldet.«

Verdammt, das hatte ich tatsächlich vergessen.

»Wenn du dich nicht wohlfühlst, kann ich das auch gern übernehmen. Du wirkst etwas mitgenommen«

Sie musterte mein Gesicht und eine Sorgenfalte zeichnete sich zwischen ihre Brauen ab.

»Nein, schon okay. Mir geht es gut.« Hoffentlich durchschaute sie die Lüge nicht. Nichts war schlimmer, als von anderen bemitleidet zu werden, und genau das war ich in diesem Moment: vollkommen bemitleidenswert.

»Alles klar. Dann mach nach den Kiwis Schluss, damit du für heute Abend fit bist. Ich übernehme deine restlichen Aufgaben.«

Sie lächelte mich freundlich an und für einen kurzen Moment glaubte ich, dass sie gespürt hatte, dass es mir nicht gut ging. Vielleicht hatte dieser Daxton recht und ich sollte nicht jedem Menschen etwas Schlechtes unterstellen.

Sie sah mich noch ein letztes Mal an und schloss die Tür hinter sich.

Während Pango im Schutz der Pflanzen verschwand, verteilte ich das restliche Futter an seine Artgenossen, säuberte das Gehege und verschwand dann leise.

***

Einige Stunden später war die Sonne bereits untergegangen und die ersten Besucher strömten in den Park. Für ausreichend Licht sorgten die Lampions, die zwischen den Bäumen hingen, und kleine Laternen am Wegesrand. Die vereinzelte Beleuchtung verlieh der Umgebung einen romantischen Touch, bei dem sich jeder Besucher sofort wohlfühlen musste.

Einmal im Monat veranstaltete der Park eine Abendwanderung und damit es auch zu einem unvergesslichen Erlebnis wurde, musste einfach alles perfekt sein. Glückliche Besucher kamen wieder und der Park lebte von den Spendengeldern. Natürlich war ich nicht alleine, dennoch wollte ich einen Großteil der Aufgaben übernehmen, um mich nützlich zu machen.

Gerade war ich dabei, etwas Unkraut zu entfernen, das ich vorhin übersehen hatte, als vor mir ein paar schwarze Sneakers auftauchten. Mein Blick glitt nach oben, direkt in Daxtons dunkelbraune Augen.

»Das nenne ich mal einen Zufall«, begrüßte er mich.

»Wirklich? Ich würde es eher als Stalking bezeichnen.«

Langsam, ohne ihn aus den Augen zu lassen, richtete ich mich auf und klopfte den Schmutz von meinen Händen. »Was willst du hier?«, fragte ich ungeduldig.

»Du solltest wirklich daran arbeiten, wie du mit Menschen umgehst. Ich wollte nur das Schauspiel der Lichter genießen.«

Er hob ergeben die Hände.

»Dann wünsche ich dir viel Spaß dabei.«

Ich versuchte ihm das netteste Lächeln zu schenken, das ich aus meiner Zauberkiste hervorkramen konnte.

»Tut mir leid, dir das sagen zu müssen, aber wenn du lächelst, siehst du aus wie der Horrorclown aus *Es*. Versteh mich nicht falsch, ich liebe Horrorfilme, aber andere Menschen könnte das verstören.«

Augenblicklich war mein Lächeln verschwunden.

»Besser«, sagte er und die Freude in seiner Stimme war kaum zu überhören.

»Wie wäre es, wenn du mich etwas herumführst? Immerhin scheinst du hier zu arbeiten, Charlotte.«

Gerade wollte ich Daxton fragen, woher er meinen Namen kannte, als mir einfiel, dass »Charlotte« auf einem silbernen Schildchen an meiner Brust stand. Mist.

»Ich habe leider zu tun.« Ich bemühte mich um einen neutralen Tonfall.

»Außerdem habe ich es lieber, wenn man Charlie zu mir sagt. Charlotte klingt in meinen Ohren einfach zu altbacken«, fügte ich hinzu, damit er mich möglichst nur mit meinem Spitznamen ansprach.

»Wie heißt er?«, fragte er und steckte dabei lässig die Hände in seine Jeans. Offenbar eine seiner bevorzugten Gesten.

»Wer?«

»Na der Kerl, der dir das Herz gebrochen hat«, ergänzte Daxton.

Jetzt hatte er einen Nerv getroffen.

»Erstens, woher willst du wissen, dass mein Herz gebrochen ist und zweitens, warum bist du dir so sicher, dass es ein Mann war?«

Innerlich klopfte ich mir selbst auf die Schulter für diesen Konter.

»Du hast recht, wie konnte ich nur auf die Idee kommen.« Er tippte sich ans Kinn und tat so, als würde er angestrengt überlegen. Als Schauspieler sollte er lieber nicht arbeiten.

»Dann möchte ich mich aufrichtig bei dir entschuldigen und dich zu einem Essen einladen.«

Eins musste man dem Kerl lassen, er war hartnäckig. Allerdings wusste ich noch nicht, ob ich davon genervt oder beeindruckt war.

»Charlotte, gibt es hier ein Problem?« Loreley stand plötzlich vor uns und ihre grauen Augen blickten abwechselnd von mir zu Daxton. Unbeabsichtigt schienen wir die Aufmerksamkeit von mehreren Gästen auf uns gezogen zu haben. Warum musste so etwas nur immer mir passieren?

»Allerdings, Ihre Kollegin weigert sich, mir ein paar Dinge über die Tiere hier zu erzählen. Das finde ich doch etwas unhöflich.« Er hatte gerade ohne mit der Wimper zu zucken gelogen und Loreley sah mich jetzt mit einer Mischung aus Erstaunen und Enttäuschung an.

»Ich bin mir sicher, da liegt ein Missverständnis vor, denn Charlotte ist ausgesprochen freundlich zu unseren Gästen.«

Loreleys eindringlicher Blick gab mir unmissverständlich zu verstehen, dass ich mich um Daxton kümmern sollte. Allerdings befürchte ich, sie meinte es nicht auf die gute alte Mafia-Art.

Sie ließ uns allein und ich funkelte Daxton böse an.

»Herzlichen Dank«, zischte ich ihm leise genug zu, damit nur er es verstehen konnte.

»Ich schlage vor, du führst mich herum und wenn du mich danach immer noch nicht ausstehen kannst, dann verschwinde ich für immer.«

»Du musst ja sehr von dir überzeugt sein, wenn du glaubst, dass eine kurze Führung reicht, um mich von deinen positiven Seiten zu überzeugen.«

Er beugte sich zu mir herunter, sodass unsere Gesichter nur wenige Zentimeter voneinander entfernt waren.

»Ich bin mir sicher, du wirst dich unsterblich in mich verlieben.«

Das Augenrollen konnte ich dann doch nicht unterdrücken. An Selbstbewusstsein schien es ihm jedenfalls nicht zu mangeln.

»Wir werden sehen«, gab ich unverfänglich zurück, obwohl ich die Antwort bereits kannte. »Erst einmal gehen wir eine Runde und danach verschwindest du.«

Hoffentlich würde ich das nicht bereuen.

Er hielt mir galant seinen Arm hin als stumme Einladung, mich einzuhaken. Ich ging eiskalt an ihm vorbei und führte ihn zuerst zur Bienenstation. Danach folgten das Weka-Gehege und das Maori-Dorf. Ich redete ohne Punkt und Komma und versorgte ihn mit so vielen Informationen, dass mir selbst schon der Kopf schmerzte. Insgeheim hatte ich gehofft, dass er irgendwann das Interesse verlor. Vergebens.

»Ich bewundere wirklich deine Bemühungen, mich mit den ganzen Informationen abzuschrecken, aber wie du sicherlich bemerkt hast, bin ich noch da. Darum schlage ich vor, du erzählst mir einfach etwas über dich.«

Daxton blieb stehen und sah mich mit diesen braunen Augen an, als könnte er in meine Seele blicken und sehen, was mir alles passiert war. Unruhig tippte ich mit den Fingern gegen meinen rechten Oberschenkel.

»Da gibt es nicht besonders viel zu erzählen. Ich bin seit ungefähr einem Monat hier und helfe im Park aus. In meiner Freizeit sitze ich gerne auf Felsen und starre in den Himmel. Und was ist mit dir?«, ratterte ich im Eiltempo herunter.

»Ich bevorzuge Baumstämme zum Sitzen.« Er sagte das derart ernst, dass ich einfach lachen musste.

In diesem Moment beschloss ich, ihm wenigstens die Chance auf eine nette Unterhaltung zu geben. Dagegen war im Grunde nichts einzuwenden, dennoch deutete die Art, wie er mich ansah, darauf hin, dass er sich eigentlich mehr erhoffte. Zum Abschluss unserer Führung zeigte ich Daxton meinen Lieblingsplatz im ganzen Park.

»Jetzt müsste man die Kiwis sehr gut sehen können im Außengehege.«

Ein Rascheln zwischen den Sträuchern verriet, dass sie sich gerade dort versteckten. Ich holte aus meiner Tasche ein paar Körner hervor und warf sie ins Gehege. Mit dem Zeigefinger bedeutete ich Daxton, dass er sich möglichst ruhig verhalten sollte, und er nickte.

Nach und nach kamen die Pärchen heraus, nur Pango war nicht zu sehen.

»Alles in Ordnung?«, fragte er, nachdem wir ein paar Minuten wortlos dagestanden hatten. Offenbar war mir die Enttäuschung anzusehen.

»Ja, ich warte eigentlich nur noch auf Pango. Er ist ein schwarzer Kiwi«, erklärte ich.

»Hast du ihm diesen Namen gegeben?«

»Ja. Der Name bedeutet ...«

»Schwarz«, kam mir Daxton zuvor. »Ich bin in Neuseeland geboren und aufgewachsen. Die Sprache der Maori ist mir also durchaus vertraut«, erklärte er.

»Verstehe. Und du hast nie woanders gelebt?«, fragte ich neugierig nach.

»Nein. Ich habe die Insel noch nie verlassen.«

Irrte ich mich oder sagte er dies mit Bedauern in der Stimme?

»Dann kennst du dich mit Sicherheit hier bestens aus und hattest gar keine Führung nötig«, schlussfolgerte ich.

»Das stimmt, aber es war schön zu sehen, wie du dich für die Tiere begeisterst. Besonders für die Kiwis.«

»Also hast du die ganze Show nur abgezogen, um Zeit mit mir zu verbringen?«, bohrte ich weiter nach.

»Als Show würde ich es jetzt nicht bezeichnen, denn mein Interesse am

Park und seinen Tieren ist durchaus echt. Wenn ich allerdings nach Priorität gehen müsste, dann stündest du an erster Stelle.«

Er trat dichter an mich heran und mein Mund wurde plötzlich trocken.

»Warum hast du mich nicht einfach nach einem Date gefragt?«, fragte ich und hoffte, dass mein Gesicht nicht verriet, dass seine Nähe mich nervös machte.

»Hättest du ja gesagt?«

Seine Augen hielten mich gefangen und ich schluckte schwer.

Sie wirkten im Schein der Laternen beinahe wie schwarze Kristalle, die jegliches Licht verschlangen. Noch nie zuvor hatte ich solche Augen gesehen.

»Vermutlich nicht«, antwortete ich ehrlich und versank weiter in diese schwarzen Iriden.

»Na siehst du, deswegen habe ich dich nicht direkt gefragt. Aber wo wir schon bei dem Thema sind, würdest du morgen Abend mit mir essen gehen?«

Ich konnte nicht genau sagen, was es war, aber etwas faszinierte mich an ihm. Etwas, das ich nicht länger ignorieren konnte.

»Einverstanden. Gib mir deinen Arm.«

Ohne zu zögern reichte er mir seine Hand, die etwas rau und größer als meine eigene war. Aus der Hosentasche zog ich einen Edding und schrieb ihm meine Nummer aufs Handgelenk. Verwundert hob er eine Augenbraue.

»Du hättest mir einfach deine Nummer sagen können, ohne gleich meinen Körper zu verschandeln.«

»Schon, aber so finde ich es irgendwie witziger. Außerdem passen die Zahlen perfekt zu deinen Tätowierungen«, sagte ich schulterzuckend.

»Du bist wirklich etwas Besonderes.« Die Art, wie er das sagte, war sowohl wunderbar als auch erschreckend. Wunderbar, weil sich ein zartes Kribbeln in meiner Bauchgegend meldete, das ich schon lange nicht mehr gespürt hatte, und erschreckend, weil es ihm so leicht fiel, dieses Gefühl bei mir zu hervorzurufen.

Gegen meinen Willen konnte ich spüren, wie mir eine verräterische Röte in die Wangen schoss, und ich betete, dass man es im fahlen Licht der Laterne nicht sehen konnte.

»Also schön, Charlie. Ich schätze, wir sehen uns dann morgen.«

Bevor ich es verhindern konnte, gab er mir einen sanften Kuss auf die Wange und verschwand dann im Schein des Mondes. Gut, dass er nicht mehr zu sehen war, denn ich konnte schwören, dass ich förmlich in Flammen stand.

Wie um alles in der Welt hatte er es geschafft, dass ich das zugelassen hatte?

6. KAPITEL

Charlotte

Immer wieder betrachtete ich mich im Spiegel, nur um dann anschließend noch mal etwas anderes anzuziehen.

Das war doch albern!

Von mir selbst genervt, zog ich schließlich einfach eine Jeans mit einem schlichten schwarzen Shirt an. Dazu meine Lieblingssneakers, die dunkelgrünen mit den weißen Punkten, und eine graue Strickjacke. Ich würde mich kein weiteres Mal umziehen, komme, was wolle. Der Stapel an Kleidungsstücken, der sich auf meinem Bett türmte, schien mich lauthals auszulachen. Triumphierend stopfte ich die Sachen in die Schubladen der Kommode. Alle Beweismittel für meine Nervosität waren damit verschwunden.

Energiegeladen drückte ich die Klinke der Zimmertür hinunter, trat einen Schritt hinaus und stieß mit Theo zusammen.

»Ich wusste doch, dass du einen Dickschädel hast«, sagte er und rieb sich sein Kinn. Dann betrachtete er mich genauer, während ich die Zimmertür schloss.

»Wohin willst du denn? Hast du ein Date oder wollen die Leute aus dem Altersheim, dich wieder zu sich holen?«, fragte er neugierig und schaute sich demonstrativ um.

»So würde ich es nicht nennen. Eher eine Verabredung mit einem merkwürdigen Kerl, der mich einfach zum Lachen bringt«, fasste ich nüchtern zusammen.

»Das erklärt, warum du aussiehst, als hätte dich eine Zwölfjährige mit schlechtem Geschmack angezogen.«

»Danke schön. Das war genau der Stil, den ich treffen wollte«, entgegnete ich seelenruhig. Innerlich kämpfte ich gegen den Drang an, mich erneut umzuziehen.

»Tja, ich würde sagen: Mission gelungen.«

Damit war diese nette Unterhaltung beendet und Theo verabschiedete sich lächelnd. Inzwischen wusste ich diese kleinen Neckereien durchaus einzuordnen und genoss den regelmäßigen, verbalen Schlagabtausch. Die Freundschaft zu Theo wuchs mit jedem Tag und mittlerweile wollte ich ihn nicht mehr missen.

Ich hastete die Treppe hinab und trat hinaus ins Freie. Mein Weg führte mich zu einem kleinen Holzschuppen, in dem ein paar Fahrräder gelagert wurden. Laut Loreley standen sie den Mitarbeitern zur freien Verfügung. Die einzige Bedingung war, dass man sie pfleglich behandeln sollte und nach Gebrauch wieder an Ort und Stelle zurückbrachte. Hätte mir schon früher jemand von diesem Schuppen erzählt, dann hätte ich mir das ganze Bus- und Taxigeld sparen können.

Gedankenverloren schüttelte ich den Kopf und suchte mir den Hexenbesen aus. Den Namen hatte ich einem giftgrünen Fahrrad gegeben, dessen Quietschen bei einer zu hohen Geschwindigkeit an das schrille Lachen einer Hexe erinnerte. Irgendwie machte es das für mich sympathisch.

Die Lichter der Stadt waren von hier oben aus gut zu sehen und ich hatte vorher nachgeschaut, welche Straße ich zu »Farelli's Trattoria« nehmen musste. Daxton hatte das Restaurant gestern Abend vorgeschlagen und darauf bestanden, dass wir uns um sieben Uhr dort trafen.

Ausgesprochen pünktlich und mit dank der Zöpfe gut sitzender Frisur erreichte ich das italienische Restaurant und schloss den Hexenbesen an einem Ständer an. Die Straßen waren voller Touristen und erst jetzt fiel mir auf, dass sich unser Treffpunkt gar nicht weit entfernt von dem Irish Pub befand, in dem ich mit Theo gewesen war.

Von meinem Date war weit und breit nichts zu sehen. Die fiese, unsichere Stimme in meinem Inneren freute sich diebisch darüber und redete mir ein, dass er nicht auftauchen würde. Oder war es meine eigene Nervosität, die mir diesen Gedanken einpflanzte?

Meine letzte Verabredung war Jahre her gewesen und damals hatte ich mich vor Aufregung in ein Gebüsch übergeben müssen. Zu meinem Glück hatte Robyn davon damals nichts mitbekommen. Obwohl, wenn er es bemerkt hätte, wäre mir vielleicht später viel Leid erspart worden.

Ich seufzte und verdrängte das Unwohlsein, als ich eine Bewegung hinter mir spürte.

7. KAPITEL

Daxton

Aus der Ferne sah ich ihren hellen Haarschopf, der mich bei unserer ersten Begegnung an frisch gefallenen Schnee erinnert hatte. Charlotte. Ihr Name lag mir auf der Zunge wie ein süßes Dessert, dessen Geschmack all meine Sinne befeuerte. Ich kannte dieses Gefühl, auch wenn es nur noch ein dumpfes Echo war, an das ich mich krampfhaft klammerte.

Je länger ich unter Hines Magie stand, desto größer wurde das Vergessen. Bis auch wirklich der letzte Rest von mir in einem dicken Nebel verschwand.

Ich entzog mich der Sogwirkung und konzentrierte mich auf mein nächstes Opfer.

Charlies Blick schweifte über die Häuser der Straße, bis zu dem kleinen italienischen Restaurant, das ich ausgesucht hatte. Ohne meine Anwesenheit zu bemerken, kniete sie sich hin und schloss das Fahrrad an. Geräuschlos näherte ich mich.

Als hätte Charlie meine Anwesenheit gespürt, hielt sie in der Bewegung inne und richtete sich auf. Augenblicklich umfing mich der Geruch von Jasmin und Orange, der sie wie ein Kokon umgab. Der Jäger in mir war begierig darauf, das Spiel schon vorzeitig zu beenden.

Doch ich ermahnte mich zur Geduld. Langsam, aber ohne eine Spur von Furcht, drehte sie sich um und sah mich an. Wie an dem Abend des Frühlingsfestes, so schien auch jetzt die Zeit einen Moment lang den Atem anzuhalten. Die Bewegungen um uns herum erstarrten. Ein wilder Sturm tobte in ihren braunen Augen und ich wusste, dass sie gegen meine Anziehung ankämpfte. *Dann wollen wir ihr das mal so schwer wie möglich machen,* dachte ich.

Ich beugte mich zu ihr herunter, sodass meine Lippen nur wenige Zentimeter von ihren entfernt waren. Ihre eben noch hellen Wangen nahmen einen wohligen Rotton an, sodass ich mich meines Triumphs schon sicher wähnte. Ich verringerte den Abstand zwischen uns.

Sie machte daraufhin einen Schritt zurück.

»Hi«, sagte sie.

Ich blinzelte einen Moment, bis ich registrierte, dass sie mich nicht küssen wollte.

Das war noch nie passiert.

»Hi«, antwortete ich perplex und kam mir zum ersten Mal seit langer Zeit wie ein Idiot vor.

»Wollen wir reingehen?«, fragte Charlotte und deutete auf das italienische Restaurant.

»Natürlich.« Ich reichte ihr meine Hand, damit sie sie ergriff, doch sie ignorierte die Geste und ging voran. Das war jetzt schon das zweite Mal und ich wusste noch nicht, ob mir dieser Eigensinn gefiel oder nicht.

»Hattest du reserviert?«, fragte sie stattdessen.

»Nein.« Wozu auch? Normalerweise hatten die Frauen schnell das Interesse an dem Essen verloren, sobald ich in der Nähe war.

Irgendetwas sagte mir, dass es dieses Mal nicht so einfach werden würde.

»Okay, dann haben wir hoffentlich Glück oder müssen uns sonst einen Plan B überlegen.« Eben war ich mir noch vollkommen sicher gewesen, dass ich ihre Gedanken lesen konnte wie ein Buch, und jetzt stand ich vor einer undurchdringlichen Mauer.

Also schön, dann würden wir eben nach ihren Regeln spielen. Charlie öffnete schwungvoll die Eingangstür zum Lokal und der würzige Geruch von gebackenem Teig und deftigen Soßen strömte hinaus.

»Es riecht schon mal sehr gut.«

Sie zwinkerte mir zu und obwohl ich nicht einmal wusste, warum, lächelte ich. Ihre unbeschwerte Art erinnerte mich irgendwie an mein früheres Ich. Seltsam.

Plötzlich fühlte es sich so an, als würde jemand versuchen, ein Licht durch die Nebelwand zu schicken. Doch genauso schnell, wie dieser Moment gekommen war, verschwand er auch wieder. Bis ich mir schließlich nicht einmal mehr sicher war, dass es ihn überhaupt gegeben hatte.

Ein Kellner begrüßte uns freundlich und manövrierte uns zu einem kleinen Tisch, der direkt am Fenster platziert war.

Charlie setzte sich zuerst und wartete gar nicht darauf, dass ich den Stuhl für sie zurückzog. Entweder sie kannte keine zuvorkommenden Männer oder sie wollte schlicht nicht, dass man sie wie eine Prinzessin behandelte.

Wir saßen uns gegenüber und der Kellner brachte einen Korb mit kleinen Brötchen und die Speisekarten.

»Bist du öfter hier?«, fragte sie mich und blätterte dabei ohne aufzusehen in der Karte.

»Manchmal«, antwortete ich unverfänglich. Die Wahrheit war, dass ich es noch mit keiner Frau in ein Restaurant geschafft hatte.

Sie legte die Karte beiseite und sah mich an.

»Was genau willst du von mir?«

Ihre Direktheit verwunderte mich.

»Ein Date.«

»Das hast du ja jetzt. Und wie dachtest du, würde der Abend enden?«

»Mit dir als Opfer«, rief meine innere Stimme euphorisch.

»Ich weiß es nicht. Hellsehen zählt leider nicht zu meinen herausragenden Eigenschaften«, sagte ich stattdessen.

Sie kniff die Augen zu schmalen Schlitzen zusammen.

»Du bist ein schlechter Lügner.«

»Man hat mir schon schlimmere Dinge an den Kopf geworfen.«

Ich zwinkerte ihr zu und beugte mich vor, sodass ich jedes Detail ihres Gesichts genau betrachten konnte.

»Wie soll denn der Abend enden?«, flüsterte ich in ihr Ohr.

Ihre Nackenhaare richteten sich auf und ich konnte eine leichte Gänsehaut auf ihren Armen erkennen.

»Das weiß ich nicht.«

Ihre braunen Augen suchten meinen Blick und ich konnte das Feuer des Verlangens darin erkennen.

»Lügnerin.«

Ein Räuspern störte zu meinem Ärgernis unsere Zweisamkeit. Der Blick des Kellners wanderte zwischen Charlotte und mir hin und her, bis sich ein wissendes Lächeln auf seinen Lippen abzeichnete.

»Was darf ich Ihnen bringen?«, fragte er.

»Ich nehme ein Wasser und die Spaghetti Carbonara, aber ohne Schinken«, antwortete Charlie.

»Ich trinke ebenfalls Wasser und mit dem Essen dürfen Sie mich gerne überraschen.«

Der Kellner hob verwundert die Augenbrauen, aber notierte fleißig die Bestellung.

»Du willst nicht wissen, was du bekommst?«, fragte mich Charlie ungläubig.

»Es ist doch viel spannender, nicht zu wissen, was als Nächstes passiert oder welche Karten einem das Leben zuspielt.«

Natürlich konnte sie nicht ahnen, dass für mich alles nach Asche schmeckte und ich nur aß, um den Hunger des Körpers zu stillen.

»Erzähl mir etwas über dich«, sagte sie und lehnte sich in ihrem Stuhl zurück.

»Da gibt es eigentlich nicht viel zu sagen. Ich bin hier geboren und aufgewachsen. Meine Eltern hatten bereits vier Kinder und dann kam ich als Nachzügler. Allerdings hat meine Mutter immer deutlich gezeigt, dass sie mich von all ihren Kindern am meisten liebte. Das führte leider dazu, dass das Verhältnis zu meinen Brüdern nicht besonders gut war. Mit den Jahren haben wir uns auseinandergelebt, sodass ich nur noch zu einem meiner Brüder Kontakt habe. Meine Eltern reisen in der Weltgeschichte herum und melden sich nur sporadisch bei mir.«

Dies war immer der Moment, in dem andere mir ihr Mitgefühl entgegenbrachten. Doch auf Charlies Gesicht zeichneten sich weder Trauer noch Mitleid ab.

Da war nur ein tiefes Verstehen, als wüsste sie selbst, wie es sich anfühlt, wenn man alleine auf der Welt war.

»Jetzt bist du dran«, erwiderte ich, nachdem ein paar Sekunden verstrichen waren.

»Tja, wo fange ich an?«

Sie strich sich mit der linken Hand gedankenverloren über die Wange.

»Ich wuchs sehr behütet auf, aber als meine Eltern erkannten, dass ich nicht den Weg ging, den sie für mich vorgesehen hatten, war es vorbei mit der bedingungslosen Liebe. An ihre Stelle traten endlose Vorwürfe und Schimpftiraden. Dass ich jetzt hier bin, passt ihnen absolut nicht.«

»Der Klassiker also«, fasste ich ihre Geschichte zusammen und sie nickte zustimmend.

»Tut mir leid, dass ich nicht mit spannenderen Geschichten den Abend bereichern kann.«

Der Kellner stellte die Wassergläser vor uns ab. Ich griff nach einem und erhob es zum Toast.

»Auf die triste Vergangenheit und die schillernde Zukunft«, rief ich und Charlie stieß mit ihrem Glas gegen meins.

»Du verstehst es wirklich, die positiven Aspekte des Lebens zu betonen.«

»Darin bin ich eine Meisterin.«

»Was hast du getan, bevor du hergeflogen bist?«, fragte ich nach.

»Ich habe Elektrotechnik studiert. Tja, und irgendwann fühlte es sich einfach nicht mehr richtig an, also wollte ich einen Neustart.«

»Kann ich verstehen. Schon das Wort Elektrotechnik fühlt sich vollkommen falsch an«, pflichtete ich bei.

Ein müdes Lächeln war die Antwort. Ich konnte förmlich spüren, dass noch mehr dahintersteckte.

»Eigentlich sind Naturwissenschaften meine große Leidenschaft. Zu wissen, dass man so ziemlich alles berechnen und damit bestimmte Vorhersagen treffen kann, gibt mir eine gewisse Sicherheit.«

»Dann muss sich das hier alles wie ein riesiger Alptraum für dich anfühlen«, schlussfolgerte ich.

Charlie schüttelte vehement den Kopf.

»Hierher zu kommen, war eine Kurzschlussreaktion und dennoch bereue ich es nicht. Das war einer der wenigen Momente, in denen ich auf meine Intuition gehört habe.«

»Andernfalls wären wir uns nie begegnet und meine Gesellschaft zu verpassen möchte ich niemandem antun.«

»Stimmt, das wäre tragisch«, pflichtete sie mir bei.

Der Kellner kam mit zwei herrlich duftenden Tellern an unseren Tisch.

»So, einmal die Spaghetti und als Überraschungsmenü hat der Koch einen Lachs zubereitet«, erklärte er freundlich und stellte einen der Teller vor mir ab.

Dann ließ er uns wieder alleine.

Langsam fingen wir an zu essen und ich musste mich zusammenreißen, um nicht das Gesicht zu verziehen. Sobald ich ein Stück des zarten Fisches auf meiner Zunge hatte, merkte ich, wie er zu Asche zerfiel. Jeder weitere Bissen kostete mich viel Willenskraft und Überwindung. Es fühlte sich an, als würde die Asche in meinem Mund immer mehr werden und ich bald daran ersticken.

8. KAPITEL

Charlotte

Offenbar schmeckte Daxton das Essen nicht sonderlich gut, denn obwohl er sich bemühte es zu verbergen, war das Zucken in seinen Wangen bei jedem Bissen äußerst verräterisch.

Manchmal war eine Überraschung eben nicht die ersehnte Veränderung, sondern das Herunterschlucken einer fatalen Entscheidung.

»Es scheint dir gut zu schmecken«, sagte ich und konnte mir ein Grinsen nicht verkneifen.

»Es ist köstlich«, versicherte mir Daxton mit einem stoischen Nicken und steckte sich demonstrativ ein Stück Fisch in den Mund.

Ich legte das Besteck beiseite.

»Das war wirklich gut, aber ich schaffe einfach nicht mehr.«

»Geht mir ebenso«, pflichtete er mir bei.

Der Kerl war wirklich unglaublich. Anstatt zuzugeben, dass es ihm nicht schmeckte, spielte er die Rolle lieber bis zum Ende.

Nach dem Essen brachte der Kellner unsere Rechnung. Daxton griff enthusiastisch danach, doch ich war schneller.

»Ist es nicht üblich, dass der Mann bezahlt?«

»Das kommt auf das Jahrhundert an, in dem du lebst«, entgegnete ich und legte die Summe plus Trinkgeld auf den Teller.

»Scheinbar im falschen«, murmelte er und steckte sein Portemonnaie in die Hosentasche.

Aus dem Augenwinkel konnte ich erkennen, wie ein blonder Mann in legerer Kleidung zielstrebig auf unseren Tisch zusteuerte.

Daxton setzte sich kerzengerade auf und blickte in die gleiche Richtung.

Seine Finger ballten sich zur Faust und ich konnte erkennen, dass er seinen Kiefer fest zusammenpresste.

»O nein«, knurrte er leise, sodass ich mir nicht sicher war, ob er die Worte überhaupt ausgesprochen hatte.

»Bruderherz, da bist du ja. Ich habe schon die halbe Stadt nach dir abgesucht.« Der Fremde breitete demonstrativ die Arme aus, doch Daxton blieb sitzen.

Als der Neuankömmling bemerkte, dass seine Haltung wohl unerwidert blieb, nahm er sich vom Nachbarstich einen Stuhl und setzte sich selbstsicher an unseren Tisch.

Ein großes Ego schien in der Familie zu liegen.

»Was willst du hier?« Daxtons Stimme war kühl und distanziert. Er wirkte jetzt wie ein vollkommen anderer Mensch.

»Sagte ich doch bereits, Dax. Ich habe dich gesucht. Unsere gemeinsame Freundin schickt mich, um dir auszurichten, dass du bitte mal bei ihr vorbeischauen sollst. Offensichtlich ist sie nicht ganz zufrieden mit dem Geschenk, das du ihr vorbeigebracht hast.«

»Dann richte ihr aus, dass es unhöflich ist, sich über Geschenke zu beschweren.«

Am liebsten hätte ich einmal lautstark »Hallo« geschrien und wild mit den Armen gewedelt, um mich bemerkbar zu machen.

Der blonde Mann pfiff anerkennend und schwang lässig einen Arm über die Lehne seines Stuhls.

»Du weißt doch, wie übellaunig sie werden kann, wenn sie nicht bekommt, was sie will. Ich möchte ungern zwischen die Fronten geraten.«

»Und trotzdem bist du hier«, entgegnete Daxton und beugte sich ein Stück vor.

Statt weiter mit seinem Bruder zu streiten, veränderte der Mann die Körperhaltung und richtete seine Aufmerksamkeit auf mich.

Seine blauen Augen, deren heller Ton beinahe unnatürlich wirkte, glitten über mein Gesicht und wanderten schließlich tiefer.

»Keine Ahnung, wer du bist, aber wenn du dir eine Frau ungestört anschauen willst, dann geh zwei Häuser weiter zu einem Kiosk und kauf dort eine ansprechende Zeitschrift. Du und deine neuen Freundinnen könnt dann den ganzen Abend in einvernehmlicher Stille die Intimität deiner Hand genießen.«

Daxton prustete los, während der Fremde beschwichtigend die Arme hob.

»Entschuldige bitte«, sagte er beiläufig, als wäre er mir nur ins Wort gefallen und hätte nicht versucht, mich mit seinem Blick auszuziehen.

»Ich bin Aaron, und du bist?«, fragte er und ließ mich dabei nicht aus den Augen.

»Charlotte«, entgegnete ich knapp.

»Freut mich sehr. Normalerweise sind die Freundinnen meines Bruders nicht so …«

Sein Zeigefinger malte kleine Kreise in die Luft, als würde er nach dem richtigen Wort suchen.

»Charmant, wortgewandt, sarkastisch …«, füllte ich die entstandene Leere.

»Kratzbürstig«, beendete Aaron den Satz.

Er lächelte mich breit an und entblößte seine weißen Zähne.

»Tja, nur bin ich nicht seine Freundin«, gab ich schulterzuckend zurück.

»Ah, dann habe ich diese Zweisamkeit wohl falsch interpretiert.« Er hob verwundert eine Augenbraue.

»Es scheint so«, antwortete Daxton an meiner Stelle.

»Richte Hine aus, dass ich später bei ihr vorbeischauen werde.«

»Ich bin keine Brieftaube«, winkte Aaron ab.

»Stimmt, das sind nämlich intelligente Tiere.«

»So streitlustig habe ich dich schon ewig nicht mehr erlebt. Das ist eine erfrischende Veränderung.«

»Falls du sonst nichts mehr zu sagen hast, kannst du uns jetzt wieder alleine lassen.«

Daxton lockerte die geballten Fäuste und begann unruhig mit den Fingern auf dem Tisch zu trommeln. Sein Bruder hingegen war die Ruhe in Person.

»Oh, es gibt noch einige Dinge, die ich zu sagen habe.«

Er wandte sich wieder mir zu und flüsterte übertrieben laut: »Aber die sind nicht für solche zarten Ohren wie deine bestimmt.«

Dann stand er auf, verbeugte sich vor mir und verschwand aus dem Restaurant.

»Entschuldige bitte, normalerweise schafft er es nicht, sich alleine von der Kette loszureißen«, sagte Daxton.

»Tja, du solltest wirklich einen Tierfänger rufen, bevor er noch die Nachbarschaft terrorisiert.«

»Ich fürchte, dafür ist es zu spät.«

»Allerdings«, entgegnete ich.

»Tut mir wirklich leid. Eigentlich hat er das Herz am rechten Fleck, aber es herrschen bei uns die üblichen Geschwisterstreitigkeiten.«

»Das war unübersehbar. Ich bin neugierig, wer ist denn Hine?«

Für einen winzigen Moment wirkte es so, als würde das Braun seiner Augen noch dunkler werden und schon fast ins Schwarz übergehen. Doch nachdem ich geblinzelt hatte, sahen sie wieder normal aus.

Ob wohl irgendwas in meinem Wasser war? Verwundert schaute ich ins Glas, konnte aber keine andere Substanz darin erkennen.

»Hine ist eine alte Freundin und die Betonung liegt hierbei auf alt. Also brauchst du dir keine Gedanken machen.« Er zwinkerte mir zu.

»Ich glaube, du hast da was missverstanden. Es lag reines Interesse in meiner Frage, keine Eifersucht.«

»Dann entschuldige bitte, dass ich deine Absichten falsch gedeutet habe.«

»Dir sei verziehen. Musst du denn jetzt los?«, fragte ich und stellte dabei erschrocken fest, dass ich nicht wollte, dass der Abend schon endete.

»Ich fürchte ja. Momentan benötigt sie einen Großteil meiner Zeit, weil sie Unterstützung benötigt bei der Auswahl von geeignetem Personal für ihr neues Anwesen.«

»Und dafür bist du der Spezialist?«, fragte ich und hob verwundert eine Augenbraue.

»Ich habe ein gewisses Auge dafür, das Potential der Kandidaten zu erkennen, und sie schätzt meine Meinung sehr.«

»Und diese geschätzte Meinung benötigt sie abends um neun.«

Ich blickte demonstrativ auf meine Armbanduhr.

»Tja, sie ist etwas exzentrisch.«

»Ganz offensichtlich. Und mit welchem Geschenk hast du ihren Unmut auf dich gezogen?«

»Das erzähle ich dir gerne wann anders. Oder wir besuchen sie und ich zeige es dir.«

»Vielleicht ein anderes Mal.«

Ich war wirklich nicht scharf darauf, die spezielle Freundin von Daxton kennenzulernen.

»Also sehen wir uns wieder?«, fragte er und lächelte mich sanft an.

Es war nicht das erste Mal, dass ich mich fragte, wo genau das hier hinführen sollte. Aber Fakt war, ich wollte mich an niemanden emotional binden. Allerdings musste ich gestehen, dass Daxtons Nähe mir ein gutes Gefühl vermittelte und es sprach absolut nichts dagegen, die Vorteile des Singlelebens zu genießen.

»Wahrscheinlich werde ich dich sowieso nicht so schnell los«, erwiderte ich.

»Ich befürchte, du hast recht«, pflichtete er mir bei.

»Ich wollte übermorgen einen Ausflug mit einem Schiff machen und mir ein paar der kleineren Inseln ansehen. Bestimmt wäre es ganz lustig, wenn du mitkommst und mir ein paar Insiderinformationen ins Ohr flüsterst.«

Die Freude, die eben noch auf Daxtons Gesicht zu sehen gewesen war, schwand dahin.

»Das geht leider nicht.«

Er schüttelte vehement den Kopf.

»Wirst du schnell seekrank?«, hakte ich nach.

»Ich fühle mich auf dem offenen Meer nicht besonders wohl.«

»Oh, verstehe. Dann unternehmen wir eben etwas anderes.«

»Du musst meinetwegen nicht darauf verzichten. Mach den Ausflug und wir treffen uns am Abend«, schlug er vor und mein Herz machte einen kleinen Sprung bei der Vorstellung, ihn wiederzusehen.

»Gerne.«

Wir standen auf und verließen das Restaurant.

Gerade, als wir es einige Schritte hinter uns gelassen hatten, begann die Erde zu beben.

Es war nicht so stark wie beim letzten Mal, trotzdem klammerte ich mich reflexartig an Daxton. Zum Glück hatte ich mich genug unter Kontrolle, um nicht aufzuschreien.

Ich zählte die Sekunden, bis es endlich vorbei war.

Erst jetzt fiel mir auf, dass ich vor Schreck den Atem angehalten hatte. Meine Lungen gierten nach Luft.

»Ist alles in Ordnung?«

Daxton berührte mit der linken Hand mein Gesicht. Ein verheißungsvolles Kribbeln durchzuckte meinen gesamten Körper bei dieser einfachen Geste. Es dauerte einen Moment, bis ich wieder die Herrin meiner Hormone war.

»Ja, alles bestens. Ich bin nur keine Erdbeben gewöhnt.« Ich bemühte mich um einen lässigen Tonfall. Ein Unterfangen, das vollkommen fehlschlug.

»Das ist wohl niemand, aber wenn man hier lebt, dann gewöhnt man sich daran. Zudem ist es keine Schande, Angst zu haben.«

»Vielen Dank, Obi-Wan. Ich werde es mir für meine zukünftige Ausbildung als Jedi merken.«

Daxton nahm die Hand von meinem Gesicht und räusperte sich.

»Könntest du jetzt meinen Arm loslassen? Du hast ihn so fest umschlungen, dass er langsam taub wird.«

Augenblicklich ließ ich ihn los und wünschte mir ein gewaltiges Erdloch zum Verstecken herbei.

Als er sein Shirt am Arm hochhob, konnte ich gut erkennen, wo meine Finger sich festgehalten hatten. Verdammt, schon das Hinsehen tat weh.

»Das tut mir leid«, sagte ich schnell.

»Mach dir keine Gedanken. Ich wurde schon von weitaus hässlicheren Menschen schlimmer verletzt.«

Er ließ das Shirt wieder sinken.

»Haben deinen Tätowierungen eine tiefere Bedeutung?«, fragte ich um einen Themenwechsel bemüht. Ich war noch nicht bereit, ihn gehen zu lassen.

»Jedes einzelne erzählt eine Geschichte. Allerdings glaube ich, dass uns die Zeit zu sehr davonrennt, um dir davon zu erzählen. Wenn du möchtest, dann arbeiten wir uns bei jedem Treffen weiter voran.«

Er machte einen Schritt auf mich zu.

»Übrigens gibt es einige Motive, die man nur sieht, wenn ich nackt bin. Falls dein Wissensdurst also unstillbar ist, opfere ich mich gerne.«

Er gab mir noch einen Kuss auf die Wange und verschwand dann in den Schatten der Nacht, als wäre er selbst ein Teil davon.

9. KAPITEL

Charlotte

»Überraschung«, begrüßte mich Daxton, als gerade meine Schicht im Park zu Ende war.

Verdutzt schaute ich ihn an. Seine Haare waren nach hinten gekämmt und trotz der aufkommenden Kälte trug er obenrum nur ein dunkelgrünes T-Shirt. Doch das, was mich am meisten verwunderte, war der überdimensional große Picknickkorb in seiner linken Hand.

»Allerdings«, erwiderte ich.

Ich brauchte keinen Spiegel, um zu wissen, dass meine Haare zerzaust und meine Kleidung schmutzig waren. Schließlich war ich bis eben noch damit beschäftigt gewesen, die Gehege sauber zu machen.

»Hast du Lust auf ein gemeinsames Abendessen?«, fragte er und schenkte mir ein sanftmütiges Lächeln.

»Gerne«, überwand ich mich zu sagen, obwohl ich mich mit meinem jetzigen Aussehen lieber versteckt hätte, als seine volle Aufmerksamkeit zu erhalten.

»Ich wusste doch, dass der Weg zu deinem Herzen über ein gutes Essen führt.«

Er tippte mit der freien Hand an den Korb.

»Dann muss es aber ein verdammt gutes Essen sein«, warf ich ein.

»Es ist fast so süß wie ich.«

»Dann wird es mir wohl nicht schmecken.«

Ich streckte ihm die Zunge raus.

»Du musst erst probieren und darfst dann ein Urteil fällen.«

»Sprichst du noch vom Essen?«

»Wovon denn sonst?« Er schaute mich unschuldig an.

Ich grinste breit und genoss die Leichtigkeit dieser Unterhaltung. In Daxtons Nähe konnte man sich fallen lassen und musste nicht jedes Wort auf die Goldwaage legen.

»Ich gehe mich fix umziehen, damit ich auch schön sauber bin zum Vernaschen.«

Ich ging an ihm vorbei und spürte seinen Blick im Rücken, der über meinen Körper glitt.

»Und was ist, wenn ich dich lieber schmutzig mag?«, rief er mir hinterher.

Die Bilder von unseren eng umschlungenen Körpern, die frei waren von jeglicher Kleidung, begleiteten mich noch, als ich bereits in meinem Zimmer war.

***

Zehn Minuten später stand ich mit gekämmten Haaren, sauberer Kleidung und immer noch schmutzigen Gedanken vor dem Haus. Theo hatte sich heute in sein Zimmer verzogen und war damit beschäftigt, seinen Bildschirm zu beschimpfen, während er mal wieder in einem Spiel verlor. Vicky hatte heute frei und wollte mich dafür morgen auf den Ausflug begleiten. In den letzten Tagen hatte ich sie kaum gesehen und wir hatten beschlossen, mal einen Mädelstag zu machen.

Ich freute mich schon riesig darauf, auch wenn ein Teil von mir traurig war, dass Daxton nicht dabei sein würde. Umso mehr genoss ich jetzt seine Nähe.

Mittlerweile war die Sonne komplett verschwunden und die Laternen vor dem Haus beleuchteten die Umgebung.

»Wie komme ich eigentlich zu dieser Überraschung?«, begrüßte ich Daxton, der an einer der Laternen lehnte. Das weiße Licht betonte sein kantiges Gesicht und das kleine Grübchen in seinem Kinn.

»Ich wollte dich sehen und da weiter machen, wo wir aufgehört haben.«

Er ging auf mich zu, während in mir noch die letzten Worte nachhallten, die er gestern gesagt hatte. Mein Blick glitt zu seinen tätowierten, muskulösen Armen und dann zu seinen dunklen Augen. Ein Feuer loderte darin und das Versprechen, dass er mir jeden Wunsch nur allzu gerne erfüllen würde.

Ich biss mir auf die Unterlippe, um mich endlich von diesen Gedanken abzulenken. Gar nicht so einfach, wenn die Lust ständig versuchte die Kontrolle an sich zu reißen.

Mittlerweile stand er vor mir und streckte mir die Hand entgegen. Dieses Mal nahm ich sie und genoss die Wärme, die sich daraufhin in meinem gesamten Körper ausbreitete.

»Wohin gehen wir?«, fragte ich, während wir uns in Bewegung setzten.

»Lass dich überraschen. Ich habe da etwas vorbereitet«, antwortete er verschwörerisch und zwinkerte mir zu.

»Aber woher soll ich wissen, ob du gut in so was bist? Vielleicht sind deine Überraschungen auch grottenschlecht.«

»Es ist wohl wie mit dem Essen. Erst probieren und dann meckern. Wenn dir die Überraschung nicht gefällt, dann werde ich das nie wieder machen. Ich schwöre es hoch und heilig.«

Ich ließ mich von ihm einen gewundenen Weg entlangführen, von dem ich wusste, dass er in den Wald führte.

»Zum Glück gibt es in Neuseeland keine Bären oder Wölfe«, sprach ich laut meine Gedanken aus.

Unwillkürlich musste ich bei dem Wald an Loreleys Worte denken und das kalte Gefühl der Furcht, die mich damals durchzuckte.

»Wenn ich bei dir bin, dann brauchst du keine Angst zu haben.« Er drückte leicht meine Hand, um seine Worte zu unterstreichen. Eigentlich hatte ich keine Angst vor wilden Tieren, dennoch musste ich zugeben, dass seine Nähe durchaus eine beruhigende Wirkung auf mich hatte.

»Da hast du recht, denn ich kann mit Sicherheit schneller rennen als du, also wirst du zuerst gefressen.«

»Du verstehst es wirklich, bei einem Date für die richtige Stimmung zu sorgen.«

»Darin bin ich eine Meisterin.«

Wir passierten die ersten Bäume und ich schmiegte mich dichter an ihn, was er stumm mit einem Schmunzeln kommentierte.

Zu meiner Verteidigung musste ich allerdings gestehen, dass es im Wald deutlich kälter war und ich nur eine dünne Windjacke trug.

Die Minuten vergingen und dann wurde der Abstand zwischen den Bäumen größer, sodass der Blick frei war und ich eine Lichtung erkennen konnte. Dort waren dutzende Laternen aufgestellt und eine Decke lag ausgebreitet auf dem moosbedeckten Boden. Ein paar Kissen lagen darauf verstreut und es gab auch zwei Decken, in die man sich hineinkuscheln konnte.

»Wie?«, fragte ich und sah mich mit großen Augen um.

»Ich hatte etwas Hilfe«, gestand Dax schulterzuckend.

»Wollen wir uns setzen oder willst du die Gegend noch nach wilden Tieren absuchen? Ich habe gehört, die Kaninchen sind blutrünstig und stürzen sich mit Vorliebe auf ein Picknick.«

Daxton ließ sich auf der Decke nieder und stellte den Korb ab.

»Nein, falls den Kaninchen unser Essen nicht reicht, bleibt immer noch die Option mit dem Wegrennen.«

Ich setzte mich neben ihn und sah dabei zu, wie er zwei Flaschen Limonade aus dem Korb zog, eine öffnete und mir reichte.

»Kein Champagner?«, fragte ich gespielt empört.

»Ich trinke nicht so gerne Alkohol. Er benebelt die Sinne und ich nehme lieber alles um mich herum ganz klar wahr.«

Die Intensität in seinem Blick ließ mein Herz schneller schlagen.

Wir stießen an und ich trank einen Schluck von der kühlen Flüssigkeit.

»Das war wirklich eine nette Idee«, gestand ich.

»Freut mich, dass es dir gefällt. Hast du Hunger?«

Er holte etwas heraus, dass in dünnes Papier eingewickelt war.

»Ehrlich gesagt reicht mir die Limo.«

»Okay.« Er packte den Gegenstand zurück, schob Korb und Flasche beiseite und legte sich hin. Daxton hatte die Arme hinter dem Kopf verschränkt und blickte hinauf zum Himmel. Langsam folgte ich seinem Beispiel und bettete meinen Kopf auf eines der weichen Kissen. Es war keine Wolke am Himmel zu erkennen, sodass dort zahlreiche Sterne um die Wette strahlten.

»Ich weiß gar nicht, wann ich mir das letzte Mal bewusst Zeit genommen habe, um die Sterne zu beobachten. Als Kind habe ich es immer geliebt, wenn im Winter die Sonne früh genug unterging, damit ich so lange wie möglich die Sterne betrachten konnte«, erzählte Dax und ich lauschte angeregt dem Klang seiner tiefen Stimme.

»Weißt du eigentlich, wie motu, ich meine die Insel, entstanden ist?«, fragte er mich.

»Ich nehme mal an, vor ein paar Millionen Jahren hat sich Land vom Urkontinent gelöst und Vulkane und andere Naturgewalten haben ihr Übriges zu der Gestaltung beigetragen.«

Er pfiff anerkennend.

»Sehr gut, aber ich meinte eher die Erzählungen der Maori.«

»Klär mich auf.« Ich drehte mich zur Seite, sodass ich ihn ansehen konnte.

»Zuerst gab es den Himmel, Rangi, und dann die Erde, Papa genannt. Aus ihnen entstanden alle anderen Götter und Lebewesen. Sie lagen eng umschlungen beieinander und irgendwann begannen ihre eigenen Kinder Rangi und Papa auseinander zu drücken, weil sie mehr Platz für sich selbst haben wollten. Das ist die Geschichte, wie Himmel und Erde und all das Leben entstanden.«

»Klingt verständlich, ich würde auch nicht zwischen zwei Körpern erstickt werden wollen.«

»Du musst das aus einer anderen Perspektive sehen«, warf Dax ein.

»Und aus welcher?«

Er drehte sich zu mir, zog mich an sich und drehte uns dann so, dass ich schließlich auf ihm lag.

»Aus dieser«, entgegnete er und lächelte über das ganze Gesicht.

Die Kleidung ließ nahezu keinen Raum für irgendwelche Fantasien. Meine Hände spürten durch den dünnen Stoff seines T-Shirts jeden noch so harten Muskel.

Ich wollte irgendetwas sagen, mich mit einem schlauen Spruch aus der Situation retten, aber meine Hormone hatten schon längst lachend die Oberhand gewonnen. Mit den Fingern zeichnete ich kleine Kreise auf Daxtons Brust.

»Was tust du da?«, fragte er mit belegter Stimme.

»Ich habe keine Ahnung«, antwortete ich wahrheitsgemäß, machte aber weiter, bis er mit seiner Hand meine Finger umfasste und ich langsam in seine Augen blickte. Sie wirkten fast schwarz im Schein der Lampen und dennoch ging von ihm eine Wärme aus, die jede Faser meines Körpers erreichte. Mein Blick glitt tiefer zu seinen vollen Lippen und die Vorstellung, wie großartig sie sich anfühlen mussten, trieb mich jetzt bereits in den Wahnsinn. Dax hingegen sah mich nur an und ich wusste, dass er darauf wartete, dass ich den ersten Schritt machte. Es lag ganz bei mir.

In diesem Augenblick gab es keine quälenden Gedanken mehr, die mich von dem ablenkten, was ich wirklich wollte. Da waren nur die gnädige Stille und tiefe Klarheit.

Also beugte ich mich vor und legte meine Lippen auf seine. Es war viel besser, als ich es mir in meiner Vorstellung ausgemalt hatte. Ich schmeckte noch die Süße der Limonade auf seinen Lippen.

Er ließ meine Hand los und umschlang mich mit seinen Armen, als wäre ich das Kostbarste auf dieser Welt und er wollte mich auf keinen Fall verlieren.

Ich strich sanft mit meiner linken Hand über seine Wange und öffnete leicht den Mund. Sofort spürte ich seine Zunge. Unsere Küsse wurden mit jedem Atemzug verlangender, sodass ich bald schon etwas Hartes zwischen meinen Beinen spürte. Auf einmal kam mir jedes noch so winzige Kleidungsstück zu viel vor. Dax schien es ähnlich zu gehen, denn er ließ mich los und beugte sich weit genug vor, um sein T-Shirt auszuziehen.

Fasziniert betrachtete ich die verschlungenen Linien, die sich auf seiner Brust zu Mustern und Figuren verbanden. Einige Motive verschwanden in seinem Hosenbund und mit den Fingerspitzen strich ich sanft über den Saum seiner Hose. Ein tiefes Knurren entstieg Dax' Kehle und mein Körper reagierte auf diesen animalischen Laut mit einem verlangenden Pochen zwischen meinen Beinen.

»Gefällt dir, was du siehst?«, fragte er und strich mir eine der weißen Strähnen aus dem Gesicht.

»Ich kann mich nicht beschweren.«

»Ich habe schon schlimmere Komplimente gehört.«

»Und welche wären das?«, fragte ich.

»Komm her und ich flüstere sie dir ins Ohr.«

Langsam beugte ich mich zu ihm herunter und wollte ihm einen weiteren dieser Laute entlocken, als ein Rascheln hinter uns erklang. Ruckartig setzte ich mich wieder auf.

»Hast du das auch gehört?«, fragte ich Dax.

»War vermutlich nur ein kleines Tier, das wir mit unserem vulgären Verhalten erschreckt haben.«

Seine Finger glitten langsam an meinem Rücken hinab, sodass eine leichte Gänsehaut meinen gesamten Körper überzog. Gott, was konnte er mit diesen Fingern wohl noch alles anstellen?

Jetzt ertönte das Knacken eines Astes. Ich stieg von Daxtons Schoß herunter, was diesem augenscheinlich gar nicht gefiel.

»Ich glaube, wir sollten das hier verschieben. Zumindest, bis wir nicht mehr von aufgescheuchten Waldtieren beobachtet werden.«

Ich deutete mit den Fingern zwischen uns beiden hin und her.

Dax öffnete den Mund, um zu protestieren, schloss ihn jedoch wieder und nickte.

Dann griff er zu meinem Bedauern zu seinem T-Shirt und zog es sich wieder an. Plötzlich hielt er in der Bewegung inne und spähte in die Dunkelheit des Waldes.

»Ich denke, ich bringe dich jetzt nach Hause.«

»Das klingt gut«, sagte ich, obwohl mein Körper nach mehr verlangte.

Er stand auf und griff sich eine der Lampen, dann reichte er mir die Hand und zog mich mühelos hoch.

Unsere Blicke trafen sich.

»Das müssen wir unbedingt wiederholen«, sagte er und gab mir einen flüchtigen Kuss auf den Mund.

Schließlich brachte er mich nach Hause und überließ mich der Fantasie von unseren nackten Körpern.

10. KAPITEL

Charlotte

Das kalte Wasser des Sees spritzte in mein Gesicht, als eine Welle am Bug des Schiffes zerbarst.

Feine Tropfen tummelten sich auf meiner Haut und ich wischte sie in einer fließenden Bewegung beiseite.

Vicky hatte sich links von mir an die Reling gestellt und schaute ebenso wie ich auf das dunkelblaue Wasser hinaus.

Der Lake Wakatipu lag vor den Toren von Queenstown und wurde an den Seiten von mehreren Bergen gerahmt.

Das Blau des Wassers vermischte sich mit dem Grün der Wälder und dem Grau der Berge zu einem Meisterwerk, das nur die Natur erschaffen konnte.

Es war einfach wunderschön.

»Schade, dass Theo nicht mitkommen wollte«, sagte Vicky.

»O ja, er hätte mit Sicherheit eine Schimpftirade über die Fahrweise des Kapitäns abgelassen und wäre dann wütend auf dem Deck rauf und runter gelaufen, bis wir wieder in der Stadt wären.«

Wir fingen beide an zu lachen.

»Der ist höchstwahrscheinlich froh, dass er mal seine Ruhe vor uns hat. Immerhin haben wir die letzten Tage recht viel zusammen unternommen. Mein Freund war auch schon eifersüchtig, obwohl ich ihm mehrfach versichert habe, dass da nichts ist.« Sie machte eine kurze Pause und fuhr dann fort. »Sag mal, wo wir beim Thema Freund sind. Was geht da eigentlich zwischen dir und diesem Kerl ab, mit dem du dich getroffen hast?«

»Nicht viel«, erwiderte ich wortkarg.

»Ach komm schon, etwas kannst du mir doch erzählen.« Vicky zwinkerte mir verschwörerisch zu.

»Da gibt es wirklich nicht viel zu sagen«, versicherte ich erneut.

»Charlie, die Fahrt dauert bestimmt noch mindestens eine Stunde, also musst du mich schon mit kleinen Informationshappen füttern, sonst werde ich keine Ruhe geben.«

Für einen kurzen Moment überlegte ich, ob ich es schaffen würde, Vicky über die Reling zu manövrieren. Natürlich würde ich ihr sofort einen Rettungsring zuwerfen.

Demonstrativ blickte ich zwischen ihr und dem Wasser hin und her.

»Das machst du ja doch nicht«, sagte sie und streckte mir die Zunge raus. »Hätte ich gewusst, was du für eine Nervensäge sein kannst, dann hätte ich die Fahrt doch lieber alleine unternommen.«

Ich seufzte, um meinen Unmut zu verdeutlichen. Doch Vickys Grinsen wurde nur breiter.

»Wir haben uns erst dreimal gesehen und uns einfach nett unterhalten. Bist du jetzt zufrieden?«

Unser gestriges Treffen ließ ich bewusst weg. Ein paar Geheimnisse wollte ich dann doch lieber für mich behalten.

»Ach so, also ist er nicht dein Typ?«, hakte sie nach. Offenbar reichten ihr die Informationen doch noch nicht aus.

»Ich habe eigentlich keinen bestimmten Typ, aber er sieht gut aus, falls du das meintest.«

»Nur gut, ja?« Sie hob fragend eine ihrer geschwungenen Augenbrauen.

»Meinetwegen: Er ist ein absolut heißer Typ, mit dessen Pomuskeln man mit Sicherheit Walnüsse knacken kann. Brauchst du noch mehr Details?«, rief ich etwas zu laut.

Rechts von mir hörte ich jemanden Klatschen. O nein.

Ich wandte langsam den Kopf zur Seite und erkannte Aaron.

Der hatte mir zu meinem Glück noch gefehlt.

»Ich hoffe, mein Bruder weiß deine präzise Beobachtungsgabe zu schätzen.«

»Mit Sicherheit«, entgegnete ich ungerührt und hoffte, dass ihm das Grinsen bald verging.

»Wer ist denn das Schnuckelchen?«, flüstere mir Vicky ins Ohr.

»Daxtons Bruder. Ich hatte vorgestern das Vergnügen, ihn kennenzulernen.«

Beim Wort Vergnügen machte ich mit den Händen kleine Anführungszeichen in die Luft.

»Es freut mich sehr, noch eine Freundin meines Bruders kennenzulernen. Scheinbar unterhält er ja einen ganzen Harem.«

Er wackelte mit den Augenbrauen wie ein Teenager, der zum ersten Mal einen Film für Erwachsene sehen durfte. Albern, dennoch amüsant.

»Ich glaube, du hast da etwas falsch verstanden. Mir ist dein Bruder vollkommen unbekannt«, sagte Vicky ungerührt und ich hätte sie dafür küssen können.

»So?« Aaron hob verwundert eine Augenbraue.

»Dann entschuldige ich mich vielmals. In letzter Zeit stolpere ich wirklich von einem Fettnäpfchen ins nächste.«

Er stellte sich zu uns. Ein leichter Geruch von Schwefel und verbranntem Holz stieg mir in die Nase. Seltsam.

War der Kerl vorher im Wald um ein Feuer herumgetanzt wie Rumpelstilzchen?

Einen kurzen Moment überlegte ich, Vicky von ihm fortzuziehen, aber das kam mir dann doch zu albern vor. Auf einem Schiff konnte man schließlich nicht wirklich vor jemandem entkommen. Also blieb ich an Ort und Stelle.

Ich konnte nicht sagen warum, aber Aarons Gegenwart beunruhigte mich irgendwie. Ob es daran lag, dass er vorgestern mein Date gesprengt hatte, oder wollte mein Körper mich vor irgendetwas warnen?

Schweigsam lauschten wir dem Rauschen des Sees, während sich die Menschen um uns herum angeregt unterhielten.

Unser Schiff hatte bereits die Hälfte des Sees befahren und ich war fasziniert von dem Anblick. Vicky hingegen hatte nur Augen für Aaron und ich fragte mich, was genau wohl ihr Freund zu dieser Szene sagen würde.

Aaron sah ebenso gut aus wie sein Bruder, dennoch war seine Schönheit eher von kalter Natur. Er erinnerte mich mehr an ein mystisches Wesen, das unnahbar war und für all jene, die es doch wagten, sich ihm zu nähern, das Ende bedeutete.

»Pass auf, dass du nicht auf deine Schuhe sabberst«, flüsterte ich in ihr Ohr.

»Was?« Verwirrung spiegelte sich in ihren Augen wider.

»Du siehst aus, als würdest du Aaron gleich bespringen wollen. Wenn das der Fall ist, dann sag Bescheid und ich geh in Deckung.«

Sie knuffte mich leicht in die Schulter, während Aaron die Szenerie stirnrunzelnd betrachtete.

»Ist ja wirklich ein merkwürdiger Zufall, dass wir uns vorgestern begegneten und jetzt gemeinsam hier auf dem Schiff sind. Du verfolgst mich doch nicht etwa?«, mischte er sich in die Unterhaltung ein. Offenbar gefiel es ihm nicht, außen vor zu sein.

»Wohl kaum, schließlich kamst du vorgestern zu unserem Tisch und ich hatte keine Ahnung, dass du auch auf dem Schiff sein würdest«, entgegnete ich und wandte mich wieder dem Meer zu.

»Das leuchtet ein. Dann war es wohl Schicksal.«

Oder ein schlechter Scherz der Götter.

»Dax meinte, du kommst aus Deutschland. Was verschlägt einen in diese abgelegene Gegend?«

»Das schöne Wetter«, entgegnete ich und war mir bewusst darüber, dass dicke Wolken sich über uns zusammenbrauten.

»Alles klar. Du magst mich nicht und ich kann es dir auch nicht verübeln. Ich habe mich vorgestern wie ein Arsch benommen, weil ich den Frust von jemand anderem abbekommen habe. Das tut mir aufrichtig leid. Waffenstillstand?«

Er reichte mir demonstrativ seine Hand und nach einem anfänglichen Zögern schlug ich ein. Es gab keinen Grund, sich ihm gegenüber ablehnend zu verhalten, wenn er selbst seinen Fehler zugab.

»Also noch mal von vorne. Ich bin Aaron, Daxtons älterer und eindeutig heißerer Bruder, vom Sternzeichen Waage, Theaterschauspieler und hoffnungsvoller Träumer.«

»Diesen Text musst du unbedingt auf einer Partnersuchseite eingeben. Ich bin gespannt, wer sich auf die Anzeige dann melden wird«, entgegnete ich.

»Ach bitte, so etwas habe ich nicht nötig«, er zwinkerte mir vielsagend zu.

»Beantwortest du mir jetzt die Frage?«, hakte er nach.

Ich atmete einmal tief ein und aus.

»Ich habe mein Studium abgebrochen und wollte ein Abenteuer erleben. Also habe ich mir einen Globus geschnappt, ihn gedreht und dabei die Augen geschlossen, bis mein Finger schließlich auf Queenstown landete.«

»Hat dir schon mal jemand gesagt, dass du eine ganz schlechte Lügnerin bist?«, entgegnete er.

»Was hat mich verraten?«

Ich verschwieg ihm, dass Dax schon lange erkannt hatte, dass es mir schwerfiel, die Wahrheit vor jemandem zu verbergen.

»Zum einen benutzt wirklich niemand mehr einen Globus, außer um Alkohol darin zu verstecken, und zum anderen wirkst du nicht wie der Typ für spontane Entscheidungen. Du wiegst die Vor- und Nachteile genau ab, bevor du eine Entscheidung fällst.«

»Er ist gut«, flüsterte mir Vicky ins Ohr. Na super, als ob ich jetzt noch jemanden brauchte, der mir in den Rücken fiel.

»Die Entscheidung war durchdacht und ich wollte schon immer nach Neuseeland«, gestand ich etwas leiser.

Aaron nickte anerkennend. Den Teil mit meinem Exfreund würde ich ihm mit Sicherheit nicht auf die Nase binden. Daxtons Bruder blickte hinunter zum See. In seinen Augen spiegelte sich das Blau des Wassers und ich fragte mich nicht zum ersten Mal, was genau in seinem Kopf vorging.

»Kennt ihr den Mythos, wie der Lake Wakatipu entstanden ist?«, fragte er, ohne den Blick vom Wasser abzuwenden.

»Leider nein«, antwortete Vicky für uns beide.

»Vor vielen hundert Jahren wanderten die Maori durch dieses Land. Einige Stämme ließen sich hier in der Gegend nieder, weil sie des Umherwanderns müde waren. Manata war die Tochter eines Stammesoberhauptes, deren Schönheit in Liedern besungen wurde. Doch das Herz der Schönen gehörte bereits jemandem: Matakauri. Allerdings mussten sie ihre Liebe geheim halten, denn Matakauri war nur ein einfacher Maori. In einer Winternacht schlich der Riese Matau in das Dorf. Angelockt von den verheißungsvollen

Liedern entführte er Manata und band sie mit Hilfe einer magischen Fessel an sich. Ihr Vater war außer sich vor Zorn und Trauer, konnte aber nichts dagegen tun. Schließlich war es Matakauri, der loszog, um seine Liebste zu retten. Nach Tagen der Suche fand er Manata bei dem schlafenden Riesen. Er zog sein Jademesser, um die Fesseln zu zerschneiden, aber der Zauber löste sich nicht auf. Schließlich flehte Manata ihn an, ohne sie zu gehen. Sie wollte das Leben ihres Liebsten auf keinen Fall der Wut des Riesen aussetzen. Einzelne Tränen liefen über ihre Wangen und als diese auf die Fesseln fielen, lösten sie sich auf. Leise schlichen die beiden davon und Matakauri brachte Manata zurück in ihr Dorf. Aus Dankbarkeit erlaubte das Stammesoberhaupt, dass die beiden endlich heiraten konnten. Die Freude über die Heirat blieb jedoch nur von kurzer Dauer, denn der Stamm fürchtete die Rache des Riesen.«

Aaron machte eine Pause und ich ahnte bereits, was kommen würde. Schließlich konnte ich nachempfinden, was es bedeutete, wenn einem das Liebste geraubt wurde, das man hatte. Dennoch vergaß ich nie, dass er es freiwillig getan hatte, niemand zwang ihn. Aber der Schrei nach Vergeltung und Schmerz hallte noch lange in mir nach. Doch in den Momenten, in denen ich mich um die Kiwis kümmerte, war dieses Brüllen nur noch ein zartes Flüstern.

Wenn ich ehrlich zu mir selbst war, dann entspannte mich Daxtons Nähe ebenso. Ich atmete tief ein und aus und wappnete mich für das Ende der Geschichte.

»Eines Nachts schlichen sie im Schutze der Dunkelheit zu dem Riesen. Es war Matakauri, der getrieben von Vergeltung die erste Fackel nach Matau warf. Weitere folgten und der gesamte Körper des Riesen stand schließlich in Flammen. Ein gewaltiges Loch entstand an der Stelle, an der der Riese lag. Das Eis und die Schneekappen der umliegenden Berge schmolzen durch die Hitze und der Krater wurde mit Wasser gefüllt. Daher hat der Lake Wakatipu seine Form, die eines Riesen mit angezogenen Beinen.«

Aaron schaute uns an. Ich schluckte die Traurigkeit, die mich jetzt umfing, herunter wie eine bittere Medizin. Es war nur eine Geschichte, dennoch berührte sie mich tief.

»Wisst ihr, was man sich noch erzählt über den Riesen?« Wir schüttelten beide stumm den Kopf. Vicky war die ganze Zeit ebenso ruhig geblieben, während Aaron diese Geschichte erzählt hatte.

»Dass sein Herz niemals aufgehört hat, für Manata zu schlagen und sich der Wasserspiegel deshalb alle paar Minuten senkt und hebt. Und manchmal, wenn der Wind über den aufgewühlten See fegt, kann man noch seine Schmerzensschreie hören.«

Eine feine Gänsehaut überzog meinen gesamten Körper bei seinen Worten. Normalerweise liebte ich Horrorfilme, aber das hier fühlte sich zu echt an. Ich wusste, dass es keine Riesen gab, dennoch hauchte diese Umgebung Aarons Erzählungen eine Lebendigkeit ein, die ich nicht abstreiten konnte.

»Das ist irgendwie traurig«, sagte Vicky zaghaft und in Gedanken pflichtete ich ihr bei.

»Das kommt glaube ich auf die Sichtweise an«, entgegnete Aaron. »Matakauris Mitgefühl für den Riesen hielt sich mit Sicherheit in Grenzen.«

»Das ist wirklich eine der seltsamsten Geschichten, die ich je gehört habe«, sprach ich laut meine Gedanken aus. Ich wollte keinerlei Wertung vornehmen, weder für den Riesen noch für den Jäger, der ihn getötet hatte.

»Die Maori haben wirklich ein Händchen, wenn es um Mythologie geht. Hier hat jeder noch so kleine Stein seine eigene Geschichte«, erklärte Aaron.

»Das gefällt mir«, gestand ich und ein Lächeln schlich sich auf meine Lippen.

»Meine Eltern haben mir jeden Abend eine Legende erzählt und die haben sich förmlich in mein Gedächtnis eingebrannt.«

Unwillkürlich zeichnete sich vor meinem inneren Auge das Bild eines kleinen Jungen ab, der im Bett lag, während seine Mutter auf der Bettkante saß und ihm jeden Abend eine Geschichte erzählte. Doch der Junge hatte keine blonden Haare wie Aaron, sondern schwarze. Dann wurde mir bewusst, dass ich an Daxton dachte und mir wünschte, er hätte mir das alles erzählt und wäre in diesem Moment an meiner Seite.

Aaron beugte sich erneut über die Reling.

»Sie haben mir auch erzählt, dass man die Umrisse des Riesen erkennen kann, wenn man nur tief genug in den See hineinblickt.«

Neugierig folgte ich seinem Beispiel und beugte mich weit über die Reling. Ich hatte vorher etwas recherchiert und wusste daher, dass das Gewässer nicht sonderlich tief war, weshalb große Schiffe nicht darauf fahren konnten. Ich konnte erkennen, wie das Hellblau am äußeren Rand des Sees immer dunkler wurde, je weiter es in die Mitte ging.

Etwas Glitzerndes tanzte auf der Oberfläche des Sees und ich kniff die Augen zusammen, um es besser erkennen zu können. Ich unterdrückte einen Schrei, als sich aus den unklaren Konturen ein Auge bildete, das sich öffnete und mich anstarrte. Das konnte doch nicht sein. Ich schaute panisch zu Vicky, aber die blickte vollkommen ungerührt zu den anderen Gästen.

»Ist alles in Ordnung?«

Aaron hob verwundert eine Augenbraue.

»Ja«, sagte ich und konnte das Zittern in meiner eigenen Stimme hören.

»Sicher? Du siehst aus, als hättest du einen Geist gesehen.«

»Ach, ich glaube nicht an solche Geschichten.«

»So, so. Dann habe ich mich wohl geirrt.«

Aaron widmete sich erneut dem See. Ich hätte in eine andere Richtung schauen sollen, doch es war wie der Ruf einer Sirene. Langsam glitt mein Blick erneut zur Wasseroberfläche, doch dieses Mal gab es dort nichts, das unheilvoll glitzerte. Um meine Neugier zu befriedigen, beugte ich mich noch weiter vor.

Plötzlich ging ein Ruck durch das Schiff. Das kühle Metall der Reling entglitt meinen Fingern. Mein Gewicht verlagerte sich immer weiter nach vorne, bis mir mit schreckensweiten Augen bewusst wurde, dass ich dabei war, vom Schiff zu stürzen. Ich wollte um Hilfe rufen, aber alles, was meinen Mund verließ, war ein angsterfüllter Schrei.

Mit den Händen versuchte ich nach etwas zu greifen, aber ich befand mich bereits im freien Fall und steuerte direkt auf das Grab des Riesen zu.

Schmerzen durchzuckten meinen gesamten Körper, als ich mit der Seite hart auf die Oberfläche aufschlug. Beim Aufschreien füllte sich mein Mund mit dem Wasser des Sees und ich versuchte es auszuspucken. Vergebens. Eisige Finger griffen nach mir und zogen mich hinab in die Tiefe. Ich trat nach den unsichtbaren Kräften und schaffte es, mich wieder an die Oberfläche zu kämpfen. Ich schrie und winkte mit den Armen. Jeder Atemzug brannte in meiner Lunge, doch ich zwang mich dazu, weiter zu schwimmen. Erneut zog etwas an mir und holte mich zu sich hinab in die Tiefe.

Bevor der See mich vollends verschlang, erkannte ich Vickys erschrockenes Gesicht und einen Körper, der vom Schiff sprang.

Dann wurde die Welt um mich herum dunkel und in der Ferne hörte ich das tiefe Atmen des Riesen.

11. KAPITEL

Daxton

»Mein lieber Freund, langsam werde ich ungeduldig.«

Hines Finger strichen sanft über meine Wange. Dann verstärkte sie die Intensität ihrer Berührung und ihre Fingernägel hinterließen eine blutige Spur, die sich rasch wieder schloss.

»Du hast nur eine Aufgabe und enttäuscht mich jedes Mal aufs Neue. Wenn ich nicht so eine Schwäche für gutaussehende Männer hätte, dann würde ich deinen kleinen Knackarsch über einem Feuer rösten.«

»Versprich nichts, was du nicht halten kannst«, erwiderte ich gelangweilt.

»Vorsicht Jungchen, so langsam verliere ich die Geduld. Zudem gefällt es mir gar nicht, dass dein nerviger Bruder hier herumschleicht.«

»Ich dachte, du hättest ihn herbestellt, um mich zu holen.«

Hine schnalzte mit der Zunge.

»So ein hübsches Gesicht und nur so wenig Verstand dahinter.«

Schließlich dämmerte mir, was sie damit meinte.

»Er war nicht hier.« Es war keine Frage, sondern eine Feststellung.

»Vielleicht besteht für dich ja doch noch Hoffnung.« Sie schritt in ihrem bauschigen Gewand auf und ab. Das rote Kleid erinnerte mich an frisches Blut. Äußerst passend für die Göttin der Unterwelt, die sich am Leid anderer ergötzte.

Zwei in schwarz gekleidete Diener, die vor einer Treppe standen, die hinauf zu Hines Thron führte, hatten den Blick gesenkt. Trotzdem war ich mir bewusst, dass sie sich jede Bewegung und jedes gefallene Wort einprägten.

Sie standen links und rechts von Hines Thron, während die restlichen Untergebenen mit irgendwelchen anderen Aufgaben betraut waren.

»Also, mein kleiner Schoßhund, ich will, dass du die richtige Frau findest.

Es ist mir egal, ob du die gesamte Insel auf den Kopf stellen musst. Aber bring mir nicht noch einmal solch eine Versagerin.«

Sie drehte sich wieder zu mir um und das Klackern ihrer hohen Absätze hallte wie ein Donnerschlag bei jedem Schritt wider. Die schwarzen Haare hatte sie heute zu einem strengen Dutt zusammengebunden, der ihre harten Gesichtszüge unnatürlich stark betonte.

»Und wie genau soll ich die Richtige erkennen? Es ist ja nicht so, als würde sie mit einer riesigen Leuchtreklame und einem Megafon kreischend über die Insel laufen.«

Hine ging um mich herum wie ein Tiger, der seine Beute umkreiste, während ich den Blick stur geradeaus gerichtet hielt.

Sie verringerte die Distanz zwischen uns und auf einmal roch sie an mir.

»Wenn du ein Hund sein möchtest, dann sag Bescheid und ich hol dir eine Leine.«

Ein stechender Schmerz setzte plötzlich ein. Es war, als würden tausende glühend heiße Nadeln in meinen Körper eindringen. Ich gönnte ihr die Genugtuung nicht, zu schreien, und hielt meine Lippen eisern verschlossen.

»Ich glaube, du vergisst, mit wem du redest. Zweifle nie daran, wer hier das unterwürfige Haustierchen ist. Der einzige Grund, warum du nicht angekettet an meinem Thron sitzt und nach einem Napf voll Essen bettelst, ist, dass ich dich da draußen noch brauche. Aber vielleicht sollte ich Aaron wirklich den Vorzug geben, immerhin scheint er raffinierter zu sein. Andererseits traue ich ihm noch weniger als dir, also bleibt wohl vorerst alles beim Alten.« Ein weiteres Mal roch sie an mir. »Übrigens stinkst du ganz furchtbar nach Orange und etwas anderem, das ich nicht zuordnen kann.«

Ich verkniff mir, Hine zu sagen, dass sie den Duft von Jasmin meinte. Sie konnte also Charlie an mir riechen.

Ihre dunklen Augen blickten mich eisern an, als ob sie darauf wartete, dass ich verriet, woher der Geruch stammte.

»Offenbar hast du schon jemand Neues kennengelernt, und scheinbar verändert diese Person etwas an dir. Woher sonst sollte deine plötzliche Widerspenstigkeit kommen?«

Sie strich sich mit den Fingern über das Kinn, während ihr magischer Würgegriff nichts von seiner Intensität einbüßte. »Du würdest es mir doch verraten, wenn du plötzlich etwas fühltest. Nicht wahr, Schätzchen?«

Sie verstärkte ihre Magie und mein Körper fühlte sich an, als würde er in Flammen stehen.

»Ja«, presste ich zwischen zusammengekniffenen Zähnen hervor. Mein Atem ging nur noch stoßweise und ich war kurz davor, das Bewusstsein zu verlieren.

Sie stellte sich direkt vor mich und kam so dicht an mich heran, dass ich ihren süßlichen Atem riechen konnte.

»Ich glaube dir«, hauchte sie und augenblicklich hörte der Schmerz auf.

Ich atmete einmal tief ein und aus. Das Zittern in meinen Beinen versuchte ich zu ignorieren und nicht auf die Knie zu fallen.

»Nach all den Enttäuschungen gebe ich dir allerdings nur noch eine Chance.«

»Aber die Frist ist noch nicht um«, protestierte ich.

»Nein, aber wie ich bereits sagte, ist meine Geduld erschöpft.« Hine machte eine Pause. »Und ich stelle hier die Regeln auf«, fügte sie schließlich hinzu.

»Ich verstehe.«

»Tust du das wirklich oder soll ich meinen Worten noch einmal Nachdruck verleihen?«

Ein Lächeln entblößte ihre weißen Zähne.

»Das ist nicht notwendig.«

»Wie schade, ich finde es äußerst amüsant zu sehen, wie du nicht versuchst zu schreien.«

Einen kurzen Moment befürchtete ich, dass sie ihre Kräfte erneut demonstrieren würde. Als sie es nicht tat, musste ich mir ein erleichtertes Aufstöhnen verkneifen.

»Also finde eine passende Kandidatin, sonst wirst du auf ewig mein süßer kleiner Schoßhund sein.«

Sie wich endlich von meiner Seite.

Gott, diese Frau konnte einen wirklich in den Wahnsinn treiben. Kein Wunder, dass niemand sie an der Oberfläche haben wollte.

»Du kannst jetzt gehen.« Sie wedelte mit der Hand, als würde sie ein lästiges Insekt vertreiben wollen.

Ich verkniff mir eine Verbeugung, was sie erneut zur Weißglut brachte, wie ich an ihren bebenden Nasenflügeln erkennen konnte.

12. KAPITEL

Charlotte

Pulsierende Kopfschmerzen weckten mich aus einem Traum, in dem ich von einem Riesen verschlungen wurde. Dieses lähmende Gefühl der Angst, das ich kurz vor meiner Ohnmacht verspürt hatte, war schlagartig wieder da. Ich zwang mich die Augen zu öffnen, um dieser endlosen Dunkelheit zu entkommen, die mich erneut hinabziehen wollte. Das einfallende Licht der Sonne verjagte den Schrecken, sodass ich langsam aufatmen konnte.

Allerdings wurde das Stechen zwischen meinen Schläfen mit jedem Atemzug schlimmer, sodass ich mir schnell den seligen Schlaf erneut herbeisehnte.

Ich befand mich in einem weißen Zimmer und die Bettdecke war so hässlich, dass ich aller Wahrscheinlichkeit nach in einem Krankenhausbett lag. Links von mir stand ein elektronischer Apparat, der ein regelmäßiges Piepen von sich gab. Ich konnte spüren, dass ich an der Brust und am Finger verkabelt war. Offenbar überwachten sie die Herztöne und die Sauerstoffsättigung.

»Wenn du das nächste Mal Arielle spielen willst, dann sag einfach vorher Bescheid.« Durch den Nebel, der noch immer die Überhand in meinem Kopf hatte, erkannte ich Theos Stimme und wandte ihm den Kopf zu.

Er saß rechts von mir und hatte die Beine lässig übereinandergeschlagen.

Langsam hob ich eine Hand und zeigte ihm den Mittelfinger.

»Du hast also die Gefühle für mich nicht vergessen, mein Liebling.« Er griff sich theatralisch an die Brust.

»Was ist passiert?«, fragte ich und erschrak beim Klang meiner kratzigen Stimme.

»Du warst mit Vicky auf einer Bootstour, dann kam wohl ein Kerl zu euch und hat eine Geschichte erzählt, die so langweilig war, dass du schnarchend von Bord gefallen bist.«

»Freut mich, dass mein Beinah-Tod dir so ein Vergnügen bereitet«, entgegnete ich erschöpft.

»Du solltest meine Grabreden hören. Die bringen die Bude richtig zum Beben.«

»Dein Feingefühl ist wirklich einmalig.«

Theo veränderte seine Körperhaltung und griff nach meiner Hand.

»Du hast uns allen einen riesigen Schrecken eingejagt. Offenbar muss das Schiff gegen irgendwas gestoßen sein. Ein Ruck ging durch es hindurch und deswegen bist du über die Reling gestürzt. Euer neuer Freund hat dich dann aus dem See gefischt. Du warst ziemlich geschwächt und hattest Wasser in der Lunge. Etwas länger im See und niemand hätte dir mehr helfen können.«

Er hielt immer noch meine Hand fest und ich war Theo dankbar für diesen Halt. Die Vorstellung, dass ich beinahe gestorben wäre, ließ mein Herz rasen, was sofort von einem medizinischen Gerät bemerkt wurde.

»Wie lange war ich weg?«, fragte ich, um meine Gedanken in eine andere Richtung zu lenken.

»Fast zwei Tage. Die anderen und ich haben uns damit abgewechselt, an deinem Bett zu sitzen. Ich habe mir extra starkes Aftershave aufgetragen, damit dich der Geruch endlich aus dem Dornröschenschlaf holt. Hat super funktioniert, wie man sieht.«

Es kostete mich unglaublich viel Kraft, die Lippen nach oben zu ziehen. Das war Theos Art mir zu sagen, dass er sich Sorgen gemacht und mich vermisst hatte.

»Kannst du mir etwas zu trinken geben?«

Ich setzte mich langsam auf und Theo reichte mir ein Glas Wasser. Gierig nahm ich einen kräftigen Schluck, der kühl meine Kehle hinunter rann.

»Danke schön.«

Langsam ließ ich mich wieder in die Kissen sinken.

»Ich glaube, ich muss noch etwas schlafen«, sagte ich und gähnte zur Bestätigung.

Kaum hatte ich den Satz ausgesprochen, merkte ich, wie meine Lider schwer wurden und ich schließlich erneut in die Traumwelt glitt.

***

»Hat dir schon mal jemand gesagt, dass du entsetzlich schnarchst?«, fragte mich eine Stimme.

Ich spähte durch zusammengekniffene Augen und sah Aaron, der jetzt auf Theos Platz saß.

»Es wäre schön, mal von jemandem mit Feingefühl geweckt zu werden«, entgegnete ich und registrierte, dass ich mich jetzt deutlich besser fühlte.

»Tut mir leid, du musst wohl erst einmal mit mir Vorlieb nehmen. Vicky ist vor ungefähr einer Stunde gegangen und sah ziemlich müde aus.«

»Es ist wirklich nicht nötig, auf mich aufzupassen.«

»Sagt die Frau, die vor ein paar Tagen in einen See gestürzt ist, weil sie sich nicht richtig festhalten kann.«

Ich rollte mit den Augen, konnte den Fakt aber nicht von der Hand weisen.

»Danke, dass du mich gerettet hast.«

Aaron winkte ab.

»Das hätte wohl jeder getan. Außerdem wollte ich mir nicht das Gejammer von Dax anhören, wenn er sich eine neue Freundin suchen muss.«

Beim Klang von Daxtons Namen brannte eine Frage sich ihren Weg an die Oberfläche, aber noch ehe ich sie stellen konnte, kam Aaron mir zuvor.

»Er war nicht hier.«

Ich wusste nicht warum, aber Enttäuschung breitete sich in mir aus. Aber was hatte ich denn erwartet? Dass ein Typ, der zweimal mit mir ausgegangen war, neben dem Krankenbett Händchen hielt und mir Blumen vorbeibrachte. Nicht einmal in meiner Fantasie hätten diese Dinge zu Daxton gepasst.

»Jetzt lass mal nicht den Kopf hängen. Dax hat mit Sicherheit einen guten Grund, warum er noch nicht hier war.«

»Er ist mir keine Rechenschaft schuldig. Schließlich sind wir weder zusammen noch befreundet«, sagte ich schulterzuckend.

»Okay«, erwiderte Aaron gedehnt. »Ich hol dann mal einen Arzt, um Bescheid zu sagen, dass du jetzt wach bist.« Beschwingt stand er auf und verließ das Zimmer, noch ehe ich etwas erwidern konnte.

Auf einmal war ich alleine mit meinen Gedanken, die sich unermüdlich um die vergangenen Tage drehten. Mein Leben hätte vorbei sein können, noch ehe es richtig begonnen hatte. Das wurde mir in diesem Moment schmerzlich bewusst. Und wenn ich ehrlich zu mir selbst war, dann gab es so viele Dinge, die ich bereute und verpasst hatte. Aber es war noch nicht zu spät, um damit anzufangen. Ich hatte noch eine zweite Chance bekommen und würde sie nutzen. Auf einem kleinen Tisch neben dem Bett lag mein Handy. Mit zittrigen Fingern griff ich danach und schaltete es ein.

Zum Glück hatte es sich zum Zeitpunkt meines Unfalls in Vickys Handtasche befunden, da ich keine bei mir tragen wollte. Mehrere Nachrichten erschienen auf dem wiederbelebten Display. Meine Mutter hatte etwa ein dutzend Mal versucht mich zu erreichen. Und dann gab es noch einen verpassten Anruf von Robin. Nur von Daxton gab es keine Nachricht.

Ich unterdrückte den Unmut, der sich langsam den Weg an die Oberfläche bahnte.

Scheinbar hatte ein Teil von mir mehr in unserem letzten Treffen gesehen, als ich mir selbst eingestehen wollte. Das war ja mal wieder typisch. Von wegen entspannt und ganz locker an die Sache heran gehen. Ich war noch immer die hoffnungslose Romantikerin, die jedem ihr Herz zu Füßen legte wie einen Kauknochen für einen Hund.

Ich starrte auf das Display, das mir Robins Namen anzeigte. Dann erst sah ich, dass er nicht nur versucht hatte mich anzurufen, sondern mir auch eine Nachricht geschrieben hatte.

> Ich weiß, dass ich einen Fehler gemacht habe, und es tut mir unendlich leid. Bitte, komm zurück nach Hause und lass uns von vorne beginnen …
> Ich liebe dich.

Ich schluckte schwer bei diesen Worten und mein Herz setzte einen Moment aus.

Wie von selbst wählte ich seine Nummer. Es klingelte zwei Mal, bis er ran ging.

»Charlie, Gott sei Dank meldest du dich. Deine Mutter hat mir gesagt, dass sie seit Tagen versucht, dich zu erreichen. Sie ist fast wahnsinnig geworden vor Sorge.«

Dieses Mal knickte ich nicht beim Klang seiner Stimme ein.

»Hör mir zu, denn das alles werde ich nur ein einziges Mal sagen und dann will ich nie wieder etwas von dir wissen.«

Ich konnte hören, wie er am anderen Ende der Leitung scharf die Luft einsog, aber er blieb ruhig.

»Als du mich mit meiner besten Freundin betrogen hast, habe ich euch beiden nur das Allerschlimmste an den Hals gewünscht. Jetzt, da einige Monate vergangen sind, weiß ich, dass ich schon lange, bevor ihr mir das angetan habt, aufgehört hatte dich zu lieben. Es war ein schleichender Prozess und ich wollte es mir zunächst nicht eingestehen. Versteh mich nicht falsch, nichts rechtfertigt euer Handeln, aber ich bin darüber hinweg. Und wenn du ehrlich zu dir selbst bist, dann hast auch du vorher schon angefangen mich aus deinem Herzen auszuschließen. Sonst wäre es nie so weit gekommen. Also tu dir selbst und mir einen Gefallen und lass los. Wir beide hatten unsere Chance und haben sie nicht genutzt.«

Schweigen herrschte am anderen Ende der Leitung.

»Hast du mich verstanden?«

»Ja«, sagte er zögerlich.

»Ach, da wäre noch eine Sache«, ergänzte ich.

»Ja?« Seine Stimme erinnerte mich jetzt an die eines kleinen Jungen, der von seiner Mutter eine Standpauke erhielt.

»Ich wünsche dir noch ein schönes Leben, du Arschloch.«

Ich legte auf und fühlte mich seltsam ruhig. Gut, mein Abschied hätte etwas reifer ausfallen können, aber ich war schließlich immer noch ich und Robin blieb ein Leben lang ein Arsch. Zumindest für mich.

Ein Gefühl von Freiheit breitete sich langsam in mir aus, als hätte ich den Ballast, der die ganze Zeit auf meinen Schultern ruhte, einfach abgelegt und konnte ab sofort meinen Weg beschreiten.

»Ist alles okay?«, fragte Aaron, der in diesem Augenblick zur Tür hereinkam.

»Na klar, wieso fragst du?«

»Weil du grinst wie ein Psychopath, den man gerade gefragt hat, wo er seine Opfer verbuddelt hat.«

»So glücklich also?«

»O ja, oder ist es einfach die Freude, mich wiederzusehen?«

»Wenn dich das besser einschlafen lässt, darfst du das gerne glauben«, erwiderte ich.

»Eine Ärztin kommt gleich und checkt dich einmal durch. Wenn alles okay ist, dann kannst du heute noch nach Hause gehen.«

»Es ist nett, dass du dich darum gekümmert hast«, sagte ich.

»Tja, so bin ich eben. Der strahlende Ritter in einer blendend weißen Rüstung.«

Ich grinste ihn an und er erwiderte die Geste. Ein paar Parallelen zwischen Aaron und Daxton konnte man deutlich erkennen. Der Humor lag eindeutig in den Genen.

»Was ich dich noch fragen wollte, kannst du dich an irgendetwas erinnern, als du im See gelandet bist?«

Ich durchforstete meine Gedanken, doch ich erinnerte mich nur noch an den Ruck und wie eine unsichtbare Kraft mich nach unten gezogen hatte.

»Nein, ich weiß, dass du uns die Geschichte von dem Riesen erzählt hast, und dann kam der Ruck«, sagte ich.

»Als ich dich rauszog, hast du einiges an Wasser erbrochen. Plötzlich hast du dann die Augen aufgeschlagen und das Wort Riese gesagt. Das war schon etwas gruselig.«

»Sagt der Kerl, der solche Legenden zum Besten gibt.«

Trotzdem musste ich zugeben, dass er recht hatte. Das war gruselig.

Aaron wollte gerade etwas erwidern, als eine Frau in einem weißen Arztkittel den Raum betrat.

»Ich sehe, Sie sind wach. Wie geht es Ihnen, Miss Wagner?«

Sie begann bereits damit, mich mit ihren eiskalten Händen zu untersuchen. Als sie bemerkte, dass ich bei den Berührungen zuckte, schloss und öffnete sie ihre Hände schnell hintereinander.

»Verzeihung. Ich habe einen niedrigen Blutdruck und da sind die Hände leider oftmals kalt.«

»Ist schon in Ordnung«, versicherte ich und bemühte mich still zu sitzen, während sie meinen Blutdruck kontrollierte.

Während der Untersuchung war Aaron auffallend ruhig. Sein Blick glitt zum Fenster, durch das man die untergehende Sonne erkennen konnte. Ich liebte den Anblick der flauschigen Wolken, deren Konturen durch das Licht noch weicher wirkten als sonst. Es war, als wäre der Himmel erfüllt von rosa Zuckerwatte, die mit der Zeit ihre Farbe veränderte.

»Ihre Vitalwerte sind alle in Ordnung und da Sie außer einer kleinen Prellung am Oberschenkel keinerlei Verletzungen haben, würde ich sagen, dass Sie morgen früh entlassen werden können.«

Sie nahm mir die Blutdruckmanschette wieder ab und entfernte auch die restlichen Geräte von meinem Körper.

»Das ist toll, aber könnte ich nicht bereits heute Abend gehen? Ich fühle mich einfach wohler, wenn ich mich in meinem Zimmer ausruhen kann.«

»Eine Nacht hier wird Ihnen mit Sicherheit nicht schaden«, wandte sie ein.

Aaron hatte seinen Blick jetzt auf die Ärztin und mich gerichtet, denn die Sonne war bereits zu einem Großteil hinter dem Horizont verschwunden.

»Wie gesagt, ich würde mich lieber zu Hause auskurieren.«

Es war seltsam, den Kiwi Birdlife Park als Zuhause zu bezeichnen, aber das war es mittlerweile für mich.

Ein Zuhause.

Die Ärztin musterte mich einen Moment und überlegte offenbar, ob sie weiterhin mit mir diskutieren sollte.

»Also schön. Ich mache die Entlassungspapiere fertig. Allerdings muss ich Sie darüber in Kenntnis setzen, dass sich das Krankenhaus von jeglicher Verantwortung freispricht, sollten Sie aufgrund ihrer vorzeitigen Entlassung irgendwelche Folgeschäden erleiden.«

Ich nickte und dann war sie auch schon mit wehendem Kittel verschwunden.

Sie hatte scheinbar schnell erkannt, dass es verschwendete Zeit war, mit mir zu verhandeln.

»Hältst du das wirklich für eine gute Idee? Immerhin wärst du fast ertrunken«, wandte Aaron ein und verschränkte die Arme vor der Brust. Er trug heute einen dunkelblauen Pullover, der die Farbe seiner Augen noch einmal betonte.

»Ich bin schon groß und weiß, was ich tue«, sagte ich zwinkernd.

Enthusiastisch schlug ich die Bettdecke zurück und setzte mich auf die Bettkante. Den anfänglichen Schwindel versuchte ich weitestgehend vor Aaron zu verbergen. Der war an meine Seite getreten, um mich zur Not zu stützen.

Offenbar machte ich keinen besonders vertrauenserweckenden Eindruck auf ihn.

Meine nackten Füße berührten die kalten Bodenfliesen und zögerlich ging ich in das angrenzende Badezimmer.

»Du brauchst nun wirklich nicht hineinkommen«, entgegnete ich, als Aaron bereits den ersten Schritt ins Bad gemacht hatte.

»Und wenn du umfällst? Wir wissen beide, dass du nicht besonders gut darin bist, dich auf deinen Beinen zu halten.«

Ich rollte mit den Augen.

»Wenn irgendetwas ist, dann rufe ich, okay?«, bot ich an, um ihn endlich loszuwerden.

»Einverstanden. Sollen wir dafür ein Codewort wählen?«

»Ja, warum nicht? Nehmen wir Bananensplit«, erwiderte ich und hoffte, dass der Sarkasmus deutlich verriet, was ich von der Idee hielt.

»Einverstanden. Und falls du nicht sprechen kannst, musst du es mir durch die Tür morsen.«

Er fuhr sich durch die kurzen Haare, was sie wild abstehen ließ. Ich unterdrückte ein Grinsen bei dem Anblick und wünschte mir gleichzeitig, dass Dax hier wäre und sich so um mich kümmern würde, wie sein Bruder es gerade tat.

»Selbstverständlich.«

Ich schloss die Tür hinter mir und atmete einmal tief ein und aus. Langsam gehorchte mir mein Körper schon deutlich besser und ich ging zum Waschbecken, um mir etwas kaltes Wasser ins Gesicht zu spritzen.

Ein Blick in den Spiegel zeigte mir, dass mein Gesicht nun die gleiche Farbe hatte wie meine Haare.

Trotz Schlaf hatte ich dunkle Augenringe und selbst meine Lippen waren blutleer.

Gerade als ich mich fragte, wo meine Sachen sein könnten, klopfte es in unregelmäßigen Abständen an der Badezimmertür.

Davor stand Aaron mit einem Bündel Kleidung, das sorgfältig auf seinem Arm zusammengefaltet war.

»Vicky hat ein paar neue Sachen vorbeigebracht, als es hieß, dass du im Krankenhaus bleiben musst.« Mit diesen Worten überreichte er mir den Stapel sowie eine Haar- und eine Zahnbürste.

»Hast du gerade gemorst?«, fragte ich, weil ich in Gedanken versuchte, sein unregelmäßiges Klopfen zu entschlüsseln.

»Bananensplit«, antwortete er und wackelte mit den Augenbrauen.

»In dir stecken scheinbar viele Talente.«

»Ich kann dir gerne zeigen, welche noch.«

»Nein, danke«, winkte ich ab und schloss dann die Tür vor seiner Nase. Aaron konnte wirklich süß sein, aber ich hatte gerade keine Gedanken für derartige Spielchen, zumal sein Bruder sich schon oft genug in meine Gedanken schlich.

Rasch zog ich die Krankenhauskleidung aus, die sich anfühlte, als wäre sie aus Schleifpapier produziert worden. Zahlreiche blaue Flecken waren auf meiner Haut zu sehen. Es sah aus, als hätte jemand einen Pinsel in einem Eimer mit blauer, brauner und grüner Farbe getunkt und mich dann von oben bis unten damit besprenkelt.

Als ich meinen lädierten Körper betrachtete, wurde mir bewusst, wie viel Glück ich gehabt hatte. Wäre Aaron nicht da gewesen, dann hätte das alles schlimm enden können.

Ich schluckte schwer, zog mich um, kämmte meine Haare und putzte mir schließlich die Zähne.

Mit immer noch unsicheren Schritten verließ ich das Bad. »Hier drin sind bereits deine Sachen und die Ärztin hat die Entlassungspapiere hergebracht.

Sie hat aber noch einmal betont, dass es besser wäre, wenn du die Nacht hier verbringst.«

Er sah mich einen Moment mit seinen blauen Augen an, merkte aber schnell, dass ich dadurch nicht mehr von meiner Entscheidung abzubringen war.

Schließlich seufzte er und schüttelte den Kopf.

»Du passt wirklich perfekt zu Daxton. Der ist genauso ein Sturkopf und weicht keinen Millimeter von seiner Entscheidung ab, egal wie falsch sie ist.«

»Das klingt ja, als wären wir füreinander geschaffen«, sinnierte ich.

»Es scheint so. Zumindest bist du die erste seiner Freundinnen, die mir wirklich sympathisch ist.«

»Die anderen hast du mit Sicherheit durch dein charmantes Auftreten in die Flucht geschlagen.«

»Das könnte natürlich sein.« Er tippte mit dem Zeigefinger gegen sein Kinn.

»Viel wahrscheinlich ist aber, dass Dax sich schnell gelangweilt hat. Bei seiner Damenwahl ist er eher wankelmütig, während ich Beständigkeit bevorzuge.«

»Sehr interessant, und nun beenden wir diese nette Unterhaltung und gehen nach draußen«, sagte ich entschieden und ging einige Schritte auf die Tür zu.

»Und du bist dir wirklich sicher?«, versuchte er es noch ein letztes Mal.

»Sei mir nicht böse, aber langsam klingst du wie meine Mutter, und das gefällt mir gar nicht.«

»Okay, Okay.« Aaron zuckte mit den Schultern, was wohl einer Zustimmung am nächsten kam.

Warum pochte er so vehement darauf, dass ich hierblieb? Machte er sich Sorgen oder steckte noch etwas anderes dahinter?

Es spielte momentan wohl keine Rolle. Jetzt freute ich mich erst einmal auf mein eigenes Bett und würde mich danach um alles andere kümmern.

13. KAPITEL

Daxton

Soweit es Hine zuließ, wartete ich vor dem Krankenhaus darauf, dass Charlie entlassen wurde. Aaron hatte mir von dem Unfall berichtet und ich hätte ihn beinahe um einen Kopf kürzer gemacht, weil er nicht besser auf sie aufgepasst hatte. Da gab man meinem Bruder einmal eine Aufgabe und er vermasselte sie vollkommen.

Die Minuten vergingen und ich tigerte unruhig vor dem Eingang auf und ab, wie ein wildes Tier, das man zu lange eingesperrt hatte. Denn genau das war ich. An unsichtbare Ketten gebunden und den Launen einer irren Wärterin ausgeliefert, die nur darauf lauerte, dass ich einen Fehler beging.

Noch ehe ich Charlie sah, nahm ich ihren Duft wahr. Er war schwächer ausgeprägt als sonst, aber unverkennbar gehörte er zu ihr.

Dann sah ich sie. Sie war vollkommen blass und wirkte wie ein Geist, der unbeteiligt über die Flure streifte, auf der Suche nach einem Zuhause. Sobald ich mit meinem Bruder allein war, würde ich ihn mir zur Brust nehmen. Wenn Aaron sich ihr schon nähern musste, dann hätte er wenigstens besser auf sie aufpassen können. Zudem schien sie mir keineswegs in der Verfassung, jetzt schon entlassen zu werden.

Charlie hatte mich noch nicht bemerkt, aber mir war schon längst aufgefallen, dass Aaron sie stützte. Ich schrieb es meinen animalischen Besitzinstinkten zu, dass ich ihn am liebsten von ihr weggezerrt hätte, um diese Aufgabe zu übernehmen. Früher hätte ich das getan. Ohne auch nur mit der Wimper zu zucken, aber heute war die Welt eine andere und ich erst recht.

Die elektronische Schiebetür, die den Eingang des Krankenhauses bildete, glitt zur Seite und endlich sah Charlie mich an.

Doch die Freude über unser Wiedersehen blieb aus. Ihr Blick blieb kalt und sie starrte mich nur an, als wäre ich die letzte Person, mit der sie gerechnet hatte.

Ruckartig drehte sie ihren Kopf zur Seite und dann wieder zu mir. Dann entriss sie Aaron ihren Arm.

»Du hast ihm gesagt, dass ich heute entlassen werde.« Keine Frage, sondern eine Feststellung. Sie war wirklich clever, auch wenn sie meinen eigentlichen Plan nicht durchschauen konnte.

Mein Bruder nickte bestätigend und sie machte einen Schritt von ihm weg.

»Ich hatte ihn gebeten, bei dir zu bleiben, weil ich beruflich sehr eingebunden war«, versuchte ich zu erklären. Sie musste mir genug vertrauen, um freiwillig mit mir zu kommen. Das waren Hines schwachsinnige Bedingungen.

»Ist das so?«

Die Frage war nicht an mich gerichtet.

»Ja«, gab Aaron mit monotoner Stimme zurück.

Ihr Blick ging wieder zu mir. Sie überbrückte die Distanz zwischen uns mit einigen wenigen Schritten.

»Also erstens komme ich auch gut ohne einen persönlichen Bewacher zurecht.«

»Ja, das sieht man«, erwiderte ich ohne nachzudenken.

Sie funkelte mich wütend an, was einen kleinen Teil von mir doch tatsächlich amüsierte.

»Und zweitens hättest du auch einfach selbst vorbeikommen können, oder arbeitest du von morgens bis abends?«, fragte sie in einem spöttischen Tonfall.

»Es waren sehr aufreibende Tage und ich bin nun wirklich nicht in der Stimmung, mich zu erklären.«

Ich dachte an Hines Magie, die mich beinahe in die Knie gezwungen hätte.

»Ich wünsche dir noch einen schönen Abend«, sagte sie und ließ mich einfach stehen.

Die Frau war ja wirklich widerspenstiger als jedes Monster der Unterwelt.

Ich musste die Strategie wechseln, sonst würde der ganze Plan nach hinten losgehen.

Ich ging ihr hinterher und berührte sie sanft am Arm.

»Es tut mir leid. Du hast recht, ich hätte hier sein sollen, aber es ging wirklich nicht. Ich dachte, es wäre gut, wenn wenigstens Aaron bei dir ist.«

In Wahrheit vertraute ich meinem Bruder keineswegs, aber besser, er war hier, als dass ich sie aus den Augen verlor und damit alles riskierte. Zudem hatte ich mich bei ihr entschuldigt, etwas, das ich seitdem ich denken kann, noch bei niemandem getan hatte. Blöd nur, dass sie nicht wusste, was für eine Überwindung mich diese Worte kosteten.

Ihre Augen wanderten über mein Gesicht, ganz so als würde sie nach der Lüge suchen.

Ich versuchte, das leichte Prickeln zu ignorieren, das sich an der Stelle bildetet, an der ich sie berührte. Selbst durch die Jacke fühlte sich ihre Haut eiskalt an.

Bevor ich wusste, was genau ich da tat, hatte ich meine Jacke ausgezogen und sie über ihre Schultern gelegt.

»Was soll das?«, fragte sie leise und ließ mich keinen Moment aus den Augen.

»Deine Haut ist eiskalt und ich will nicht, dass du dich erkältest.«

Sie bedankte sich nicht, aber behielt die Jacke an. Ich verbuchte das als einen Sieg, wenn auch nur einen kleinen.

»Du hättest anrufen oder eine Nachricht schreiben können«, sagte sie und kam damit bedauerlicherweise wieder zurück zum eigentlichen Thema. Mann, wenn die Frau sich einmal festgebissen hatte, war sie ja schwieriger loszubekommen als ein Bullterrier.

»Leider habe ich nachts gearbeitet und tagsüber geschlafen. Zudem darf ich auf der Arbeit kein Telefon benutzen und der Empfang wäre sowieso miserabel.«

Ich konnte sehen, wie sie mit sich rang. Die nächsten Minuten waren entscheidend.

»Ich konnte mir aber jetzt ein paar Tage frei nehmen, damit ich dich gesund pflegen kann.«

Ich setzte das charmanteste Lächeln auf, das ich besaß.

»Nein, danke.«

Das hatte sie doch nicht gerade ernsthaft gesagt?

Aus dem Augenwinkel konnte ich erkennen, wie Aaron versuchte, ein Lachen mit einem Husten zu übertönen. Die Freude über mein Abblitzen konnte er wahrlich nicht leugnen.

»Darf ich fragen, warum nicht?«

Ich bemühte mich, freundlich zu klingen und nicht die Fassung zu verlieren. Wenn ich sie Hine nicht schnellstmöglich brachte, dann bräuchte ich auch bald jemanden, der mich stützte.

»Weil ich in meinem eigenen Bett schlafen will und nicht bei einem Kerl, der sich tagelang nicht blicken lässt und dann erwartet, dass ich freudestrahlend mit ihm nach Hause gehe.«

Bleib ruhig, Dax. Hier ist eindeutig Fingerspitzengefühl angesagt. Du schaffst das.

»Ich verstehe ja, dass du sauer bist, und ich versuche es wieder gut zu machen. Zählt das denn gar nicht?«

Sie hatte die Lippen fest aufeinandergepresst und schien mit sich zu ringen.

»Lass es gut sein«, ging Aaron dazwischen.

Wenn es darum ging, anderen in den Rücken zu fallen, dann beherrschte mein Bruder das wahrhaft meisterlich. Was führte er nur dieses Mal im Schilde?

»Also schön. Ich wollte jetzt einfach für dich da sein, aber ich respektiere selbstverständlich deine Entscheidung«, lenkte ich ein.

Ohne ein Wort zu sagen, drehte sich Charlie um und mein Bruder folgte ihr in einigen Metern Entfernung.

14. KAPITEL

Charlotte

Mehr als einmal überlegte ich, ob mein Umgang mit Daxton zu schroff gewesen war. Wenn ich ehrlich zu mir selbst war, dann war die Enttäuschung darüber, dass er in den letzten Tagen nicht einmal versucht hatte mich anzurufen, ziemlich groß. Dann taucht er plötzlich auf und erwartet, dass ich ihm freudestrahlend in die Arme laufe.

»Für wen zum Teufel hält dein Bruder sich eigentlich?«, platzte es aus mir heraus.

Aaron war die ganze Strecke bis zum Kiwi Birdlife Park stumm neben mir her getrottet. Wortlos hatte er mich gestützt, wenn der Weg uneben wurde und die kleine Tasche getragen, die Vicky ins Krankenhaus gebracht hatte.

»Ich bin kein Psychologe, aber wahrscheinlich für einen Gott oder zumindest für einen Halbgott.«

Er grinste mich breit an und ich konnte mir das Augenrollen nicht verkneifen.

»Das befürchte ich auch. Ich meine, hat er echt geglaubt, ich falle ihm um den Hals und lass mich dann in seine Steinzeithöhle schleppen?«

»Eigentlich lebt er in einem Loft, aber ich verstehe den Vergleich.« Aaron machte eine kurze Pause und fuhr dann fort: »Du magst ihn.« Er blieb stehen und sah mich unvermittelt an.

Es waren nur noch wenige Meter, die uns von meinem neuen Zuhause trennten. Und während in meinem Inneren ein Emotionschaos aus Müdigkeit, Hunger, Enttäuschung und noch einigen anderen Gefühlen tobte, war ich mir nicht sicher, was genau ich fühlte.

»Ich weiß es nicht.«

»Oh, du weißt es ganz genau. Du würdest dich auf keinen Fall so aufregen, wenn er dir egal wäre. Vielen Menschen ist nicht bewusst, dass das Gegenteil von Liebe nicht Hass ist, sondern Gleichgültigkeit. Und gleichgültig seid ihr euch beide keineswegs.«

»Aber es ist doch albern, jemanden zu mögen, den man erst ein paar Mal gesehen hat«, warf ich ein.

»Ob wir einen Menschen mögen oder nicht, entscheidet sich ziemlich schnell. Wenn du mich fragst, dann sind die ersten Minuten entscheidend. Alle Zeit, die dann dazu kommt, entscheidet, in welche Richtung sich diese Sympathie entwickelt. Ob es Liebe, Freundschaft oder eine oberflächliche Bekanntschaft bleibt, kann nur die Zeit zeigen.«

»Einen Widerspruch zu deiner Theorie bildet aber das hier.« Ich deutete auf uns beide. »Ich hab dich bei unserer ersten Begegnung nicht ausstehen können und jetzt finde ich deine Gesellschaft ganz angenehm.«

»Wirklich? Jetzt bin ich aber schockiert. Ich habe dich sofort gemocht.«

Er zwinkerte mir zu.

»Warst du wirklich nur bei mir, weil er dich gebeten hat?«, fragte ich und wechselte damit das Thema.

»Deswegen und weil ich dich einfach sehen wollte. Schließlich rette ich nicht alle Tage jemanden aus einem See. Du musst noch lange leben, damit ich mich in deinem immerwährenden Dank sonnen kann.«

Er strich sich mit den Fingern durch das hellblonde Haar und schaute dann über meine Schulter hinweg.

»Ich glaube, das Begrüßungskomitee erwartet dich schon.«

Tatsächlich öffnete sich die Tür und Loreley kam zusammen mit Theo und Vicky hinausgeeilt.

»Ich habe deine Nachricht erst jetzt gelesen und wir wollten gerade zum Krankenhaus fahren, um dich abzuholen«, rief Vicky und fiel mir dann um den Hals.

Sie hatte ebenso tiefe Augenringe wie ich. Sofort bekam ich ein schlechtes Gewissen, weil sie sich Sorgen um mich gemacht hatte.

»Ich bin so froh, dass es dir wieder gut geht. Es war unsagbar langweilig ohne dich«, begrüßte mich Theo und nahm mich danach in den Arm. Er trug seinen Lieblingspullover, den grauen, auf dem eine weiße Faust abgebildet war, die den Mittelfinger ausstreckte. Das Motiv spiegelte perfekt Theos Persönlichkeit wider.

Schließlich hatte uns Loreley erreicht, deren Blick zwischen Aaron und mir hin und her wechselte. Sie hatte sich einen rosa Bademantel übergeworfen, den sie nun mit Hilfe eines Gürtels festzog.

»Du hast uns einen ziemlichen Schrecken eingejagt, meine Liebe. Jetzt lasst uns erst einmal rein gehen und bei einer schönen Tasse Tee plaudern.« Loreley betrachtete Aaron genauer. »Du kannst auch gerne mit uns kommen.« Sie lächelte ihn mit dem gleichen warmen Lachen an, das sie jedem Fremden schenkte. Sie konnte einfach nicht anders.

»Das ist sehr freundlich, aber ich werde nun nach Hause gehen. Charlie ist ja jetzt in sicheren Händen bei ihrer Familie«, erwiderte Aaron in einem freundlichen Tonfall.

»O wie schade, aber das verstehe ich natürlich. Nach der ganzen Aufregung können wir alle etwas Ruhe gebrauchen.«

Aaron ging einen Schritt auf mich zu und legte mir dann eine Hand auf die Schulter. Es war eine sanfte Berührung.

»Ich werde jetzt mal nach meinem Bruder schauen. Vielleicht sehen wir uns ja bald wieder.«

Er ließ meine Schulter los und reichte Theo dann die Tasche.

»Passt gut auf sie auf.«

Dann drehte er sich um, ging ein paar Schritte und rief uns dann über die Schulter hinweg zu: »Und haltet sie vom Wasser fern.«

Er verschwand hinter der nächsten Biegung.

»Du scheinst ja wirklich ein Männermagnet zu sein«, witzelte Vicky und ich schüttelte nur den Kopf.

»Lasst uns jetzt mal reingehen, dann können wir immer noch genügend über Charlies Wirkung auf Männer reden.«

»Loreley«, rief ich empört und bemerkte, wie meine Wangen anfingen zu glühen.

»Endlich bekommt sie wieder Farbe ins Gesicht.« Vicky klatschte erfreut in die Hände.

Unsere kleine Gruppe ging nun endlich ins Haus, in dem ein süßlicher Duft in der Luft lag.

»Ich habe Anzac Biscuit gebacken. Du isst sie ja so gerne, deswegen dachte ich, ich backe schon mal welche vor«, erklärte Loreley.

»Das ist wirklich lieb von dir.« In Wahrheit konnte ich diese harten Haferflockenkekse nicht ausstehen, war aber zu höflich, um das zu sagen. Schließlich war es eines der neuseeländischen Spezialitäten und ich wollte niemanden vor den Kopf stoßen.

Wir gingen in die Küche und Loreley reichte mir freudestrahlend einen Teller mit dem Gebäck.

Ich griff mir einen der kleineren Kekse und setzte mich dann an den runden Esstisch. Nach und nach nahm jeder Platz und wir tranken einen Kamillentee. Während ich versuchte, den Keks im Tee aufzuweichen, ergriff Loreley das Wort.

»Also Liebes, ich bin der Ansicht, dass du dich noch ein paar Tage ausruhen solltest.«

Sie sah mich mit einer Strenge an, die sie bisher noch nicht an den Tag gelegt hatte.

»Es geht mir wirklich schon deutlich besser«, versicherte ich und hielt ihrem Blick stand.

»Ich sage es nur ungern, aber das ist eine Anweisung. In der nächsten Woche wirst du hier keinen Finger rühren. Du kannst gerne im Park umherlaufen, aber wenn ich sehe, wie du ein Gehege sauber machst oder dich um die Besucher kümmerst, dann schleppe ich dich eigenhändig zurück ins Bett.«

Ich öffnete den Mund, um etwas zu erwidern, aber Theo, der neben Loreley saß, schüttelte leicht den Kopf. Ein klares Signal.

»Also schön, aber nur eine Woche und ich möchte ab und zu die Kiwis füttern.«

Ich hielt ihr die Hand hin, um den Vorschlag zu besiegeln. Nach einem kurzen Moment, in dem sie mich stumm musterte, schlug sie schließlich ein.

»So, das war eine Menge Aufregung in den letzten Tagen und ich würde vorschlagen, dass wir jetzt unseren Tee trinken und dann ins Bett gehen.«

Niemand widersprach und ich genoss die einvernehmliche Ruhe meiner Wahl-Familie.

15. KAPITEL

Daxton

Zu meinem Glück hatte Charlie ihr Fenster einen Spalt breit offen gelassen, bevor sie friedlich einschlief.

Das tat sie leider nicht jeden Abend, aber heute hatte ich Glück. Genau wie nach unserer ersten Begegnung und viele Male danach, konnte ich dem Drang nicht widerstehen, bei ihr zu sein.

Als ich das erste Mal in ihrem Zimmer war, lag ein Dauergrinsen auf meinem Gesicht beim Anblick der Blümchentapete, die so gar nicht zu ihr passen wollte. Gleiches galt für die pinke Bettwäsche.

Manchmal war sie ganz ruhig und erinnerte mich mit ihrer hellen Haut an eine Porzellanpuppe, die viel zu zerbrechlich war, um in dieser Welt zu bestehen. In anderen Nächten schien sie mit den Geistern ihrer Vergangenheit zu kämpfen. Manchmal wimmerte sie im Schlaf oder fing an zu fluchen. Dann erinnerte nichts mehr an eine Porzellanpuppe, sondern vielmehr an eine starke Frau, die ihren Emotionen freie Bahn ließ.

Sie war so voller Kontraste, die ein Gesamtbild formten, das unvergleichbar war.

Jetzt stand ich hier am Fuß ihres Bettes und schaute sie einfach an. Ihre weißen Haare, in denen sich das Licht des einfallenden Mondlichts spiegelte, als wären sie selbst ein Teil davon. Ihre Lieder zuckten leicht und ich fragte mich, welchen Träumen sie gerade nachjagte und ob ich darin vorkam. Sie drehte sich auf die andere Seite des Bettes und eine Strähne fiel ihr ins Gesicht.

Ohne zu zögern war ich neben ihr und strich das seidenweiche Haar sanft zurück.

Ihre Lippen öffneten sich leicht und sie formten Worte, die ich leider nicht verstehen konnte. Ich beugte mich zu ihr hinab und dann hörte ich, was sie flüsterte: Dax.

Mein Name aus ihrem Mund klang wie eine Verheißung auf etwas, das ich unbedingt wollte. Das wurde mir in diesem Moment schmerzlich bewusst.

Selbst mein steinernes Herz konnte nicht verhindern, dass sich mein Jagdinstinkt vollends meldete.

Meine Lippen waren nur wenige Zentimeter von ihren entfernt und selbst das erschien mir noch zu weit. Also beugte ich mich weiter zu ihr, sodass unsere Lippen sich fast berührten. Noch einmal sprach sie sanft meinen Namen aus und ich schloss die Augen, um diesen Moment gänzlich in mich aufzunehmen.

»Musst du die Frauen jetzt schon im Schlaf überfallen, weil sie im wachen Zustand Reißaus vor dir nehmen?«

Ruckartig öffnete ich die Augen, fuhr herum und erkannte Aaron, der auf Charlies Schreibtischstuhl saß und mich belustigt ansah. Ich war so vertieft gewesen in den Gedanken, sie zu küssen, dass ich die Umgebung vollkommen ausgeblendet hatte. Das wurde mir jetzt zum Verhängnis.

»Was tust du da?«, fragte ich und blieb an Charlies Seite.

»Witzig, genau dasselbe wollte ich dich auch fragen. Also was verflucht noch mal machst du hier?«

»Ich wollte nur nach ihr sehen.«

Langsam, um Charlie nicht zu wecken, stand ich auf und ging zu meinem Bruder, der die Arme verschränkt hatte.

»Es sah eher so aus, als hättest du zu viele Vampirfilme geschaut und wärst einer dieser verliebten Gockel, die keinen Augenblick ohne ihre Liebste sein können.«

Er machte eine kurze Pause und sein Blick glitt zu der noch immer schlafenden Charlie.

»Ich kann es dir nicht verübeln. Sie ist klug, wunderschön und eindeutig nicht von dir beeindruckt. Wer würde sich da nicht in sie verlieben?«

Er grinste mich selbstgefällig an und zum ersten Mal, seitdem ich an Hines Fesseln gebunden war, verspürte ich den Drang, ihm eine reinzuhauen.

»Halt dich von ihr fern«, knurrte ich.

Aaron erhob sich und stand jetzt direkt vor mir. Wir waren ungefähr gleichgroß, dennoch verströmte mein älterer Bruder eine Selbstsicherheit, die mich schon immer in den Wahnsinn getrieben hatte.

»Höre ich da Eifersucht heraus? Aber das wäre ja dann eine Emotion und wir wissen beide, dass du doch eigentlich nichts empfinden kannst. Es sei denn ...«

Er blickte an mir vorbei und schaute erneut zu Charlie.

»... sie verändert dich. Und das, mein Bruder, wäre doch höchst interessant.«

»Das ist Blödsinn. Du weißt ebenso gut wie ich, dass Hines Magie das nicht zulässt.«

»Zumindest hat die Göttin dir das weisgemacht, aber nur sie selbst wird wohl wissen, wie mächtig sie ist.«

»Ich empfinde immer noch rein gar nichts. Nur meine Instinkte sind noch übriggeblieben.«

»Wirklich?« Aaron hob verwundert eine Augenbraue. »Eben sah es so aus, als würdest du sie küssen wollen.«

»Wie gesagt: Instinkte.«

»Also ist dein Interesse rein körperlicher Natur?«

Die Belustigung in seiner Frage war geradezu greifbar.

»Nein, denn schließlich ist sie nur ein weiteres Versuchskaninchen für Hine. Nicht mehr und nicht weniger.«

Es war erschreckend, wie präzise Aaron mit seiner Aussage ins Schwarze getroffen hatte. Ich wollte sie küssen, aber noch viel mehr wollte ich endlich wieder frei sein. Und dazu war mir jedes Mittel recht.

»Dann solltest du dich ranhalten. Ich glaube nämlich, unsere alte Freundin ist nicht wirklich geduldig.«

Charlie begann damit, sich im Bett unruhig hin und her zu wälzen.

»Ich denke, du solltest jetzt langsam verschwinden.«

Aaron verbeugte sich gespielt und verschwand dann durch das geöffnete Fenster.

Schnell verschloss ich es hinter ihm und wagte erst dann aufzuatmen.

Ich war mir sicher, dass mein Bruder seine eigenen Pläne verfolgte und inwieweit das für mich gut war, würde sich vermutlich in der nächsten Zeit zeigen.

Jetzt, da sie wieder in meiner Nähe war, brauchte ich seine Hilfe nicht länger.

»Daxton?«, erklang plötzlich Charlies Stimme hinter mir. Sie lag noch immer im Bett und rieb sich die Augen. Blitzartig öffnete ich das Fenster und verschwand in den Schatten der Nacht.

16. KAPITEL

Charlotte

Was hatte Loreley nur in den Tee getan? Ich hatte in der vergangenen Nacht solche wirren Träume gehabt, dass ich mir sogar eingebildet hatte, Aaron und Daxton würden in meinem Zimmer eine hitzige Diskussion führen. Zuvor war ich noch mit Daxton allein gewesen und er wollte mich küssen. Und ich ihn auch.

Am Morgen hatte ich mein Zimmer natürlich leer vorgefunden. Das geöffnete Fenster ließ mich zwar stutzen, aber dann erinnerte ich mich daran, dass ich es geöffnet hatte, bevor ich ins Bett gegangen war.

Als ich aufstand und nach dem Umziehen mein Zimmer verlassen hatte, musste ich feststellen, dass es unsagbar still im Haus war. Ein schneller Blick aufs Handy verriet mir, dass ich eine Nachricht von Daxton hatte.

»Ich habe mich gestern wie ein Idiot aufgeführt. Falls du mir verzeihen kannst, würde ich mich freuen, wenn ich es wiedergutmachen kann.«

Ich las diese Zeilen wieder und wieder. Meine Finger tippten eilig eine Antwort, nur um sie dann anschließend wieder zu löschen. Dieses Prozedere wiederholte sich etliche Male, bis ich schließlich beschloss, es erst einmal sein zu lassen. Wenn sich keine Antwort richtig anfühlte, dann war es besser zu schweigen.

Ich steckte das Handy wieder in die Hosentasche meiner Jeans und trat aus dem Haus. Die warme Luft war erfüllt von dem fruchtigen Duft der Blumen, die Loreley rund um das Anwesen gepflanzt hatte. Sie erstrahlten in den schönsten Farben und bildeten einen bunten Ring, der sich um das ganze Gebäude wand.

Meine Beine trugen mich den Weg entlang zum Eingang des Parks. Theo empfing die ersten Gäste. Er hatte mich noch nicht entdeckt und so konnte ich in Ruhe beobachten, dass er sich besonders viel Mühe gab, die Menschen freundlich zu begrüßen. Nichts erinnerte mehr an den Mann, der beim Karaokeabend derart verbittert und blind für die Freuden des Lebens gewesen war.

»Gibt es einen Grund, warum du wie ein Honigkuchenpferd grinst?«, begrüßte er mich mit seinem gewohnten Charme.

»Keinen, der dich interessieren könnte«, entgegnete ich und behielt das Lächeln bei.

»Wie schade. Ich dachte, du hättest einen schmutzigen Traum gehabt und wolltest mir jetzt davon erzählen.«

Augenblicklich verschwand das Grinsen und mir blieb jedes Wort in der Kehle stecken.

»O mein Gott, ich habe voll ins Schwarze getroffen.«

Er fing lauthals an zu lachen.

»Nein«, protestierte ich wenig erfolgreich.

»Du bist eine wirklich beschissene Lügnerin. Jetzt musst du mir aber verraten, ob ich darin eine Hauptrolle hatte.«

Theo zwinkerte mir zu.

»Das hättest du wohl gerne.«

»Nicht wirklich, aber ich habe ja keinen Einfluss auf deine Träume, du Wildkatze.«

Er formte mit der Hand eine klauenbesetzte Hand und griff spielerisch nach mir.

»Lass den Mist!«

Theo kicherte immer noch wie ein kleiner Junge, der anderen einen Streich spielte.

»Dann komm mal rein, du Luder.«

»Dir fällt wohl immer irgendein bescheuerter Spitzname ein, oder?«

»Allerdings. Und wenn du möchtest, versorge ich dich noch deinen ganzen restlichen Aufenthalt damit.«

»Ein verführerisches Angebot, aber ich verzichte.«

Ich ging an Theo vorbei, der sich schon wieder den Gästen widmete, die sich dem Eingang näherten.

Ich ging an den Gehegen vorbei und wurde von lautem Vogelgezwitscher begrüßt. Seltsam, wie schnell man sich an diese Kleinigkeiten gewöhnte. Mittlerweile konnte ich mir kaum vorstellen, irgendwo anders zu arbeiten, auch wenn ich wusste, dass meine Zeit hier ein Ablaufdatum hatte.

»Vergiss nicht, was du Loreley versprochen hast«, begrüßte mich Vicky, die gerade mit einer Harke den Rasen säuberte.

»Keine Sorge. Ich möchte nur zu den Kiwis gehen.«

Ich wollte schon weiter gehen, als mir ihre geröteten Augen auffielen.

»Ist alles in Ordnung?«, fragte ich leise, sodass uns niemand anders hören konnte.

»Mein Freund hat gestern Schluss gemacht. Einfach so, aus heiterem Himmel. Ich hab es nicht kommen sehen.«

Ich nahm sie in den Arm und sie begann herzzerreißend zu schluchzen. Ihre Tränen benässten meinen Hals und das T-Shirt, aber ich drückte sie nur noch fester an mich.

»Er liebt mich einfach nicht mehr.«

Vicky begann zu zittern und ich wusste nicht, mit welchen Worten ich sie trösten konnte.

»Wenn er wenigsten fies zu mir gewesen wäre, dann könnte ich ihn hassen. Aber er hat es ganz sanft erklärt und mich dann auch noch in den Arm genommen«, erzählte sie weiter.

»Das tut mir unsagbar leid.«

Ich strich ihr sanft über den Rücken, bis sie aufhörte zu weinen. Die Minuten vergingen und ich konnte den Schmerz, den sie in sich trug, spüren. Dieses Stechen, bei dem man glaubt, das Herz würde aufhören zu schlagen. Dann kommen die Träume, bei denen man entweder das Geschehene wieder und wieder erlebt oder sich in der seligen Gewissheit verliert, dass die Trennung nie passiert ist.

Und niemand konnte einem diese Bürde abnehmen oder sagen, wie lange man trauerte.

Vicky löste sich langsam aus meiner Umarmung und wischte sich die Tränen weg.

»Es wäre einfacher, ihn zu hassen«, wiederholte sie.

»Vielleicht wäre es besser, wenn du dir heute frei nimmst und wir zusammen in die Stadt gehen. Dann können wir einfach einen Mädelstag verbringen.«

Der Versuch war schwach, aber dennoch durfte ich nichts unversucht lassen, um sie aufzumuntern.

Vicky schüttelte vehement den Kopf.

»Die Arbeit lenkt mich momentan am besten ab und danach möchte ich einfach alleine sein.«

Ich sah sie einen Moment an und wusste, dass es zwecklos war zu versuchen, sie umzustimmen. Jeder trauerte auf seine eigene Weise und das war okay.

»Ich kann dich verstehen. Ohne meinen Exfreund wäre ich vermutlich noch immer in Deutschland und würde Mathematik studieren. Versprich mir aber bitte, dass du nicht gleich den Kontinent wechselst.« Ein Lächeln, das nicht ihre Augen erreichte, war die Antwort. »Wenn du irgendetwas brauchst, dann sag bitte Bescheid. Ich bin für dich da.«

»Danke schön.«

Sie fing wieder an zu harken und ich verstand es als stumme Aufforderung, dass ich weiter gehen sollte.

Schließlich erreichte ich endlich das Kiwi-Gehege. Zu dieser Tageszeit schliefen sie vermutlich alle, aber ich wollte einfach die Nähe dieser wundervollen Tiere genießen.

Es gab insgesamt vier unterirdische Höhlen, in die sich die Tiere paarweise zurückziehen konnten. Allerdings war mein schwarzer Kiwi immer noch alleine, weil bisher kein neues Weibchen in den Park gekommen war.

Ich betrat den Raum so leise wie möglich und wurde mit einem Rascheln zwischen den Büschen begrüßt. Scheinbar hatte ich eines der Tiere aufgeweckt. Ich setzte mich auf den angedeuteten Waldboden und nahm den Geruch von Erde und Laub wahr, das den Boden teilweise bedeckte.

Hinter mir hörte ich sachte Schritte. Kiwis wiegen kaum mehr als fünf Kilo und sind somit Fliegengewichte, für die es eine Leichtigkeit ist, sich nahezu lautlos zu bewegen.

Schwarze Federn kamen in mein Sichtfeld und dann erkannte ich meinen heimlichen Liebling.

»Pango«, begrüßte ich das Tier.

Er hingegen zeigte mir seine Zuneigung, indem er mich sanft in den Oberarm zwickte.

Mittlerweile hatte ich mich an die Art und Weise gewöhnt, wie er seine Zuneigung zeigte, und schrie nicht mehr vor Schreck auf.

»Habe ich dir gefehlt?«, fragte ich leise und ließ ihn nicht aus den Augen.

Er schlich um mich herum, als würde er sich davon überzeugen wollen, dass es mich auch wirklich gab.

»Tut mir leid, dass ich dich in den letzten Tagen nicht besucht habe. Es war eine ziemlich wilde Zeit und ich war ein paar Tage im Krankenhaus.«

Pango blieb nun vor mir stehen und bewegte seinen kleinen Kopf hin und her.

»Ich weiß schon, was du möchtest.«

Ich holte einen Apfel aus meiner Jackentasche und legte ihn vor den Vogel.

Er blickte unschlüssig zwischen mir und der Frucht hin und her.

»Regenwürmer wären dir wohl lieber, was?« Ich lächelte und dann begann Pango seinen langen Schnabel immer wieder in den Apfel zu stecken.

Es wunderte mich, dass er derart wach war, obwohl Kiwis bei Tag eigentlich in ihren Höhlen schliefen. Vor mir stand der lebende Beweis, dass es scheinbar auch Ausnahmen gab.

Er war wirklich etwas Besonderes.

Nachdem er fertig gefressen hatte, hüpfte er in einem Satz auf meinen Schoß und rollte sich zu einem flauschigen Knäuel zusammen.

»Dir hat wohl niemand gesagt, dass Kiwis eigentlich scheue Tiere sind.«

Ich strich mit den Fingern ganz sanft über seine Federn. Sie waren so weich, dass ich mir kaum sicher war, ob ich sie überhaupt berührte.

Pango streckte sein Köpfchen meiner Hand entgegen und ich verstand die Aufforderung sofort. Fehlte nur noch, dass er jetzt anfing zu schnurren.

Es war schon fast meditativ, ihn zu streicheln und die Wärme seines Körpers zu spüren.

»Es wäre toll, wenn du jetzt auch noch anfangen würdest zu sprechen. Dann wärst du wirklich das ideale Haustier.«

Pango entwand sich meinem Griff und zwickte mich.

»Au«, sagte ich und schüttelte meine Hand anklagend.

»Ich habe schon verstanden, auch wenn du süß bist, bist du kein Haustier. Kein Grund, gleich schnippisch zu werden.«

Ich funkelte ihn böse an, aber er streckte nur den Schnabel in die Höhe, als wäre er eingeschnappt.

»Wenn mir jemand gesagt hätte, dass ich mal eine Auseinandersetzung mit einem Kiwi haben würde, dann hätte ich denjenigen wohl für verrückt erklärt. Allerdings ist in letzter Zeit sowieso viel Merkwürdiges passiert. Angefangen bei den Erdbeben, die in letzter Zeit immer mehr werden, bis hin zu Daxton.«

Pango wiegte erneut seinen Kopf hin und her, als würde er überlegen, wovon genau ich sprach.

»Du kennst ihn ja nicht. Daxton ist ...«, ich stockte und wusste nicht wirklich, welche Worte ihn am besten beschrieben. Das Tier hingegen schaute mich an, als würde sein Leben davon abhängen.

»... witzig, charmant, intelligent und verdammt heiß.«

Ich lachte über meine eigenen Worte und erntete wieder ein Zwicken.

»Aber er ist auch merkwürdig und ich weiß noch nicht, ob mir das gefällt oder nicht. Sein Bruder hingegen war zuerst der größte Kotzbrocken, den ich auf dieser Insel kennengelernt habe. Tja, und dann hat er mich gerettet und mit den anderen zusammen im Krankenhaus darauf gewartet, dass ich wieder aufwache. Während dieser Zeit war Daxton wie vom Erdboden verschwunden, tauchte plötzlich auf und erwartete dann, dass ich ihm fröhlich in die Arme laufe. Was ich damit eigentlich sagen will: Ich mag diesen Idioten und das ist ein Problem. Also, was soll ich tun?«

Ich sah in Pangos dunkle Knopfaugen und ein Teil von mir hoffte irrsinniger Weise auf eine Antwort.

Der Schnabel des Vogels blieb verschlossen. Doch plötzlich wurde ruckartig die Tür zum Gehege geöffnet und Theo kam herein. »Loreley sagt, dass du dich jetzt erst mal wieder ausruhen sollst, bevor du – und ich zitiere – die

Nacht bei deinen Lieblingen verbringst.« Beim letzten Teil hob er seine Hände in die Luft und simulierte Anführungsstriche. »Sag mal, sitzt da ein Kiwi auf deinem Schoß?«, fragte er, nachdem sein Blick auf Pango gefallen war. Der hob jetzt seinen Kopf und starrte wiederum Theo an.

Dann glitten die schwarzen Augen langsam zur Tür, die immer noch einen großen Spalt breit offen stand.

Ich spürte, wie der Vogel die Muskeln anspannte und zum Sprung ansetzte.

»Theo, schließ die Tür!«, rief ich, als mir klar wurde, was genau das Tier vorhatte.

Doch es war zu spät. Wie ein schwarzer Ninja flitzte der Kiwi durch Theos Beine hindurch und war sogleich durch die sich langsam schließende Tür verschwunden.

»Fuck!«, rief Theo. »Ich hab die andere Eingangstür auch aufgelassen, weil ich dachte, dass die Vögel alle noch schlafen würden«, fügte er hinzu.

Schnell stand ich auf und folgte Theo nach draußen. Wir blickten uns beide um, konnten aber auf die Schnelle nicht erkennen, in welche Richtung Pango gelaufen war.

»Ganz ruhig. Er kann noch nicht weit sein. Der Park ist eingezäunt, also kann er sich nur hier irgendwo befinden.«

»Es sei denn, er rennt zum Ausgang«, warf ich ein.

Schlagartig setzten wir uns in Bewegung. Wir liefen an neugierigen Besuchern vorbei und versuchten niemanden umzureißen.

Vicky stand am Eingang und wedelte mit den Armen, als sie uns erblickte.

»Ich glaube, da ist einer der Kiwis lang gelaufen.«

Sie deutete in Richtung des Waldes.

»Was du nicht sagst«, entgegnetet Theo und blieb erst stehen, als wir am Eingang waren. »Warum hast du ihn nicht aufgehalten?«, fragte er Vicky.

»Er ist wie von einer Tarantel gestochen umhergelaufen und hat ständig die Richtung geändert. Es war unmöglich, ihn einzufangen«, rechtfertigte sie sich.

»Es ist sinnlos, jetzt nach einem Schuldigen zu suchen«, warf ich ein, um diese leidliche Diskussion zu beenden.

»Lasst uns kurz überlegen. Kiwis schaffen maximal fünfzehn Kilometer in einer Stunde und er ist es mit Sicherheit nicht gewohnt, große Strecken zu laufen. Du gehst nach links Richtung Wald und ich nach rechts Richtung Stadt. Vicky informiert Loreley und kümmert sich um die Gäste. Wir werden ihn schon finden«, erläuterte Theo.

Bevor ich irgendwelche Bedenken äußern konnte, war er bereits verschwunden.

Fluchend lief ich in Richtung Wald. Ich malte mir kaum Chancen aus, Pango zwischen den Bäumen zu finden, immerhin waren Kiwis darauf spezialisiert, im Wald zu leben. Ich hatte noch zwei Stunden, bis die Sonne unterging. Dann würde ich die Suche abbrechen müssen.

Nachdem ich die ersten Bäume erreicht hatte, brauchte ich einen Moment, um mich im fahlen Licht des Waldes zu orientieren.

Da war ein kleiner, dunkler Schatten. Er huschte zwischen den Bäumen hin und her.

»Pango!«, rief ich, obwohl es sinnlos war, daran zu glauben, dass ein wildes Tier aufs Wort hörte. Doch entgegen aller Wahrscheinlichkeit blieb er wie angewurzelt stehen. Er sah mich an.

Ganz vorsichtig, um ihn nicht erneut aufzuschrecken, ging ich auf ihn zu. Keine Ahnung, wie ich den Kiwi zurückbringen sollte. Wahrscheinlich hätte ich irgendeine Art von Netz mitnehmen sollen, um ihn einzufangen. Jetzt konnte ich nur noch auf mein Glück vertrauen.

»Bleib schön stehen, mein Freund. Wir zwei werden jetzt nach Hause gehen und diesen Zwischenfall ganz schnell vergessen.«

Ich hatte ihn fast erreicht, da sprintete er erneut los.

Normalerweise war ein Mensch deutlich schneller als ein Kiwi, aber nicht, wenn man ein solch unebenes Gelände vor sich hatte und sich nicht auskannte.

Während ich aufpassen musste, um nicht über die dicken Wurzeln der Bäume zu stolpern, sprang Pango mit Leichtigkeit darüber. Verdammter Vogel!

Er blieb erneut stehen und ich schlich mich wieder an. Dieses Spiel ging einige Mal hin und her, bis ich ihm nahe genug kam, um einen Sprung zu wagen.

Ich spannte die Muskeln an und löste mich vom Boden, doch nur um Pango um ein paar Millimeter zu verpassen. Er war in der letzten Sekunde einfach beiseite gesprungen.

Frustriert holte ich das Handy aus der Hosentasche. Es war Zeit, Hilfe zu holen. Ich wählte Daxtons Nummer, doch er ging nicht ran. Laut schimpfend scrollte ich durch das Telefonbuch und versuchte mein Glück bei Aaron.

Nachdem es zweimal geklingelt hatte, nahm er endlich ab.

»Hallöchen, Schönheit, hast du Sehnsucht nach mir?«, begrüßte er mich.

Ich ging nicht darauf ein und kam gleich zur Sache. »Ich brauche deine Hilfe. Einer der Kiwis ist entwischt und ich renne ihm gerade im Wald hinterher. Könntest du ein Netz besorgen und herkommen?«

»Ein Kiwi, sagst du?« Er kicherte.

»Das ist nicht witzig«, entgegnete ich leicht gereizt.

»Tja, ich schätze, das kommt auf die Perspektive an, aus der man es betrachtet.«

»Hilfst du mir jetzt oder nicht?«

»Bleib, wo du bist, ich komme.«

»Danke. Ich schicke dir den GPS-Standort.«

Dann legte ich auf und sah zu Pango, der das Gespräch in aller Seelenruhe mit angehört hatte.

»Okay, Kumpel, das Spiel ist vorbei. Ich habe Verstärkung angefordert«, drohte ich.

Der Kiwi schaute auf einmal zum Himmel hinauf und dann fiel mir auf, dass die Sonne bereits bedrohlich tief stand. Der Himmel war in einem satten Orangeton getaucht und schon bald würde kein Lichtstrahl mehr den Wald erhellen. Aaron musste sich beeilen.

Pango setzte erneut zum Laufen an und ich nahm die Verfolgung auf. Am Ende des eingeschlagenen Weges tauchte eine Höhle auf, die mir zuvor noch nicht aufgefallen war. Zielsicher rannte das Tier ausgerechnet dort hinein.

Vor dem Eingang blieb ich stehen. Die Sonne erhellte nur die ersten Meter, dahinter war es stockfinster. Ich schluckte schwer und verdrängte den Gedanken an ein Ungeheuer, das sein hungriges Maul weit aufsperrte, um mich zu verschlingen.

Sei kein Angsthase, Charlie!

Ich machte einen Schritt und dann noch einen.

Kalte Luft kam mir entgegen, als würde mir irgendetwas, das sich in der Höhle befand, seinen Atem entgegen pusten. Eine Gänsehaut breitete sich wie ein Lauffeuer über meinen gesamten Körper aus.

Geistesgegenwärtig zückte ich das Telefon und schaltete die Taschenlampe ein. So konnte ich wenigstens etwas in dieser gruseligen Höhle erkennen. Ein Blick auf das Display verriet mir, dass ich hier keinen Empfang hatte.

Mein schlechtes Glück hatte wieder zugeschlagen.

Hoffentlich ist Aaron clever genug, um von den Koordinaten aus den Weg hierher zu finden.

Ganz langsam, das Licht hin und her schwenkend, ging ich den Weg weiter. Die Temperatur nahm merklich ab und bald schon bildeten sich Atemwolken vor meinem Gesicht.

Wenn ich diesen Vogel erwische, dann darf er sich was anhören. Weit und breit war keine Spur von ihm zu erkennen und neben meiner Angst vor diesem unheimlichen Ort überkam mich allmählich auch Sorge. Hoffentlich war Pango nichts passiert.

Ich versuchte mich mit irgendwelchen absurden Gedanken abzulenken, um nicht in Panik zu verfallen. Allerdings half das wenig, als auf einmal das Licht anfing zu flackern. Panisch schaute ich auf mein Handy und stellte fest, dass der Akku nahezu leer war. Bald würde ich hier in vollkommener Dunkelheit stehen.

Ich drehte mich um und wollte so schnell wie möglich von hier verschwinden.

Dann hörte ich ihn.

Einen gequälten, hohen Schrei.

Der stammte auf gar keinen Fall von einem Menschen. Instinktiv rannte ich weiter in die Höhle hinein, denn ich würde es mir nie verzeihen, Pango aus Angst hier zurückgelassen zu haben.

Als ich mich bewegte, flackerte das Licht hin und her und die Schemen verschwammen zu einer Masse aus Weiß und Schwarz.

Erneut erklang ein herzzerreißender Schrei und ich rannte so schnell, wie es die beeinträchtigte Sicht zuließ.

Und plötzlich ging das Licht aus und völlige Dunkelheit umgab mich. Einen kurzen Moment überlegte ich, ob es Sinn machte, jetzt nach Hilfe zu rufen, aber ich wollte meine Kräfte schonen.

Pango gab wieder einen gequälten Schrei von sich. Mit ausgestreckten Armen tastete ich mich an der kalten Höhlenwand entlang und verließ mich ganz auf mein Gehör.

Das ist das absolut Dämlichste, was du jemals getan hast.

Mein Weg führte mich immer tiefer in das Innere der Höhle.

Zuerst dachte ich, ich würde es mir einbilden. Am Ende dieses langen dunklen Tunnels sah ich ein kleines Licht. Genau aus dieser Richtung kamen die Schreie des Kiwi. Ich hatte ein neues Ziel und lief darauf zu.

Hoffnung flutete meinen gesamten Körper und beflügelte jeden meiner Schritte.

Das Licht nahm immer mehr Raum ein und dann erkannte ich eine riesige Halle, deren Wände mit einem leuchtenden Moos bewachsen waren. Alles hier schimmerte blassgrün. Etwas derartiges hatte ich noch nie zuvor gesehen. Dann sah ich die Kristalle an der Decke. Auch von ihnen ging ein Leuchten aus. Mir war nicht klar, wie das sein konnte, aber ich war in diesem Moment einfach froh, nicht in vollkommener Dunkelheit stehen zu müssen.

In der Mitte des unterirdischen Raumes befand sich ein dunkelblauer See. Er war nur wenige Meter breit und von ein paar Steinen und Gräsern gesäumt. Nicht einmal die dünnen Spitzen der Pflanzen bewegten sich. Fast schon erinnerte der Anblick mich an ein Stillleben. Unter anderen Umständen hätte ich mich über die Entdeckung gefreut, aber meine Gedanken kreisten um den Kiwi. Mit Schrecken erkannte ich einzelne schwarze Federn, die wie eine grausame Spur zu Pango führten.

Er lag zusammengesunken auf dem Boden und gab keinen Ton mehr von sich.

Ich rannte zu ihm, fiel auf die Knie und hob ihn sanft hoch. Seine Augen waren geschlossen.

Ein Schluchzen entfuhr meiner Kehle.

Das durfte nicht sein.

Behutsam legte ich mein Ohr an seine warme Brust und ich hörte, dass er noch atmete. Was auch immer ihm passiert war, er hatte es überlebt.

Tränen der Freude rannen über mein Gesicht und fielen auf sein schwarzes Gefieder, das seinen üblichen Glanz verloren hatte.

Ich schaute mich um, konnte aber kein anderes Tier entdecken. Außer uns beiden war niemand hier.

»Was ist dir nur passiert?«, flüsterte ich und strich ihm erneut über das Gefieder.

Ich drückte seinen warmen Körper an meine Brust und stand vorsichtig auf.

»Komm, wir gehen jetzt nach Hause«, sagte ich, um uns beide zu beruhigen. Keine Ahnung, wie ich den Weg durch den Tunnel meistern sollte, aber für ihn würde ich es schaffen.

Ich hatte bereits einige Meter hinter mich gebracht, als ich hörte, wie sich das Wasser bewegte.

Langsam drehte ich mich um und erkannte, dass die eben noch glatte Oberfläche anfing, unruhig hin und her zu schwanken.

Einzelne Blasen stiegen empor und dann begann es zu sprudeln, als würde eine unterirdische Quelle den See erhitzen. Dicke Nebelschwaden bildeten sich über der Oberfläche und erfüllten bald auch den letzten Winkel der Höhle. Mit offenem Mund bestaunte ich das Schauspiel und war unfähig, den Blick davon zu lösen.

Dann erkannte ich eine Silhouette zwischen den wabernden Nebelmassen. Das war der Moment, in dem meine Instinkte die Kontrolle übernahmen.

Was auch immer da auf mich zu kam, es konnte nichts Gutes sein. Also tat ich das einzig Vernünftige.

Ich rannte um Pangos und mein Leben.

Bis ich gegen etwas Hartes stieß. Nur mit Mühe hielt ich Pango fest, während ich mir über das Gesicht rieb. Meine Haut fühlte sich an, als wäre ich gegen die Felswand gelaufen.

Doch da war keine Wand, sondern nur die endlose Dunkelheit des Tunnels. Mit zittrigen Händen tastete ich die unsichtbare Barriere ab, während meine Haut bereits dunkelrote Flecken an den Stellen bekam, mit denen ich gegen die Wand gestoßen war.

Ich ignorierte den Schmerz und versuchte einen Weg hinaus zu finden. Ein Blick über die Schulter verriet mir, dass das Wesen aus dem See immer näherkam. Mit meiner freien Hand boxte ich gegen die Barriere, während die andere Pango festhielt.

Als ich schließlich die aussichtslose Situation erkannte, drehte ich mich um. Wenn das hier wirklich real war, dann wollte ich zumindest sehen, was genau mich erwartete.

Mit offenem Mund starrte ich auf eine wunderschöne Frau, die mit einem sanften Lächeln auf den Lippen auf mich zuging.

Einen kurzen Moment überlegte ich, ob diese Moose ein Gift absonderten, das Halluzinationen hervorrief. Das wäre zumindest eine logische Erklärung für all das hier gewesen.

Die fremde Frau war noch einige Meter von mir entfernt und streckte die Hand aus. Die Kälte der Höhle war wie weggeblasen und auf einmal stieg Hitze in mir empor. Zunächst war es nur ein angenehmes Prickeln, das schnell intensiver wurde. Mein panischer Blick glitt zu Pango, weil ich befürchtete, dass wir beide in Flammen standen, doch er rührte sich nicht. Kein Feuer züngelte um uns herum. Es gab nur uns beide und diese Frau, die das alles hier viel zu sehr zu genießen schien.

»Du bist diesem Kiwi freiwillig gefolgt, nicht wahr?«, fragte sie mit einer Singsang-Stimme.

Als ich schwieg, verstärkte sich das Brennen um ein Vielfaches, sodass ich aufschrie.

»Beantworte die Frage.« Der Ton in ihrer Stimme wurde schärfer.

»Ja«, stieß ich keuchend hervor und der Schmerz ebbte etwas ab.

»Sehr schön. Warum muss man euch Sterbliche eigentlich immer doppelt und dreifach fragen? Ihr macht euch das alles nur unnötig schwer.«

Sie schüttelte resigniert den Kopf.

»Wer auch immer Sie sind, lassen Sie uns gehen«, flehte ich.

»Uns? Ach, du meinst dich und die gefiederte Parasitenschleuder?« Sie tippte sich ans Kinn, als würde sie ernsthaft über meinen Vorschlag nachdenken. »Du wirst nirgendwo hingehen«, hörte ich sie schließlich belustigt sagen. Dann verwandelte sich alles um mich herum in ein einziges Flammenmeer.

17. KAPITEL

Daxton

»War es wirklich notwendig, ihr gleich deine Macht entgegenzuschleudern? Immerhin soll sie doch fit genug sein, um die erste Aufgabe zu bestehen«, sagte ich zu Hine.

»Seit wann genau interessiert es dich, wie ich mit den Frauen verfahre, die du mir bringst, und was noch viel wichtiger ist, wieso sollten mich deine Bedenken interessieren?«

Hine ging um die bewusstlose Charlie herum und begutachtete sie wie ein Stück Vieh. Tief in mir regte sich etwas bei diesem Anblick und ich wollte sie am liebsten von ihr wegzerren. Trotz des steinernen Herzens flackerten in mir immer neue Emotionen für einen kurzen Moment auf. Eigentlich passierte dies nur, wenn Charlie in der Nähe war.

Hine hockte sich vor Charlie hin und strich ihr die Haare aus dem Gesicht, wie ich es selbst in der vergangenen Nacht getan hatte. Beinahe hätte ich geknurrt wie ein Tier, dem man die Beute streitig machen wollte, aber ich hatte mich gut genug im Griff, um es nicht zu tun.

»Jetzt setzt du also alles auf eine Karte und steckst deinen letzten Funken Hoffnung in sie?« Die Göttin schaute mich mit einer Mischung aus Unglauben und Belustigung an. Ich nickte. »Der Trick mit dem Kiwi war wirklich hinterhältig. Ich bin schon fast neidisch, dass mir das nicht eingefallen ist.« Sie erhob sich wieder. Erleichterung durchströmte mich, als sie sich endlich weit genug von Charlie entfernt hatte.

»Bring sie in ihr Zimmer«, forderte Hine mich auf.

»Das kann ich auch erledigen«, erklang die Stimme meines Bruders hinter mir.

Hine schaute zu mir und dann zu ihm. Ihre Pupillen verengten sich und erinnerten mich jetzt an eine Schlange, die sich bedroht fühlte.

»Ich habe dich nicht hierhergebeten, Halbgott. Also verschwinde!«, forderte sie ihn auf und bleckte dabei ihre Zähne.

Doch er rührte sich nicht.

Normalerweise betrat Aaron nur selten Hines Reich und dass er sich genau in diesem Moment einmischte, verwunderte mich. Er hatte etwas mit Charlie vor, das war unbestreitbar.

»Das hier ist mein Reich und ich bestimme, wem ich den Zutritt gewähre. Du hast dein Recht gerade verwirkt, also geh, bevor ich dich ins Meer werfe und meinen Rochen erlaube, etwas mit dir zu spielen«, fauchte sie. Die Temperatur in der Höhle nahm spürbar ab, sodass sich kleine Atemwolken vor meinem Mund bildeten. Obwohl Aaron und ich Halbgötter waren, war unsere Macht nicht mit ihrer zu vergleichen. Schon gar nicht, wenn wir uns in ihrem Reich befanden.

Aaron schaute zu Charlie und dann begriff ich, warum er sich einmischte. Sie bedeutete ihm etwas und das könnte in diesem Moment seinen Untergang bedeuten. Hine würde sich alleine deswegen eine Freude daraus machen, Charlie zu töten, um Aaron leiden zu sein. Das alles würde ihr ein diebisches Vergnügen bereiten. Ich musste etwas tun.

»Es wäre besser, wenn du auf sie hörst, Bruder«, sagte ich. Mit einer Mischung aus Fassungslosigkeit und Enttäuschung sah er mich an. Seine Halsschlagader pulsierte stark und gerade als ich glaubte, dass das hier schlecht ausgehen würde, lenkte er ein.

»Also schön, fürs Erste werde ich gehen, aber das letzte Wort ist in dieser Sache noch nicht gesprochen«, sagte er zu mir. Hine machte eine wegwerfende Handbewegung, als wäre sie der gesamten Unterhaltung überdrüssig.

Mein Bruder warf mir noch einen langen Blick zu und verschwand dann wieder in der Dunkelheit des Tunnels. Ich wusste, dass er nicht aufgeben würde, aber es war nicht der richtige Zeitpunkt, um sich Hine direkt entgegenzustellen.

»Du weißt, was du zu tun hast«, sagte die Göttin und wandte mir den Rücken zu. Schließlich schritt sie durch eine massive Felswand, eine Illusion, die sie selbst erschaffen hatte. Als sie endlich verschwunden war, kniete ich vor Charlie nieder und hob sie ganz behutsam hoch. Ich konnte den Schmerz, den sie empfunden hatte, nur allzu gut nachempfinden.

Charlie fühlte sich seltsam kalt in meinen Armen an.

Sie fror. Mit schnellen Schritten folgte ich Hine in die Unterwelt, welche mittlerweile zu meinem zweiten Zuhause geworden war. Die warme Luft umgab uns jetzt wie ein schützender Mantel und langsam kehrte auch die Farbe in Charlies Gesicht zurück. Ihre Brust hob und senkte sich regelmäßig und die Schmerzen hatten ihren Körper verlassen.

Zumindest hatte Hine mir das versichert, als Charlie einige Minuten bewusstlos war.

Jetzt erst erlaubte ich mir, etwas von der Anspannung, die ich die ganze Zeit fühlte, loszulassen. Sie war bei mir. Charlie lag in meinen Armen und war damit sicherer als irgendwo sonst. Vielleicht wollte ich auch nur das schlechte Gewissen beruhigen, das immer mal wieder an die Oberfläche trat. Es war schwer zu sagen, denn ich konnte nicht abstreiten, dass unser beider Leben miteinander verwoben waren. Wenn sie scheiterte, dann würde meine Gefangenschaft auf ewig besiegelt sein.

Ich ging die schmalen Gänge entlang und meine Schritte hallten von den behauenen Wänden wider, während ich mich auf Charlies Herzschlag konzentrierte.

Dienstboten in grauer Kleidung liefen mit gesenktem Blick eilig an mir vorbei. Sie kannten die Geschichten über mich. Legenden, die nur hinter vorgehaltener Hand geflüstert wurden und die sich mit den Jahrtausenden verselbstständigt hatten. Nicht einmal ich selbst konnte mich noch an all meine Taten erinnern, aber hier unten vergaß man nie eine gute Geschichte. Ich konnte nicht mehr zählen, wie oft ich die vom Halbgott gehört hatte, der mit Hilfe eines Angelhakens eine ganze Insel aus dem Wasser gezogen hatte. Und was war aus diesem Helden geworden? Er war an eine eitle Göttin gekettet.

Wenn ich weiterhin über die Vergangenheit nachdachte, dann hatte ich keinen klaren Blick mehr für die Zukunft. Und mit Charlie gab es eine Zukunft.

Als hätte sie meine Gedanken gespürt, seufzte sie. Behutsam schritt ich immer weiter voran und passierte zahlreiche Biegungen. Hines Reich war ein Labyrinth aus Gängen und im Zentrum befand sich ein gigantischer Saal, in dem sie sich mit Vorliebe aufhielt. Die Anweisungen der Göttin waren äußerst präzise, sodass ich endlich Charlies Zimmer fand. Es lag abgeschieden am Ende eines langen, wenig beleuchteten Flures. Soweit ich wusste, befanden sich hier die Unterkünfte der Bediensteten, die teilweise zu zehnt in einem kleinen Raum schliefen.

Auf einmal bewegte Charlie sich in meinen Armen. Ihre Augen öffneten sich leicht und sie schaute zu mir hinauf.

»Daxton?« Ihre Stimme war nur ein Flüstern.

»Sch,sch,sch. Du musst dich ausruhen«, sagte ich sanft und hoffte, dass sie bald wieder einschlief. Ich war noch nicht bereit, ihr alles zu erklären.

»Wo bin ich?«, fragte sie.

»Das erkläre ich dir später. Schlaf jetzt einfach weiter.«

»Wo ist Pango?« Eine einzelne Träne lief an ihrer Wange entlang. Dass ihr Herz an dem schwarzen Kiwi hing, war wirklich bewundernswert, zumal er es doch gewesen war, der sie hergelockt hatte.

»Dem geht es gut. Versuch jetzt deine Kräfte zu schonen.«

Meine Worte schienen sie endlich zu beruhigen und sie lehnte ihren Kopf an meine Brust.

»Du riechst so gut«, flüsterte sie und schmiegte sich an mich.

Hine muss sie ganz schön erwischt haben, dachte ich und spürte den Anflug eines Lächelns, das sich verflüchtigte, als Wachen meinen Weg kreuzten. Sie trugen die lederne Rüstung der Unterwelt, die dank ihrer schwarzen Farbe perfekt mit den Schatten verschmolz. Hier unten gab es nur einen Wachmann, der mein volles Vertrauen genoss.

Eine Dienerin mit einer hellen, fast durchsichtigen Haut stand vor der Tür und öffnete sie rasch, als sie mich sah.

Sie schaute auf den steinernen Boden und schwieg in meiner Gegenwart.

In Charlies zukünftigem Zimmer befand sich ein kleiner Haufen Stroh, den sie als Matratze nutzen konnte. Daneben ein Topf, um sich zu erleichtern, und ein Krug mit Wasser zum Waschen.

»Sie wird hier auf gar keinen Fall schlafen«, knurrte ich die Magd an, die daraufhin ein paar Schritte zurückwich.

»Die Herrin der Nacht hat mir klare Anweisungen gegeben«, erklärte sie hastig und schaute dabei auf den steinernen Boden.

»Und was sollst du machen, wenn ich mich weigere, sie hier zu lassen?«, spottete ich. *Wollen wir doch mal sehen, ob Hine auf alles eine Antwort kennt.*

»Dann soll ich dir ausrichten, dass die Auserwählte bis zum Ende der Prüfungen in deinem Zimmer verbleiben soll.«

Ich schnaubte bei der Vorstellung. Hine trieb ihre Spiele mit mir. Mein Blick glitt erneut zum Strohbett. Wenn sie in diesem Zimmer wäre, würde sie sich wohl kaum ausreichend erholen und damit stünden ihre Chancen geringer zu überleben. Also war die Entscheidung wohl oder übel gefallen.

Wütend stampfte ich aus dem Zimmer und ließ die verängstigte Magd einfach stehen. Sie würde Hine mit Sicherheit berichten, was genau sich hier ereignet hatte, noch ehe ich in meinem Schlafzimmer war.

Meine Schritte hallten dumpf von den hell erleuchteten Wänden wider, während ich durch den Palast lief. Vor einer hölzernen Tür, die mit bronzenen Beschlägen verziert war, blieb ich stehen und öffnete sie.

Ich betrat mein Zimmer und legte Charlie behutsam auf das Bett. Sie rollte sich zur Seite und ich deckte sie zu, als ich sah, dass sie noch immer fror. Jetzt gab es nur noch eine Sache, die ich für sie tun konnte. Mehr denn je brauchte sie jetzt einen Freund an ihrer Seite, der ihr über diese schwierige Zeit hinweghelfen würde.

18. KAPITEL

Charlotte

Ich erwachte davon, dass sich etwas zwischen meinen Armen bewegte. Es war klein und unglaublich weich. Zaghaft hob ich die Lider und blickte in schwarze Knopfaugen, die mich neugierig betrachteten.

»Pango?«, fragte ich zögerlich, während mein Kopf sich von den Schrecken eines Alptraums erholte.

Er kuschelte sich noch näher an mich heran und ganz langsam begann ich mich wieder zu erinnern. An die Höhle, seinen reglosen Körper und an diese gruselige Frau.

Aber Pango war hier und das konnte nur bedeuten, dass ich mir den Rest eingebildet hatte. Ich wollte gerade beruhigt aufatmen, als ich bemerkte, dass ich weder im Kiwi-Gehege noch in meinem Bett lag.

Jemand hatte mich auf ein Bett mit schwarzer Seidenbettwäsche gelegt und sogar zugedeckt. Das konnte unmöglich diese schreckliche Frau gewesen sein.

Ich richtete mich auf, während der Kiwi aufgeregt auf und ab hüpfte, als wollte er mir irgendetwas sagen. Der Raum war riesig und besaß einen Kamin, in dem sogar jemand ein Feuer entzündet hatte. Feuer.

Ich erinnerte mich an das Gefühl von züngelnden Flammen, die nach mir und Pango gierten. Nachdem ich jedoch meine Hände und den restlichen Körper betrachtet hatte, war ich sicher, dass ich keinerlei Verletzungen hatte.

»Geht es dir auch gut?«, fragte ich den Kiwi, der augenblicklich in der Bewegung innehielt.

Wie zur Bestätigung zwickte er mich leicht in den Arm.

»Okay, wer oder was auch immer uns hierhergebracht hat, ist nicht da, und ich würde vorschlagen, wir nutzen unsere Chance und verschwinden von hier.«

Behutsam stieg ich aus dem Bett. Mein Blick glitt über die dunkelblaue Tapete, die mit goldenen Symbolen verziert war. An einer Wand befand sich ein gut gefülltes Bücherregal, dessen dicke Ledereinbände zum Blättern einluden. Doch jetzt war nicht der richtige Zeitpunkt, um sich in alten Büchern zu verlieren.

Erneut schaute ich zum Kamin und entdeckte einen eisernen Schürhaken, den ich als Waffe benutzen konnte. Schnell griff ich danach und umklammerte den Griff fest, auch wenn meine Finger vor Aufregung zitterten. Zögerlich ging ich zu einer der beiden Türen, die aus dem Zimmer führten.

Pango blieb, wo er war und machte keine Anstalten, mir zu folgen.

»Du willst doch wohl nicht ernsthaft hierbleiben?«

Ich ging rasch zu dem Kiwi und wollte ihn auf den Arm nehmen, aber er schnappte nach mir.

»Also schön. Ich schaue mich etwas um, aber wenn die Luft rein ist, dann verschwinden wir von hier«, sagte ich bestimmt und hob drohend den Zeigefinger, wie es meine Grundschullehrerin immer getan hatte, wenn ich nicht aufpasste.

Ganz vorsichtig umfasste ich den kalten Drehknauf der ersten Tür, nahm all meinen Mut zusammen und riss sie auf. Mit der anderen Hand hielt ich die Brechstange bedrohlich in die Höhe, bereit, sie jedem Monster über den Schädel zu ziehen.

Allerdings erwartete mich kein Ungeheuer, sondern ein edel eingerichtetes Badezimmer mit einer Wasserfalldusche und einer Badewanne, in die locker vier Personen passten. Wem auch immer dieses Zimmer gehörte, er hatte wirklich einen ausgesprochen guten Geschmack.

Ich schloss die Tür und spürte Pangos Blicke in meinem Rücken.

»Warum kann ich förmlich hören, wie du mich auslachst?«, sagte ich und wandte mich zu dem Kiwi um, der sich auf dem Bett zu einer Federkugel gerollt hatte.

Im früheren Leben war der mit Sicherheit eine Katze gewesen.

Ich atmete einmal tief durch und ging zur zweiten Tür, die hoffentlich in die Freiheit führte.

Wieder hob ich die Stange und stieß dann die Tür auf. Schwarze, wimpernlose Augen gepaart mit scharfen Eckzähnen und riesigen spitz zulaufenden Ohren blickten mich erstaunt an. Vor mir stand eine Fledermaus, die etwas größer als ich selbst war. Ich blinzelte, aber nichts änderte sich an diesem Anblick. Ein tiefer Schrei entstieg meiner Kehle und als das Vieh dann auch noch seine Flügel aufspannte und mich in einem schrillen Ton ankeifte, schmiss ich die Tür wieder zu.

»Sag mir bitte, dass du auch eine riesige Fledermaus gesehen hast?«, rief ich Pango zu und hoffte, dass dieses Ungetüm keine Türen aufschließen konnte.

Wie zum Verständnis nickte er.

»Kannst du mich etwa verstehen?«, hakte ich ungläubig nach.

Erneut nickte der Vogel.

Ich fasste mir an die Stirn, die nicht heiß war. Also kein Fieber.

»Hast du schon immer jedes Wort verstanden?«

Einen kurzen Moment sah der Kiwi mich unschlüssig an und nickte dann langsam.

»Ich weiß nicht, was ich gerade gruseliger finde. Die Fledermaus, die offenbar ein Bad in Uran genommen hat, oder den Kiwi, der jedes meiner peinlichen Geheimnisse verstanden hat. Das kann doch alles nicht wahr sein.« Immer noch mit dem Rücken an die Tür gelehnt rutschte ich zu Boden und schüttelte vehement den Kopf. »Das kann doch alles nicht wahr sein«, wiederholte ich.

Pango erhob sich endlich von seinem Platz, sprang vom Bett und tippelte zu mir.

»Vielleicht habe ich ja giftige Dämpfe eingeatmet oder mir in der Höhle den Kopf angestoßen und träume das alles nur«, redete ich mir selbst ein, um mich irgendwie zu beruhigen. Denn diese Optionen waren wirklich leichter anzunehmen als eine verdammte Riesenfledermaus und ein Kiwi, der meine Sprache verstand.

»Ist das da draußen ein Freund von dir?«, fragte ich Pango. Der schüttelte vehement den Kopf.

Auf einmal begann es zaghaft an der Tür zu klopfen. Jetzt konnten Fledermäuse also schon an Türen klopfen.

Ich hob die Eisenstange auf, die auf dem Boden lag, und stellte mich erneut vor die Tür. Dieses Mal würde ich nicht zögern.

Pango blieb an meiner Seite und schaute ebenso angespannt wie ich auf die hölzerne Tür.

Ein weiteres Mal klopfte jemand dagegen, nun deutlich drängender. Ich schluckte die Angst hinunter, die gerade dabei war mein komplettes Handeln zu steuern.

Dann öffnete ich die Tür.

Doch dieses Mal erwarteten mich keine nachtschwarzen Augen, sondern milchig weiße, die zu einer grünlich scheinenden Frau gehörten.

»Was zum …?«, setzte ich an, doch das Wesen vor mir unterbrach mich mit einer Handbewegung.

»Die Herrin der Nacht wünscht dich zu sehen, Menschenkind.«

Ihre Stimme klingelte schrill in meinen Ohren, dennoch war ihr Aussehen weitaus faszinierender.

Die grüne Frau, deren graue Haare zu einem Zopf gebunden waren, verlagerte unruhig ihr Gewicht von einem Fuß auf den anderen. Dabei wippte ihr dunkelgraues, eng anliegendes Kleid bei jeder Bewegung leicht mit.

»Bitte beeil dich, sonst wird man uns beide bestrafen.«

Das Flehen in ihrer Stimme versetzte mich endlich in Bewegung, sodass ich einen Schritt aus dem Zimmer trat.

Dann fiel mein Blick auf die Fledermaus, die zuvor die Tür bewacht hatte. Doch jetzt waren auf einmal zwei von der Sorte da, deren Augen jede meiner Bewegungen verfolgten.

»Sie haben den Befehl, auf euch aufzupassen«, erklärte die Frau, als sie meinen Blick bemerkte. Diese Worte hatten keinesfalls eine beruhigende Wirkung, sondern schürten meine Angst nur noch weiter.

Sie setzte sich bereits in Bewegung und die Fledermäuse gingen hinter uns her. Pango lief unbekümmert an meiner Seite, während ich mir vorkam wie in einer Horrorversion von *Alice im Wunderland.*

Die Brechstange hielt ich immer noch fest in der Hand und hatte auch nicht vor sie loszulassen.

Die Tiere verströmten den Geruch von feuchter Erde, die mit verbranntem Holz vermischt war. Für einen kurzen Moment flackerte das Bild von Aaron vor meinem geistigen Auge auf. Er hatte auf dem Schiff so ähnlich gerochen wie die Fledermäuse. Ob es zwischen ihnen einen Zusammenhang gab?

Die Frau mit der grünen, schuppigen Haut war ebenso groß wie ich selbst und schien abgesehen von der ungewöhnlichen Haut-und Augenfarbe wie ein Mensch zu sein. Falls diese gesamte Welt nur eine Halluzination war, dann war mein Verstand talentierter, als ich es ihm jemals zugetraut hätte.

»Wo genau sind wir hier?«, fragte ich sie. Ihre Haut war so dünn, dass ich die kleinen, feinen Adern sehen konnte, die sich wie ein Netz durch ihren Körper zogen.

»Es ist mir nicht gestattet, dir zu antworten. Unsere große Herrin wird mit Sicherheit auf alles antworten, wenn sie das möchte«, entgegnete sie.

»Kannst du mir wenigstens sagen, wie du heißt?«

Sie antwortete nicht und als ich die Hoffnung aufgab, irgendeine Information zu erhalten, flüsterte sie kaum hörbar: »Calla ist mein Name.«

Wir gingen immer weiter durch ein Tunnelsystem, dessen Gänge aus Onyx oder einem anderen schwarzen Stein gemacht waren. Glühende Steine tauchten alles in ein warmes, gelbes Licht. Als ich die Hand nach einem der Steine ausstrecken wollte, hörte ich ein bedrohliches Knurren in meinem Rücken. Schnell zog ich die Hand wieder zurück.

Dennoch hatte der Moment ausgereicht, um festzustellen, dass von den Steinen Wärme ausging. Also sorgten sie hier unten nicht nur für genügend Beleuchtung, sondern wärmten diesen seltsamen Ort auch.

Während ich fieberhaft überlegte, ob das hier eine Art Stollen sein könnte, den man früher für den Bergbau benutzt hatte, führten wir unseren Weg unaufhörlich fort.

Schließlich erreichten wir einen riesigen Saal, der überfüllt war mit Wesen, die ich noch nie zuvor gesehen hatte. Fledermäuse in allen möglichen Größen, Kiwis und andere Vögel, menschenähnliche Geschöpfe, deren Haare und Haut in den schillerndsten Farben erstrahlten.

Und alle richteten ihre Augen auf mich. Schnell senkte ich den Blick und widmete dem ebenfalls schwarzen Boden meine volle Aufmerksamkeit.

Mir wurde übel bei dem Gedanken, von all diesen Wesen beobachtet zu werden, zumal ich keine Ahnung hatte, warum ich hier war.

Ich wischte mir meine schwitzigen Hände an der Jeans ab und vermied es weiterhin, irgendjemanden anzusehen. Vielleicht würden sie dann einfach das Interesse an mir verlieren.

»Willkommen in Rarohenga«, begrüßte mich eine weibliche Stimme.

So viel zum Thema Interesse verlieren. Zaghaft hob ich den Kopf und erkannte eine Frau, die hoch oben auf einem goldenen Thron saß. Mein Herz schlug schneller, als ich realisierte, wer sie war.

Sie hatte mich an dem See verletzt. Ich wich einige Schritte zurück und stieß gegen etwas weiches, warmes. Erneut erklang ein Knurren und ich war mir ziemlich sicher, dass ich gegen eine der Fledermäuse gelaufen war.

»Wie schön, du erinnerst dich also an mich.«

Ein hämisches Grinsen zeichnete sich auf ihrem Gesicht ab, während jegliche Wärme aus meinem Körper wich.

Elegant erhob sie sich von dem Thron und das bodenlange Kleid umhüllte ihren Körper sanft wie eine sternenklare Nacht.

Bei jedem Schritt, den sie machte, hallte ein Donnerschlag von den Wänden wider. Während ich überlegte, wie ich von hier entkommen konnte, ohne als Fledermausfutter zu enden, genoss sie sichtlich mein Unwohlsein in vollen Zügen.

Aber ich würde mit Sicherheit nicht einfach kampflos dabei zusehen, wie sie mir ein weiteres Mal weh tat. Sollte sie mir zu nahekommen, dann würde der Schürhaken sie schon auf Abstand halten.

Obwohl der Raum voll war mit Wesen, ertönte kein einziges Geräusch von einem der Anwesenden. Nicht einmal ein Flügelschlag. Alle starrten nur gebannt die Frau an, die jetzt nur wenige Meter von mir entfernt war.

»Ich bin Hine-nui-te-po.«

Sie machte eine bedeutungsschwere Pause, so als müsste mir ihr Name irgendetwas sagen. Ihre Lippen kräuselten sich missmutig, als sie bemerkte, dass ihr Name keinerlei Reaktion bei mir auslöste.

»In deine Sprache übersetzt bedeutet es so viel wie ›große Göttin des Todes‹. Das hier ist mein Reich.« Sie breitete die Arme aus und alle Wesen begannen mit den Füßen und Pfoten auf dem Boden aufzustampfen. Das Gestein unter meinen Füßen vibrierte unter dieser Kraft und die Angst schnürte mir beinahe die Kehle zu.

Mit einer harschen Handbewegung der Göttin hielten die Wesen in der Bewegung inne und verharrten in der Starre.

Sie trat immer dichter an mich heran und ich hob bedrohlich den Schürhaken.

»Komm nicht näher«, warnte ich.

Sie kicherte belustigt, aber wich nicht zurück.

Auf einmal begann das Eisen in meiner Hand wärmer zu werden, bis es schließlich so heiß war, dass ich es nicht länger halten konnte.

»Netter Versuch, aber vollkommen sinnlos.«

Die Göttin versuchte die Hand nach mir auszustrecken, doch plötzlich sprang Pango zwischen Hine und mich. Er versuchte nach ihr zu picken, aber sie schlug ihn wie eine lästige Fliege zur Seite.

»Mein alter Freund, ich hätte dich wirklich für klüger gehalten. Du schaffst es doch immer wieder, dein Herz für einen Menschen zu öffnen.«

Pango war wieder auf den Beinen und wollte erneut nach ihr schnappen, aber sie schnalzte nur mit der Zunge.

»Du weißt doch noch, was beim letzten Mal passiert ist, als du etwas für einen Menschen tun wolltest.«

Pango senkte den Kopf und da verstand ich endlich, dass er die Göttin nicht nur kannte, sondern vermutlich auch ein Teil dieser Welt war. Also hatte er mich wohlwissend hierhergelockt. Die Erkenntnis traf mich wie ein Hammerschlag und versetzte mir einen Stich im Herzen.

»Kommen wir nun zu dir.« Hine richtete ihren Blick erneut auf mich, während ich versuchte, die Bitterkeit von Pangos Verrat herunterzuschlucken.

»Du fragst dich mit Sicherheit, was genau ich von dir will. Nun, du bist eine in einer langen Reihe von Frauen, die freiwillig nach Rarohenga gekommen ist.«

»Und was genau ist Rarohenga?«, unterbrach ich sie.

Blitzschnell umfasste sie mein Kinn und ihre spitzen Nägel gruben sich schmerzhaft in meine Haut.

»Ich kann es nicht leiden, wenn mich jemand unterbricht. Hat dir niemand beigebracht, dass das unhöflich ist?«

Sie verstärkte ihren Griff, aber ich hielt den Mund und gönnte ihr nicht die Genugtuung aufzuschreien.

»Das hier ist die Unterwelt, um es mit einfachen Worten auszudrücken. Hier kommen die Seelen der Verstorbenen hin und ich entscheide darüber, wohin sie gehen. Vor vielen Jahren wollte ein Halbgott das Wasser der Unsterblichkeit von mir stehlen und damit den ewigen Kreislauf des Lebens durchbrechen. Du kennst ihn übrigens nur allzu gut, unseren lieben Daxton. Selbstverständlich erwischte ich ihn und als Strafe habe ich ihm einen Großteil seiner Macht genommen und zudem sein Herz mit einem steinernen Mantel umhüllt. Damit bleibt er von all diesen lästigen Emotionen verschont und konzentriert sich auf die Aufgaben, die ich ihm auftrage.«

Sie ließ mich endlich los und als meine Hand über die Stelle rieb, an der sie mich festgehalten hatte, sah ich mein Blut. Es lief warm an meinem Kinn entlang und tropfte unaufhörlich auf das graue T-Shirt, das ich mir heute früh schnell übergezogen hatte.

Doch es war mir egal.

Eben hatte ich noch gedacht, dass das alles hier nicht schlimmer werden konnte, und nun wurde ich eines Besseren belehrt. Ich war von einer Lüge meines Lebens in die nächste gestürzt. Er hatte mir also jede Berührung und jedes noch so nette Wort nur vorgespielt und ich Idiotin hatte alles aufgesogen wie ein Schwamm.

»Meine Liebe, sei versichert, du bist nicht die Erste, die auf sein gutaussehendes Gesicht reingefallen ist und wirst mit Sicherheit auch nicht die

Letzte sein. Du kannst jetzt nur versuchen, das Beste aus der Situation zu machen – und damit kommen wir auch zum eigentlichen Punkt. Daxton hat nur eine Chance, diesem Fluch zu entgehen, wenn er einen Menschen findet, der bereit ist, für ihn zu kämpfen. Er hat alles für die Menschen getan und ich finde es nur gerecht, wenn ein Sterblicher nun dasselbe für ihn tut. Dieser Einsatz wird in Form von drei Prüfungen bewiesen. Du bist seine letzte Chance, sich selbst und diese Insel zu retten.«

Die Göttin holte tief Luft und saugte die gesamte Atmosphäre in sich auf.

»Und warum sollte ich das tun? Warum sollte ich jemandem helfen, der mich hintergangen hat?«, fragte ich.

»Selbstverständlich musst du das nicht, aber lass mich dir eine Sache erklären. Wenn du die Prüfungen bestehst, dann wirst du keine Angst mehr verspüren. Du wirst stark sein und niemand wird es mehr wagen, dir dein Herz zu brechen.«

Den letzten Teil flüsterte sie mir ins Ohr, als würde sie direkt zu meiner Seele sprechen.

Leider trafen ihre Worte einen wunden Punkt, von dem ich glaubte, dass er verheilt war.

»Und wenn ich nicht will?«

Ich wollte mich nicht so einfach in diese Situation fügen. Das fühlte sich an, als würde jemand anders mein Leben lenken und das passte mir gar nicht.

»Wenn du dich weigerst oder bei den Prüfungen versagen solltest, dann wirst du hierbleiben.

Ich kann immer fähiges Personal gebrauchen und falls du das nicht sein solltest, dann wird dein Tod langsam und qualvoll sein.«

Sie klatschte freudig in die Hände und mir wurde übel von der Vorstellung, diesen Ort niemals wieder lebend verlassen zu können. Meine Atmung ging immer schneller, sodass die Sicht vor meinen Augen verschwamm. Es fehlte nicht mehr viel, und ich würde das Bewusstsein verlieren.

»Wie lautet also deine Entscheidung?«

Hine umkreiste mich, während die Stille schwer auf mir lastete. Ich konnte doch unmöglich solch eine Entscheidung treffen, ohne darüber nachzudenken.

Andererseits hatte ich keine Wahl. Ich schluckte den Kloß herunter, der mir fast den Atem raubte, und nickte stumm.

Hine lächelte zufrieden und ich konnte nachempfinden, wie sich ein Bund mit dem Teufel anfühlen musste.

»Also schön. Beginnen wir mit der ersten Aufgabe: Du musst eine Seele nach Hawaiki, in das Paradies, bringen. Eine meiner Vertrauten wird dich zu dem heiligen Baum führen. Von dort aus startet deine Reise und wenn alles gut läuft, dann sehen wir uns bald wieder.«

Sie wandte mir den Rücken zu.

Ich wollte sie noch so viel fragen, aber Calla stellte sich an meine Seite und wies mich mit einer Handbewegung an, ihr stillschweigend zu folgen.

Zunächst zögerte ich, folgte jedoch schließlich, weil es keine andere Option gab. Ich spürte die Blicke der Tiere und Menschen in meinem Rücken und wünschte mir nicht zum ersten Mal unsichtbar zu sein. Calla führte mich aus dem Saal heraus und erst, als sie sich sicher war, dass wir alleine waren, gab sie die angespannte Körperhaltung auf und ließ die Schultern etwas sinken. Sie schwieg mich jedoch weiterhin an.

Meine Gedanken glitten zu Pango. Ich konnte immer noch nicht begreifen, dass er mich verraten hatte. Dann fragte ich mich, ob er es freiwillig getan hatte oder ob er ebenso wie ich eigentlich keine Wahl hatte.

»Seid ihr alle freiwillig hier?«, traute ich mich Calla zu fragen.

»Was genau meinst du?«, fragte Calla zurück.

»Zwingt sie euch, hier zu sein?«, verdeutlichte ich meine Gedanken.

»Fast alle Wesen, die du gesehen hast, sind in Rarohenga geboren und aufgewachsen. Es ist unsere Heimat.«

Sie hatte sich zurückfallen lassen und ging jetzt neben mir.

»Also könnt ihr hingehen, wohin ihr wollt?«

»Das ist richtig, aber die meisten von uns verlassen diesen Ort nicht. Die Welt der Sterblichen ist nichts für uns.«

Sie deutete mit ihren feingliedrigen Fingern auf ihr Gesicht. »Sie würden sich bei unserem Anblick erschrecken und wenn der erste Schock verdaut ist, würden sie uns vermutlich jagen und sezieren wollen.«

Ich öffnete den Mund, um ihr zu widersprechen, musste mir dann jedoch eingestehen, dass sie nicht Unrecht hatte. Einige würden wirklich Jagd auf sie machen.

Calla bog nach links ab und dann gingen wir eine schmale Treppe hinunter. Unzählige Stufen verliefen in einer Spirale hinab in einen dunklen Schlund. Meine Finger umfassten das Geländer mit aller Kraft, denn der Blick nach unten bereitete mir ein Schwindelgefühl, das ich nicht abschütteln konnte.

»Gibt es keinen anderen Weg?«, fragte ich mit zittriger Stimme.

»Nun, du könntest eine der Fledermäuse fragen, ob sie dich hinunterfliegt. Allerdings sind sie nicht besonders zuverlässig, wenn es darum geht, jemanden sanft abzusetzen. Sie würden einfach loslassen, egal ob zwischen dir und dem Boden ein oder fünf Meter liegen. Wenn du darauf bestehst, gehe ich natürlich zurück und hole eine von ihnen.«

Die Freude in ihrer Stimme war nicht zu überhören. Grausame Scherze gehörten hier offenbar zum guten Ton.

»Nein danke«, sagte ich zwischen zusammengebissenen Zähnen.

Ein eisiger Luftstoß kam von unten und war so stark, dass ich gegen die Wand gepresst wurde, während Calla ungerührt weiter ging.

»Was ist da unten?«

»Eine Tür«, antwortete Calla wortkarg.

»Geht es auch etwas genauer?«

»Eine Tür aus schwarzem Onyxgestein.«

»Herzlichen Dank für die präzise Beschreibung.«

Scheinbar würde Calla mir nur so viele Informationen liefern, wie sie es für notwendig hielt.

Die Steine an den Wänden erhellten nur die nächsten Stufen, sodass alles spärlich beleuchtet war. Ich beobachtete jeden von Callas Schritten, um einen Fehltritt zu vermeiden, der uns vermutlich beide schnurstracks in die Tiefe befördern würde. Sie hingegen hatte keinerlei Probleme mit der Dunkelheit und ging zielsicher weiter. Ob es an ihren Augen lag?

»Seid ihr …«, ich dachte genau über meine Formulierung nach, denn auf keinen Fall wollte ich sie beleidigen. »… so wie Menschen? Also sind eure Körper unseren ähnlich?«

»Um das genau beurteilen zu können, müsste ich dich aufschneiden«, sagte sie so trocken, dass ich für einen winzigen Moment annahm, dass es einer ihrer Wünsche war. »Die Physiologie unserer Körper ist recht ähnlich. Allerdings ist mein Körper mehr an die Dunkelheit gewöhnt, weshalb es mir leichter fällt, mich hier zurecht zu finden. Meine Haut ist nicht so empfindsam wie deine, aber alles andere ist sehr ähnlich«, erklärte sie weiter.

»Also seid ihr auch sterblich?«, hakte ich nach. Es war seltsam, mir vorzustellen, dass es diese ganze Welt und diese Wesen gab, ohne dass irgendein Mensch davon wusste. Erneut wünschte ich mir, nur in einem verrückten Traum gefangen zu sein, denn von all den Informationen begann mein Kopf zu schmerzen.

»Genau, die ältesten von uns werden ungefähr hundertzehn Jahre alt«, antwortete Calla, die nicht bemerkt hatte, was diese ganzen neuen Eindrücke in mir auslösten. Vielleicht war es ihr aber auch einfach nur egal.

»Und warum leben bei euch die Fledermäuse und Kiwis?«

Auch wenn es mir Kopfschmerzen bereitete, so war doch jede Information nützlich. Wer weiß, wann ich sie gebrauchen könnte.

»Sie gehörten zu den ersten Tieren Neuseelands und dienen uns als Augen und Ohren in deiner Welt. So wissen wir, was draußen vor sich geht. Allerdings unterstehen sie direkt der Göttin, die ihre Geheimnisse dann mit uns teilt.«

Ich wollte sie noch so viel mehr fragen, aber wir hatten die letzten Stufen erreicht. Schweißperlen standen auf meiner Stirn und erst jetzt wurde mir bewusst, wie erschöpft ich war. Ich blickte nach oben und konnte kaum den Beginn unseres Abstiegs erkennen. Kein Wunder, dass ich aus der Puste war. Schließlich war ich noch nie ein Fan von sportlichen Aktivitäten gewesen. Eine Tatsache, die mir jetzt leider zum Verhängnis wurde.

»Bist du bereit?«, fragte Calla und hielt den Türgriff fest.

»Nein«, gestand ich ehrlich.

Sie lächelte und entblößte dabei ihre spitzen Zähne. Ich musste mich zusammenreißen, um nicht vor ihr zurückzuschrecken.

»Viel Glück, Menschenkind.«

Mit einem Ruck öffnete sie die Tür. Doch dahinter befand sich nicht etwa ein weiterer Raum oder ein Gang. Dutzende von Bäumen flankierten einen steinernen Weg, der sich zwischen ihnen hindurchschlängelte und sich am Horizont verlor. Zögerlich trat ich dichter heran und sah, dass am Himmel die Sonne schien. Wie war das möglich? Die Baumkronen waren in blutrotes Licht getaucht, dank der zahllosen Blüten, die wie kleine, rote Schneebälle aussahen.

»Was ist das für ein Ort?«, fragte ich Calla.

Ohne, dass ich es bemerkt hatte, war sie hinter mir und schubste mich jetzt in diesen seltsamen Wald. Ich drehte mich rasch um, aber sie hatte die Tür bereits verschlossen.

Mit den Fäusten hämmerte ich gegen die schwarze Tür und schrie, aber sie blieb verschlossen. Dieses Miststück!

Dann erklang ein Rascheln hinter mir.

19. KAPITEL

Daxton

Ich hatte mich extra lauter bewegt, als ich es für gewöhnlich tat, um sie nicht zu erschrecken. Leider ging der Plan nach hinten los.

Sie presste sich mit ihrem Körper an die Tür, als hätte sie sie damit öffnen können. Ein vergebliches Unterfangen, dennoch verstand ich, warum sie es tat.

»Ich werde dir nichts tun«, sagte ich ruhig, während ich langsam auf Charlie zuging.

Wie in Zeitlupe hob ich die Hände, damit sie sehen konnte, dass ich keine Waffe hatte.

Ihre Brust hob und senkte sich rasant. Mit geweiteten Augen suchte sie die Umgebung ab und fand schließlich einen Ast, den sie jetzt bedrohlich vor sich hielt.

»Ich sage es noch einmal, ich werde dir nichts tun«, redete ich beschwichtigend auf sie ein.

Ein freudloses Lachen verließ ihren Mund.

»Als ob ich dir noch irgendetwas glaube. Du bist ein elender Lügner und hast mein Vertrauen missbraucht.«

Ihre Worte waren erfüllt von Hass und Trauer.

»Ich hatte keine andere Wahl. Du warst meine letzte Chance auf Freiheit und die musste ich nutzen«, erklärte ich und verringerte die Distanz zwischen uns, bis ich nur noch gut zwei Meter von ihr entfernt war.

»Du hättest ehrlich sein können.«

Jetzt war ich derjenige, der lachte.

»Wirklich? Und du hättest mir jedes Wort geglaubt und wärst mit mir gekommen? Wir sollten aufhören, uns gegenseitig zu belügen, denn wir wissen beide, dass du mich für verrückt erklärt und mir niemals geholfen hättest.«

Als ich noch näherkommen wollte, richtete sie die Spitze des Astes auf mein Gesicht. Lächerlich, aber dennoch bewunderte ich ihren Mut.

»Warum bist du hier und wo sind wir eigentlich?«

»Das hier ist der Pohutukawa-Wald. Der älteste dieser Eisenholzbäume bringt uns zum Cape Reinga, an den nördlichsten Zipfel von Neuseeland. Hier warten die Seelen darauf, durch die Pforte des Pohutukawa-Baums zu schreiten, um sich dann in einem Waka auf den Weg nach Hawaiki zu machen, dem Ort, an dem ihre Ahnen leben. Das ist der heilige Ursprung der Maori«, erklärte ich langsam, damit ich auch sichergehen konnte, dass sie verstand, was ich sagte.

»Ach so, sag das doch gleich. Jetzt weiß ich natürlich ganz genau, was ich tun soll.«

»Sarkasmus hilft dir gerade nicht weiter«, erklärte ich ruhig, aber bestimmt.

»Aber er macht deine Nähe erträglicher«, entgegnete sie rasch.

Plötzlich griff ich nach dem Stock in ihrer Hand, entriss ihn ihr und zog sie so dicht an mich heran, dass unsere Körper sich an mehreren Stellen berührten. Verwundert starrte sie mich an und ich konnte ihr schnell schlagendes Herz an meiner Brust fühlen.

Die Wärme ihres Körpers drang durch mein Shirt, sodass es sich beinahe so anfühlte, als wäre unsere Kleidung nur eine Illusion.

Das animalische Verlangen, das ich schon seit unserer ersten Begegnung verspürte, drängte sich an die Oberfläche. Ich wollte sie küssen.

Meine Lippen streiften ihre Wangen, als ich mich zu ihr hinab beugte.

»Seit wann hast du ein Problem mit meiner Nähe?«, flüsterte ich und genoss die Röte in ihren Wangen.

Mit einem Mal stieß sie mich von sich weg.

»Fass mich ja nie wieder an«, keifte sie.

»Es wird der Moment kommen, an dem du mich anflehen wirst, dich zu berühren.«

»Das kannst du dir in deinen Träumen wünschen.«

»Also möchtest du darin vorkommen?«, fragte ich, um sie noch ein bisschen mehr zu reizen. Sie gefiel mir viel besser, wenn sie wütend war. Dann war da dieses Feuer, dem ich unbedingt näherkommen wollte, auch wenn ich mich daran verbrannte.

Sie schnaubte abfällig und schob sich an mir vorbei auf den Weg.

Belustigt stellte ich fest, dass sie keine Ahnung hatte, in welche Richtung sie laufen musste und wütend umher stapfte.

»Was genau veranstaltest du da?«, fragte ich mit verschränkten Armen.

Sie blieb stehen und funkelte mich an.

»Ich habe keine Ahnung, was das hier ist. Wahrscheinlich habe ich mir in dieser verdammten Höhle den Kopf angestoßen und bin ohnmächtig oder ins Koma gefallen. Alles ist schlüssiger als die Annahme, dass ich in der neuseeländischen Unterwelt gelandet bin, wo mich eine Irre gefangen hält. Zudem leben hier Tiere und Menschen, die eindeutig mal am Plutonium genascht haben. Und als Krönung des Ganzen habe ich den Kerl an der Backe, der nur nett zu mir war, weil das scheinbar alles zu einem diabolischen Plan gehörte. Dabei war ich gerade dabei, dich …«

Sie beendete den Satz nicht, sondern presste die Zähne so fest aufeinander, dass es aus meiner Perspektive schon schmerzhaft aussah.

»Wobei warst du gerade?«

Neugier keimte in mir auf und ich musste dieser Versuchung nachgehen.

»Gar nichts. Zeig mir jetzt endlich, wo genau dieser seltsame Baum ist, und bevor es hier richtig los geht, wache ich hoffentlich auf.«

Jetzt reichte es mir langsam. Es wurde Zeit, dass jemand Charlie zeigte, dass das hier kein Spiel war. Blitzschnell war ich bei ihr, griff nach ihrer Hand und presste sie gegen meine Brust.

»Fühlt sich das hier für dich wie ein Traum an? Spürst du die Wärme meines Körpers und die Muskeln meiner Brust? Das hier ist kein Traum und es wäre besser, du verstehst das so schnell wie möglich.«

Erneut entzog sie mir ihre Hand.

»Ich habe es dir schon einmal gesagt, aber ich wiederhole mich gerne, weil du ja offenbar schwer von Begriff bist. FASS MICH NIE WIEDER AN!«

Die letzten Worte brüllte sie, doch ich blieb ganz ruhig.

»Einverstanden. Und jetzt folge mir. Für die nächsten ein bis zwei Tage wird Hine abgelenkt sein, aber danach wird ihr auffallen, dass ich fort bin, und dann zählt sie eins und eins zusammen.«

»Du bist also nicht hier, weil sie dich geschickt hat?« Verwundert hob Charlie eine Augenbraue.

»Nein, nur Calla war eingeweiht und sie wird dich auch alleine zurückbringen. Offiziell ist es mir nicht erlaubt einzugreifen, aber wie schon gesagt, bist du meine letzte Chance und ich spiele nicht immer fair«, erklärte ich.

»Dass du das Wort fair kennst, überrascht mich zutiefst.«

»Wirklich? Nun, es gibt einige Dinge, die ich dir hätte beibringen können.«

Die Zweideutigkeit in diesen Worten ließ ich bewusst stehen.

»Lass das«, sie funkelte mich wieder wütend an.

»Was genau meinst du?«

Ich glaube, meine Stimme hatte noch nie derart unschuldig geklungen.

»Das weißt du genau. Ich weiß jetzt, dass du nur Interesse an mir hattest, weil du in mir eine Kandidatin für diese Prüfungen gesehen hast.«

»Nicht nur deshalb. Ich finde dich witzig, schlagfertig, intelligent, gutherzig und verdammt sexy.«

Sie sah mich mit ihren braunen Augen an, doch keinerlei Regung zeigte sich auf ihrem Gesicht.

»Spiel mit jemand anderem«, sagte sie lediglich. Das war nun doch etwas enttäuschend.

»Aber mit dir macht es einfach viel mehr Spaß«, gab ich zurück und drehte mich schließlich um. Wir hatten genug Zeit mit dieser Unterhaltung verschwendet. Jetzt wurde es ernst und dabei waren Ablenkungen nicht hilfreich.

Auf einmal ertönte hinter mir ein Schrei.

»Was ist denn?«, fragte ich und fuhr herum.

Sie zeigte mit ausgestrecktem Finger auf meine Schulter.

»Dddddda«, sagte sie mit zittriger Stimme.

Es dauerte einen Moment, bis ich begriff, was sie mir sagen wollte.

»Ach, jetzt weiß ich, was du meinst. Syth, wärst du so freundlich, auf meiner Schulter zu landen und dich vorzustellen?«

Flügelschlagen erklang und dann landete eine kleine, schwarze Fledermaus auf meiner Schulter. Mein kleiner Begleiter war nicht einmal so groß wie meine Hand und der perfekte Spion.

»Hallöchen, die Dame«, begrüßte er Charlie, die ihn mit offenem Mund anstarrte. Er verbeugte sich leicht und ich rollte mit den Augen. Der Kerl musste es immer übertreiben, wenn eine schöne Frau in der Nähe war.

»Die Fledermaus spricht.« Sie zeigte immer noch mit dem Zeigefinger auf meinen alten Freund.

»Darf ich mich kurz vorstellen, ich bin Syth und wie du schon richtig festgestellt hast, bin ich eine Lappenfledermaus. Übrigens hättet ihr mich vorhin ruhig vorwarnen können. Wenn das so weiter gegangen wäre, dann hätte ich bestimmt einen menschlichen Paarungsakt mit ansehen müssen.«

Er schüttelte seinen pelzigen Kopf hin und her, während die spitz zulaufenden Ohren aufrecht stehen blieben.

Syths hohe Stimme war wirklich gewöhnungsbedürftig, besonders wenn er sich so dicht an meinem Ohr befand wie in diesem Moment. Dass er auf die vorherige Situation mit Charlie anspielte, machte die ganze Sache leider nicht leichter.

»Ich würde vorschlagen, ihr unterhaltet euch weiter, während wir voran gehen. Es ist bald Mitternacht und wir müssen noch zurück in die Welt der Sterblichen.«

Ohne auf Charlies Antwort zu warten, setzte ich mich in Bewegung, während sich Syth an mich schmiegte.

»Bloß nicht anhänglich werden«, zischte ich ihm zu.

»Ich kann nichts dafür, du bist so schön warm und ich friere doch immer«, sagte die Fledermaus, um sich zu rechtfertigen.

»Also schön«, gab ich nach und Syth entblößte bei einem Lächeln seine kleinen spitzen Zähne.

Hinter mir hörte ich Charlies gleichmäßige Schritte und ich konnte mir vorstellen, dass sie mit Sicherheit halb am Durchdrehen war, wegen all der Eindrücke.

Wenn diese erste Prüfung vorbei war, dann würde ich mir mehr Zeit nehmen müssen, um ihr so viel wie möglich zu erklären.

Aber jetzt waren die Minuten kostbar und durften nicht mit belanglosen Worten verschwendet werden.

In der Luft hing ein säuerlicher Duft, der von den Bäumen verströmt wurde. Widerlich. Zum Glück musste ich nicht allzu oft hierherkommen und dank Syth war es eine Leichtigkeit, den Weg zu finden.

Er war besser als jedes elektronische Navigationsgerät.

Selbst in dem Dickicht des Waldes fand er sich ausgezeichnet zurecht und lotste uns zielsicher, während er Charlie Rede und Antwort stand. Zu meinem Bedauern war er ein wirkliches Plappermaul und hatte in ihr eine ebenbürtige Gesprächspartnerin gefunden.

»Warum scheint hier die Sonne? Sind wir wieder an der Oberfläche?«, richtete sie ihre Fragen jetzt an mich.

»Nein, das Licht kommt von tausenden kleinen Kristallen an der Decke, aber es ist dem der Sonne ähnlich. Nur unter diesen Bedingungen wachsen die Pohutukawa-Bäume. Sie gelten als heilig, da das erste Götterpaar Rangi und Papa sie ihren Kindern schenkte. Als Zeichen der Ehrerbietung ließ Hine diesen Wald anlegen.«

»Leben denn hier auch Tiere?«, fragte Charlie und blickte sich um.

»Nicht, soweit ich weiß, aber auch ich kenne nicht alle Geheimnisse von Rarohenga.«

»Das überrascht mich aber.«

Sarkasmus. Dann schien es ihr ja schon viel besser zu gehen.

»Wir sind da«, verkündete ich. Ich blieb vor einem gigantischen Baum stehen, dessen Äste im Himmel verschwanden. Ich wandte mich zu Charlie um, deren Blick hinauf zur Baumkrone ging, die man nur erahnen konnte.

»Das hier ist der älteste Pohutukawa-Baum. Er verbindet Rarohenga mit der Welt der Sterblichen und bildet somit ein Portal zwischen beiden Welten. Wenn wir nun durch ihn hindurch schreiten, dann landen wir am nördlichsten Punkt Neuseelands. Um Punkt null Uhr versammeln sich die Seelen der Verstorbenen um diesen Baum und du musst eine davon nach Hawaiki bringen. Welche das ist, steht dir selbst zur Wahl.«

Mit diesen Worten berührte ich die schwarze Rinde des Baumes. Ein Zerren setzte ein und ich hatte das Gefühl, als würde mich eine unsichtbare Kraft auf die andere Seite hinübertragen. Instinktiv hielt ich die Luft an und atmete erst wieder ein, als ich die frische Luft Neuseelands roch. Kurz nach mir kam auch Charlie an, die auf die Knie fiel.

Ich kannte diesen plötzlich einsetzenden Schwindel. Sie würde einige Minuten brauchen, um wieder ganz bei Kräften zu sein.

20. KAPITEL

Charlotte

Ich konnte kaum sagen, was schlimmer war. Dieser Ort, die Tatsache, etwas tun zu müssen, das mich vermutlich umbrachte, oder Daxtons Gegenwart. Wie um alles in der Welt konnte ich nur etwas für ihn empfinden? Selbst jetzt, als seine Nähe förmlich greifbar war, fühlte sich mein Körper zu ihm hingezogen und das, obwohl ich die Wahrheit kannte. Ich würde ihm nicht die Genugtuung geben und vor ihm weinen, auch wenn ich genau das am liebsten getan hätte. Unweigerlich fielen mir Hines Worte wieder ein. Bei einem Sieg würde mir niemand jemals wieder wehtun. So ungern ich es zugab, aber der Gedanke war äußerst verführerisch. Allerdings glaubte ich ihr noch weniger als Daxton, sodass es jetzt nur noch darum ging, von hier zu verschwinden. Es herrschte vollkommene Dunkelheit am Cape Reinga, sodass man nur die ersten Baumreihen erkennen konnte, dennoch musste ich einen Versuch wagen. Ein Blick über die Schulter verriet mir, dass Daxton sich immer noch mit dieser seltsamen Fledermaus unterhielt. Er war also gerade abgelenkt.

Ohne zu wissen wohin, rannte ich, was das Zeug hielt in die anvisierte Richtung. Ich musste bloß weg von hier und Hilfe holen. Vielleicht gab es irgendwo in der Nähe eine Straße und jemand konnte mich im Auto mitnehmen. Daxton konnte unmöglich so schnell rennen wie ein Pkw. Halbgott hin oder her. Zumindest hoffte ich das.

Der hatte mittlerweile die Verfolgung aufgenommen und rannte fluchend hinter mir her. Ich schlug Haken und nutzte jede Biegung, um die Distanz zwischen uns zu vergrößern.

Äste und Zweige rissen meine Haut auf und zerrten an meinen Haaren. Beinahe kam es mir so vor, als hätte sich sogar der Wald gegen mich verschworen und würde nun alles daransetzen, meine Flucht zu verhindern. Bei dem Kampf gegen das Holz übersah ich einen Abhang.

Unsanft landete ich auf dem moosbedeckten Boden und unterdrückte ein Fluchen. Zum Glück konnte ich mich noch rechtzeitig hinter einem Busch verstecken, der sich direkt vor einer Mulde befand.

Die Zeit verging und auf einmal hörte ich schnelle Schritte. Daxton war ganz in der Nähe. Mit einem Satz sprang er vom Abhang und landete nur wenige Meter von dem Busch entfernt.

Mein Herzschlag erschien mir in diesem Moment unnatürlich laut, sodass ich befürchtete, man könnte ihn kilometerweit hören.

Daxton hielt in der Bewegung inne und blickte genau in meine Richtung. Er kam ein Stück näher. Das Braun seiner Augen war nun beinahe schwarz. Aus Angst, ein Geräusch zu machen, hielt ich den Atem an und beobachtete meinen Verfolger.

Die Distanz zwischen uns wurde mit jedem seiner Schritte geringer und ich betete stumm um Hilfe oder ein Wunder, damit er mich nicht fand.

Plötzlich ertönte aus einer anderen Richtung ein Rascheln und Daxton lief dorthin.

Innerlich zählte ich die Sekunden und als die Gier nach Luft ins Unermessliche stieg, sog ich den Sauerstoff ein.

Es vergingen weitere Minuten, bis ich es wagte, mein Versteck zu verlassen. Vorsichtig, um mich nicht zu verraten, kroch ich hervor und sah mich um. Daxton war nicht zu sehen. Ich betrachtete meine Arme, die an zahlreichen Stellen kleine Kratzer hatten, aus denen Blut sickerte. Hoffentlich würde ich mir in diesem verfluchten Wald nicht noch eine Blutvergiftung holen.

Später musste ich mich um die Wunden kümmern, aber jetzt blieb dazu keine Zeit.

Schließlich entschied ich mich für die entgegengesetzte Richtung zu der, die Daxton gewählt hatte, und rannte los. Die nächsten Meter legte ich rasch zurück und war mir mittlerweile sicher, dass der Halbgott mich nicht finden würde. Zumindest hoffte ich das.

Ein Rascheln spornte mich zu mehr Geschwindigkeit an. Ein schwarzer Schatten zischte an meiner rechten Seite vorbei und war dann vor mir. Syth hatte mich gefunden.

»Du solltest jetzt lieber wieder zurück gehen, bevor Dax noch sauer wird«, warnte mich die Fledermaus.

Ich machte einen Schritt zur Seite und lief dann weiter. Wieder flog er direkt vor mir.

»Geh mir aus dem Weg«, verlangte ich.

»Du gehst jetzt sofort zurück!«, forderte dieser nun vehement.

Ich griff mir einen dicken Ast und schwang ihn bedrohlich.

»Glaub mir, ich will dir nicht weh tun, aber wenn du mich nicht in Ruhe lässt, dann habe ich keine Wahl.«

Das kleine Fellknäuel schüttelte den Kopf.

»Tut mir leid, meine Dame. Hier endet jetzt der Spaß.«

Blitzschnell flog er um mich herum und im Licht des Mondes konnte ich einen schimmernden Faden erkennen, den er zwischen den Krallen seiner Füße gespannt hatte. Ich wollte erneut an dem Tier vorbeilaufen, spürte aber auf einmal einen Widerstand. Unermüdlich umkreiste mich Syth, bis er schließlich wieder vor meinem Gesicht flog.

»Und jetzt wirst du schön hier auf Dax warten, während ich ihn hole.«

Die Fledermaus schoss in die Luft und die Schnüre um meinen Körper wurden straff gezogen. Mit einem Ruck wurde ich von den Füßen gerissen und machte ein weiteres Mal die Bekanntschaft mit dem mir bereits vertrauten Waldboden.

Syth wickelte das Ende des Fadens um einen Baum und flog dann in die Luft. Verzweifelt rief ich ihm nach, dass er mich los machen sollte, aber er war bereits fort.

Ich zerrte an meinen Fesseln, aber je mehr ich mich wehrte, desto fester schnürte das Material sich um meinen Körper. Wie war es möglich, dass solch eine dünne Schnur ausreichte, um mein Gewicht zu halten? Mittlerweile schnitt sich der Faden schmerzhaft in meine Haut hinein, sodass sich zu den Kratzern weitere Wunden gesellten.

Ein Knacken hinter meinem Rücken ließ mich in der Bewegung innehalten. Mit Sicherheit gab es hier auch wilde Tiere und nun war ich ihnen schutzlos ausgeliefert.

Verdammte Fledermaus!

Die Angst schnürte mir die Luft ab. Ich wollte nicht von einem wilden Tier zerrissen oder hier zurückgelassen werden. Und in diesem Moment wurde mir bewusst, was für Ängste meine Eltern ausstehen mussten, wenn sie nie wieder etwas von mir hören würden. Egal, was für ein Verhältnis wir hatten, es wäre trotzdem schrecklich, sie mit der Ungewissheit leiden zu lassen.

»Was haben wir denn da? Ein extra für mich verpacktes Geschenk«, erklang Daxtons Stimme hinter mir.

Ein wildes, blutrünstiges Tier wäre mir doch lieber gewesen.

»Hör auf, so dämlich zu grinsen«, fauchte ich ihn an, als er endlich vor mich trat. Mein Kopf schwebte nur einen Meter über dem Boden, sodass die Freiheit schmerzhaft nah war und ich trotzdem nicht von hier wegkonnte.

»Lass mich nur noch ein paar Sekunden diesen Moment genießen.«

Er hockte sich direkt vor mich hin.

Sein kleiner Gehilfe landete auf seiner Schulter. Keine Ahnung, ob Fledermäuse lächeln können, aber aus meiner Perspektive sah es so aus, als würde mich Syth auslachen.

»Wusstest du, dass Fledermäuse sich perfekt in vollkommener Dunkelheit orientieren können?«

»Mach mich jetzt endlich los«, forderte ich und schwang hin und her, als ich weiter an den Fesseln zerrte.

Ich hasste das Gefühl, ihm hilflos ausgesetzt und allein von seinem Wohlwollen abhängig zu sein. Der Kerl raubte mir den letzten Nerv! Traurigkeit, Verzweiflung und ein Hauch von Wut brodelten unter der Oberfläche meines Bewusstseins und ich wusste nicht, wann ich einer dieser Emotionen nachgeben würde.

»Auch wenn ich das höchst amüsant finde, tust du dir nur selber weh.«

Er strich mir mit der Hand über die Wange und für einen kurzen Moment überlegte ich, ihn in die Finger zu beißen, verwarf den Gedanken aber schnell wieder. Wer wusste schon, wo oder in wem Daxton bereits seine Finger gehabt hatte.

»Sag mir etwas, das ich noch nicht weiß, Blödmann«, sagte ich gereizt.

»Ich bin mir sicher, die Liste von Dingen, die du nicht weißt, ist schier unendlich«, erwiderte er. Daxton seufzte und nickte schließlich Syth zu. Der erhob sich augenblicklich in die Luft und entfernte dann den Faden um meinen Körper.

Mit einem Ruck löste sich die Spannung und hätte Daxton mich nicht aufgefangen, dann hätte ich ziemlich schlimme Kopfschmerzen bekommen. Unter normalen Umständen hätte ich mich bedankt, aber ohne den Kerl wäre ich überhaupt nicht in der Situation gewesen.

Als die Fledermaus fertig war, schimmerte eine zarte Schnur zwischen seinen Pfoten.

»Womit hast du mich gefesselt?« Ich rieb über die roten Stellen an meinen Armen. Der Schmerz würde hoffentlich bald vergehen, aber dieses Gefühl der Hilflosigkeit hallte noch weiter nach.

»Eine Verbindung aus zahlreichen Fäden der Katipo-Spinne. Diese Spinnenart lebt vorwiegend in Rarohenga und ihre Fäden sind äußerst strapazierfähig, sodass einige wenige reichen, um einen Menschen oder sogar einen Elefanten daran hochzuziehen. Ich sammle sie und Daxton hat mir einen kleinen Rucksack gefertigt, in dem ich das Band aufbewahren kann.«

»Ich wusste gar nicht, dass du ein Held in Sachen Handarbeit bist«, sagte ich zu Daxton.

»In Syth steckt viel mehr, als man auf den ersten Blick sieht. Zudem ist er stark genug, um einen Menschen für eine kurze Zeit tragen zu können«, überging er meine Stichelei.

Ganz behutsam strich Daxton über das schwarze Fell der Fledermaus, die sich ihm entgegenstreckte.

Ich klopfte mir den Dreck von der Kleidung und der Haut.

»Es war dumm anzunehmen, dass du uns entkommen könntest«, sagte Daxton.

»Es wäre dumm gewesen, es nicht einmal zu probieren«, erwiderte ich.

Wir blickten uns einen Moment lang an, bis sich die kleine Fledermaus räusperte.

»Es ist fast Mitternacht«, sagte sie mit ihrer hohen Stimme.

»Wir müssen zurück zum Baum, bevor es zu spät ist«, forderte Daxton mich auf, doch ich rührte mich keinen Schritt.

Als er bemerkte, dass ich nicht im Traum daran dachte, mich zu bewegen, trat er an mich heran. »Entweder du bewegst jetzt deinen Po Richtung Baum oder ich trage dich wie einen Getreidesack über der Schulter. Deine Entscheidung.«

Er wollte nach mir greifen, aber ich setzte mich bereits in Bewegung. Lieber ging ich zu diesem gruseligen Baum zurück, als mich von ihm tragen zu lassen. Syth flog voran und ich hatte Probleme damit, ihn in der Dunkelheit zu erkennen. Immer, wenn ich kurz ins Stocken geriet, war Daxton an meiner Seite und wies mir den richtigen Weg.

Wir passierten zahlreiche Bäume, deren Wurzeln aus dem Boden herausragten. Als ich den Erdboden genauer betrachtete, konnte ich sogar die Abdrücke erkennen, die meine Turnschuhe hinterlassen hatten.

Etwas ließ mich stutzen.

»Du bist mir doch direkt gefolgt, warum sind hier nur weit und breit meine Fußabdrücke zu erkennen?«, fragte ich an Daxton gewandt.

»Es hat seine Vorteile, ein Halbgott zu sein. Einer davon ist es, dass man sich die Schuhe nicht dreckig machen muss, wenn man das nicht will.«

»Und was kannst du noch?«

»Das musst du schon selbst herausfinden«, erwiderte er verschwörerisch und zwinkerte mir zu. Diese Zweideutigkeiten ließ er mit Absicht zwischen uns stehen, weil er genau wusste, dass sie mich verunsicherten.

Wie erreichten den Pohutukawa-Baum, an dem ich meine Flucht gestartet hatte.

Vorher war mir nicht aufgefallen, dass er recht abgeschieden stand und sich acht einzelne Stämme zu einem großen Ganzen formten.

»Dieser Baum sieht wirklich seltsam aus«, sprach ich offen meine Gedanken aus.

»Er formte sich aus den Seelen der acht Häuptlinge, die als Erstes Neuseeland besiedelten. Vor Tausenden von Jahren machten sich acht Stämme in ihren Wakas auf den Weg in ein unbekanntes Land. Jedes Waka oder auch Kanu in deiner Sprache, brachte jeweils einen Stamm hierher. Sie strandeten schließlich an den verschiedenen Orten in Neuseeland. Seit diesem Tage strömen die Seelen der Verstorbenen zu diesem Baum. Allerdings nur die, die bereits vor Hine getreten sind und deren Leben beurteilt wurde. Die Reise nach Hawaiki ist die Belohnung für ein aufrechtes Leben.«

Ich schluckte schwer bei seinen Worten.

»Und was passiert mit denen, die nicht in diese andere Welt dürfen?«, fragte ich zögerlich.

»Sie haben die Wahl. Entweder wiedergeboren werden oder für immer in der Unterwelt zu verweilen. Dazu verdammt, ohne jeglichen Sinn die Ewigkeit zu verbringen.«

»Also kein Höllenfeuer oder dergleichen?«

Daxton hob verwundert die Augenbrauen.

»Rarohenga hat nichts gemein mit einem Höllenschlund oder dergleichen. Dieser Ort ist an Hine gebunden.«

»Es beginnt«, unterbrach Syth unsere Unterhaltung, als ich gerade nachfragen wollte, was genau Daxton mit dem letzten Satz meinte.

Über unseren Köpfen begann es zu leuchten. Ich blickte hinauf zu der Baumkrone, in deren immergrünen Blättern sich kleine Lichtkugeln sammelten. Mit jedem Herzschlag wurden sie mehr und das Leuchten wurde stetig heller.

»Das ist wunderschön«, flüsterte ich ehrfürchtig und wagte es nicht, den Blick von den tanzenden Kugeln abzuwenden.

Schließlich wurde das Leuchten so stark, dass ich meine Augen abschirmen musste.

21. KAPITEL

Charlotte

Als ich den Arm wieder senkte, waren die Lichter verschwunden. Statt ihrer standen jetzt dutzende Mensch um den Baum versammelt, deren durchscheinende Körper leicht bläulich schimmerten. Es war, als hätte sich ein sanftes Licht wie eine Decke um sie gelegt. Mit Erstaunen stellte ich fest, dass sie alle in einem unterschiedlichen Alter waren. Selbst ein kleines Mädchen konnte ich erkennen, das sich im Tode noch an seine Mutter klammerte.

Es waren Fremde, dennoch konnte ich die Trauer nicht verhindern, die in mir aufstieg. Tränen verwischten meine Sicht auf das kleine Mädchen, dessen Haare zu zwei Zöpfen gebunden waren. In ihrer freien Hand trug sie einen kleinen Plüschhund, den sie ebenso fest umklammerte wie ihre Mutter.

Ich spürte eine sanfte Berührung an der Schulter. Syth war darauf gelandet.

»Du darfst nicht traurig sein. Die Zeit auf Erden ist für uns alle begrenzt und niemand kann das Unvermeidbare verhindern.«

Die kleine Fledermaus streckte einen ihrer Flügel aus und fing damit eine Träne auf.

Daxton hingegen betrachtete die Seelen mit versteinerter Miene. Nichts ließ erkennen, was genau in ihm vor sich ging.

Ich atmete einmal tief ein und aus.

»Was genau soll ich jetzt tun?«

»Such dir eine Seele aus, nimm ihre Hand und berühre dann den Baum. Er spürt die Anwesenheit der Seelen und schickt uns an den Ort, an dem die Wakas schon auf uns warten«, erklärte Syth ruhig.

»Darf ich auch zwei auswählen?«, fragte ich und die Fledermaus schaute zu dem kleinen Mädchen. Syth verstand sofort, was ich meinte.

»Ich denke, das sollte kein Problem sein.«

Zögerlich ging ich auf die Mutter zu, die mich unsicher ansah. Sowohl auf ihrem rechten Handgelenk als auch auf dem ihrer kleinen Tochter prangte ein schwarzer Kreis.

»Sie wurden von Hine markiert. Ein schwarzer Kreis bedeute Hawaiki, während ein leerer Kreis für Wiedergeburt steht oder ...«, Syth beendete den Satz nicht, aber ich konnte mir vorstellen, was er meinte.

»Würdet ihr mit mir kommen?« Ich reichte der Mutter meine Hand. Sie sah mich einen Moment an und schaute dann zu ihrer Tochter.

Schließlich nickte die Kleine und dann legte die Frau ihre Hand in meine. Zuerst dachte ich, sie würde einfach durch mich hindurch gleiten, so wie ich es aus Filmen kannte. Allerdings fühlte sie sich sehr echt an, als würde sie mich ganz normal berühren. Doch dann verschwammen ihre Konturen erneut und sie verwandelten sich wieder in zwei Lichtkugeln, die in meiner Brust verschwanden.

Im ersten Moment war ich zu perplex, um zu reagieren, bis die Bilder auf mich einströmten.

Ich saß am Steuer eines Autos und neben mir in einem Kindersitz befand sich das kleine Mädchen. Sie weinte bitterlich, weil ihr Plüschhund heruntergefallen war und sie alleine nicht mehr rankam.

»Pünktchen, runtergefallen«, rief sie immer wieder und schluchzte dabei auf.

Mein Blick wanderte zwischen ihr und der Straße hin und her. Der Weg verlief geradlinig und außer mir war niemand unterwegs. Die Sonne ging bereits unter und langsam nahm die Helligkeit des Tages ab.

Ich redete behutsam auf das Mädchen ein und ihr Name hallte in meinem Kopf, als hätte ich ihn schon immer gekannt: Amalia.

Doch sie ließ sich einfach nicht beruhigen und nachdem ich mich ein weiteres Mal davon überzeugt hatte, dass uns niemand auf dieser geraden Strecke entgegenkam, wagte ich einen Blick nach unten und entdeckte Pünktchen. Ich beugte mich hinab.

Amalia rief auf einmal ganz begeistert »Maus, Maus.«

Ich schaute auf den Asphalt und kurz vor meinem Auto lief ein Opossum über die Straße. Instinktiv wich ich aus und der Wagen geriet ins Wanken. Wir prallten gegen einen Baum und dann war da nur noch Schwärze um mich herum.

Die Bilder rissen ab und ich holte erschrocken Luft, als wäre ich minutenlang unter Wasser gewesen.

Gehetzt blickte ich mich um, aber die Seelen waren immer noch an ihrem Platz und auch Daxton stand dort, wo ich ihn zuletzt gesehen hatte.

»Was war das?«, fragte ich und sah zu dem Halbgott.

»Du hast gerade die letzten Augenblicke der Frau und ihrer Tochter erlebt«, antwortete Daxton.

»Aber warum?«

»Die Seelen müssen in einem Körper nach Hawaiki transportiert werden. Die Verbindung aus Leben und Tod muss für den Übergang vorhanden sein, ansonsten bleibt das Paradies für die Toten versperrt. Hine und ein paar Auserwählte übernehmen diese Aufgabe, aber jetzt ruht die Last auf deinen Schultern. Du musst die beiden nach Hawaiki bringen«, entgegnete er.

»Wird das noch mal passieren? Also dass ich Bilder aus ihrem Leben sehe?«

Schon allein der Gedanke trieb meinen Herzschlag in die Höhe. Immer wieder hatte ich Amalia vor Augen, die so bitterlich weinte und dann ihren blutüberströmten Körper, der leblos im Kindersitz lag.

Ich wusste, dass ich diese Eindrücke für den Rest meines Lebens in mir tragen würde.

»Nein. Nur im Moment der Verschmelzung prasseln die letzten Emotionen und Bilder auf den Träger ein. Jetzt dürftest du nichts mehr von ihrer Anwesenheit spüren«, versicherte mir Syth und ich hoffte, dass er recht behielt.

»Wollen wir?« Daxton wies mit der Hand auf den Pohutukawa-Baum.

Er ließ mir kaum Zeit, mich auf diese neue Situation einzulassen und ein Teil von mir verfluchte ihn dafür. Ein anderer war dankbar, dass ich nicht genug Zeit hatte, um über all das hier nachzudenken und daran zu zerbrechen. Mit klopfendem Herzen und einem Gefühl der Stille in mir ging ich voran und berührte die harte Rinde des Baumes. Daxton war direkt hinter mir und seltsamerweise gab mir seine Nähe ein Gefühl der Sicherheit. Ich wollte nicht alleine sein mit den Seelen und am Ende das Falsche tun. Niemals würde ich es mir verzeihen, wenn die beiden meinetwegen nicht ins Paradies gelangten.

Als die Sogwirkung des Baumes begann, hielt ich instinktiv die Luft an. Eine Hand legte sich sanft auf meine Schulter und half mir, mich zu entspannen. Ich kniff die Augen zusammen und öffnete sie erst wieder, als das Gefühl des Ziehens verschwunden war.

Wir landeten mitten an einem schwarzen Sandstrand. Es herrschte absolute Windstille und das dunkelblaue Wasser wirkte unergründlich. Ein hölzerner Steg ragte einige Meter ins Meer hinaus und daran waren acht Wakas mit Seilen befestigt.

»Wie ist es möglich, dass wir jetzt hier sind und nicht wieder im Wald?«, fragte ich verwundert.

»Der Baum ist eine Art stummer Wächter. Er spürt die Anwesenheit der Seelen und weiß, welcher Ort dann aufgesucht werden muss. Wenn wir die Seelen nach Hawaiki gebracht haben, dann wird er uns zurück in den Wald bringen und dort wird Calla schon auf dich warten«, erklärte Daxton, während wir uns langsam in Bewegung setzten.

»Sind das die Wakas, mit denen die verschiedenen Stämme nach Neuseeland kamen?«

Ich deutete mit ausgestrecktem Finger auf den Steg.

»Richtig, sie tragen die Seelen der Verstorbenen nach Hawaiki. Das gelobte Land, aus denen die Maori einst kamen«, beschrieb Daxton und ein Funkeln lag in seinen sonst so dunklen Augen. Ich hätte zu gerne gewusst, was er dachte, bis mir auffiel, dass jemand fehlte.

»Wo ist Syth?«, fragte ich und blickte mich verwundert um.

»Er kann nicht hier sein. Wie ich bereits sagte, kann dieser Ort nur von Wesen betreten werden, die sowohl Leben als auch Tod in sich tragen.«

Ich schaute zu Daxton und ließ seine Worte auf mich wirken. Dann beantwortete er die Frage, noch ehe ich sie stellen konnte.

»Als Halbgott trage ich sowohl das ewige Leben als auch den unausweichlichen Tod in mir. Ein Fuß in beiden Welten sozusagen.«

»Kannst du denn überhaupt sterben?«, fragte ich.

»Du wolltest wohl eher fragen, ob du mich töten könntest, wenn es drauf ankommt.«

Er sah mich mit seinen dunklen Augen an und wartete auf eine Reaktion. Noch nie zuvor hatte ich den Wunsch verspürt, jemand anderen tot zu sehen. Egal wie wütend man war, es gab Grenzen und die Unberührbarkeit des Lebens war eine davon. Zumindest war es bisher so gewesen.

»Glaubst du, dass ich deinen Tod will?«, stellte ich eine Gegenfrage und hatte gleichzeitig Angst vor seiner Antwort.

»Ich denke, es wird der Tag kommen, an dem du dir das mehr als alles andere wünschst.«

Eine Gänsehaut überzog meinen Körper. Es war, als hätte er mit seinen Worten eine unausweichliche Prophezeiung in die Welt entlassen. Ein dunkler Fluch, der nicht gebrochen werden kann. Ich bat inständig, dass seine Worte niemals wahr werden würden.

»Was passiert mit den anderen Seelen?«, versuchte ich das Thema zu wechseln, um meine Gedanken in andere Bahnen zu lenken.

»Sie werden warten und entweder in dieser Nacht oder in den kommenden hierher gelangen. Die Zeit spielt nur für die Lebenden eine Rolle. Für die Toten hingegen ist es ein Relikt ihrer Vergangenheit.«

Wir schritten über den leeren Strand, während die Sandkörner unter meinen Schuhen knirschten.

»Was ist das hier für ein Ort? Laut deiner Aussage sind wir noch nicht in Hawaiki, aber in Neuseeland sind wir auch nicht mehr.«

Der Himmel war in ein helles Grau getaucht, das mich an Asche erinnerte. Ich konnte jedoch weder Wolken noch die Sonne erkennen. Als gäbe es sie gar nicht.

»Wir befinden uns immer noch in Rarohenga. Du musst dir das Ganze wie ein Haus vorstellen mit verschiedenen Etagen und Räumen. Jedes davon hat seine eigenen Gegebenheiten und Gesetze und nicht jeder ist befugt alle Räume zu betreten«, erklärte Daxton, während wir immer weiter gingen.

»Und du hast die Schlüssel zu jedem Zimmer?«, ging ich auf sein Gleichnis ein.

»Na ja, wenn man so alt ist wie ich, dann lernt man auch ohne Schlüssel das Schloss zu knacken und sich einen Zugang zu verschaffen.«

Er grinste und alles erinnerte mich an den Mann aus dem Restaurant, der mich einige Male zum Lachen gebracht und der ein romantisches Picknick im Wald für mich organisiert hatte. Es war kaum in Worte zu fassen, was seitdem passiert war und jeder Gedanke an die Vergangenheit versetzte mir einen Stich. Doch ich versuchte diesen Schmerz zu ignorieren. Ich wollte jedes nette Wort und jede liebevolle Geste für immer in das schwarze Loch werfen, das seit Daxtons Verrat in meinem Herzen klaffte.

»Lass uns jetzt zu den Wakas gehen.« Er reichte mir die Hand. Eine Geste der Versöhnung, aber ich war noch nicht bereit, über all die Lügen hinweg zu sehen. Ich starrte ihn wortlos an, bis er die Hand senkte und ging dann an ihm vorbei.

Es war gar nicht so einfach, Daxtons Präsenz zu ignorieren, besonders dann, wenn man seinen finsteren Blick im Rücken spürte.

Schließlich erreichten wir den Steg und ich ging zielsicher auf eines der Wakas zu. Mit ihrer länglichen Form erinnerten sie mich an schlanke Pfeile, die zielsicher durch das Meer schossen. Jedes von ihnen trug einen anderen Namen und ich entschied mich schließlich für jenes, auf dem Aotea Waka stand. Es war das kleinste von allen und sollte locker mit zwei Mann zu bewegen sein. Langsam löste ich das Tau, während Daxton mich stumm beobachtete und schließlich im letzten Augenblick aufs Waka sprang.

Grübelnd setzte er sich mir gegenüber, während ich mir beide Ruder griff. Normalerweise müsste man das Kanu mit Hilfe eines Segels über das Wasser bewegen. Da hier aber kein einziger Windstoß war, musste ich wohl oder übel rudern. Daxton machte keinerlei Anstalten, mir zu helfen und das andere Ruderpaar zu nehmen. Er sah mich mit verschränkten Armen an.

Hatte er wirklich geglaubt, ich würde ihm so einfach vergeben? Das konnte doch nicht sein Ernst sein.

Ich blickte mich um, konnte aber weit und breit keine Insel erkennen. Verdammt, jetzt brauchte ich seine Hilfe doch.

»In welche Richtung müssen wir rudern?«, überwand ich mich schließlich zu fragen.

»Wir?« Er hob verwundert eine Augenbraue.

»Ja, wir«, entgegnete ich leicht gereizt. Der Kerl trieb mich wirklich zur Weißglut.

»Soweit ich mich erinnern kann, habe ich dir vorhin die Hand gereicht und du bist nicht darauf eingegangen. Und jetzt brauchst du meine Hilfe?«

Er ließ die Arme sinken.

»Weißt du eigentlich, dass du mich in den Wahnsinn treibst?«, schrie ich ihn an. »Du bist ein blasiertes Arschloch, dem ich diesen ganzen Mist zu verdanken habe. Also reiß dich jetzt zusammen und lass uns diese Seelen nach Hawaiki bringen.«

Ruckartig stand er auf, sodass das Waka leicht schaukelte und ich folgte seinem Beispiel.

»Denkst du wirklich, du bist die Einzige, die hier etwas zu verlieren hat? Weißt du, was auf mich wartet, wenn das hier schiefgeht? Eine Ewigkeit an Hines Seite!«

Jetzt schrien wir beide.

Plötzlich wandte Daxton den Blick ab und starrte auf seine zittrigen Hände.

»Ich bin wütend«, sagte er, ohne mich anzusehen.

»Was du nicht sagst.«

»Du verstehst das nicht, du machst mich wütend«, erklärte er.

»Das Kompliment kann ich nur erwidern.«

Er verringerte die Distanz zwischen uns und umfasste meine Oberarme. Die Worte, dass er mich nicht anfassen sollte, waren nur noch ein leises Flüstern in dem tobenden Sturm meiner Gefühle.

»Du veränderst mich«, rief er, als müsste mir das irgendetwas sagen.

»Ich habe keine Ahnung, wovon du sprichst«, gestand ich.

»Es tut mir leid, aber ich muss wissen, ob es Hoffnung für mich gibt.«

Bevor ich wusste, was genau er vorhatte, küsste er mich.

22. KAPITEL

Daxton

Charlies Lippen fühlten sich unglaublich weich an und ich genoss das Gefühl ihres Körpers, der sich an mich schmiegte, als wäre er dafür erschaffen worden. Ihr Geruch benebelte meine Sinne. Sie schlang die Arme um mich und das Verlangen in mir wuchs ins Unermessliche.

Meine Hände wanderten zu ihrer Hüfte und ihrem Rücken, und ich drückte sie noch enger an mich. Ich wollte jeden Teil ihres Körpers berühren, damit dieses berauschende Gefühl niemals endete.

Es war viel intensiver als damals im Wald, denn dieses Mal war da nicht nur das Verlangen in mir, sondern etwas anderes. Die Erkenntnis, dass ich etwas für sie empfand.

Auf einmal durchzuckte ein Schmerz meine Brust. Ich schrie auf und wich von Charlie zurück.

»Was ist los?«, fragte sie und Sorge zeichnete sich auf ihrem geröteten Gesicht ab.

»Es fühlt sich an, als würde mir jemand den Brustkorb zerreißen«, presste ich hervor.

Meine Atmung ging stoßweise und ich versuchte krampfhaft, das Bewusstsein nicht zu verlieren. Glühend heißer Schmerz konzentrierte sich dort, wo mein Herz schon lange aufgehört hatte zu schlagen.

Die Sekunden vergingen und ganz langsam ebbte der Schmerz ab, als wäre er nie da gewesen, und nahm unseren Kuss mit sich fort.

Langsam sammelte ich mich wieder, während Charlie alles mit Schrecken in den Augen angesehen hatte.

Hine hatte also recht gehabt.

Auf gar keinen Fall durfte die Göttin der Unterwelt hiervon erfahren, sonst würde das unser aller Ende bedeuten. Sie würde alles tun, damit Charlie die Prüfungen nicht bestand und damit meine letzte Chance zunichte machen.

Sie würde eine Bedrohung in ihr sehen, denn irgendwie schaffte Charlotte es, Hines Magie langsam außer Kraft zu setzen.

»Geht es dir wieder besser?« Charlie legte die Hand auf meine Brust, als würde sie selbst spüren, dass sie eine Veränderung bewirkt hatte.

Mit einer schnellen Bewegung nahm ich ihre Hand weg.

»Es ist alles gut. Wir sollten uns jetzt an die Ruder setzen«, entgegnete ich scharf.

Ihr eben noch warmer, mitfühlender Blick versteinerte sich. Es war deutlich zu sehen, dass ich ihr wehgetan hatte mit meiner Geste. Das war gut, denn so würde sie sich von mir fernhalten und damit unser beider Leben retten.

Wortlos folgte sie meiner Aufforderung und vermied es, mich anzusehen. Ich folgte ihrem Beispiel und übernahm die Lenkung des Wakas, während wir unermüdlich ruderten. Zwischen uns breitete sich Stille aus und ich spürte, wie sich der Riss, den Charlie in mein Herz geschlagen hatte, langsam wieder schloss. Die wohltuende Gleichgültigkeit vertrieb das dumpfe Pochen des Bedauerns, weil ich sie zurückweisen musste.

Charlies Blick glitt über die Oberfläche des Wassers.

»Pass auf, dass du nicht zu sehr in das Meer hinein starrst. Das Wasser zeigt die Schrecken unserer Vergangenheit. All jene Dinge, die wir versuchen zu vergessen. Körperliche sowie seelische Schmerzen erwarten denjenigen, der es wagt, in dieses Meer zu steigen, um nach Hawaiki zu schwimmen.«

Sie reagierte mit einem Nicken und dann war dort nur wieder das Geräusch unserer Ruder, die sanft in die Dunkelheit des Meeres hinein glitten.

Es war schwer zu sagen, wie viel Zeit verstrich, denn dieser Ort folgte seinen eigenen Gesetzen.

»Was zeigt dir das Wasser?«, fragte ich.

Ich hörte, wie sie schwer ein- und ausatmete.

»Warum interessiert dich das?«, fragte sie skeptisch. Charlie hatte mir immer noch den Rücken zugedreht. Eine Tatsache, die mich frustrierte und gleichzeitig das leise Flüstern der Angst beruhigte.

»Es interessiert mich einfach.«

»Ich sag dir, was ich sehe, wenn du mir verrätst, welcher Schrecken auf dich im Wasser lauert«, schlug sie vor.

Ein Handel.

»Das klingt fair.«

»Also schön.« Sie starrte einen Moment auf das Wasser und begann dann zu erzählen.

»Ich sehe meine Mutter, die mir mit Tränen in den Augen sagt, dass ich eine einzige Enttäuschung bin und meinen Vater, der nur schweigsam dabei zusieht und mich keines Blickes würdigt. Dann wechselt die Szene und ich sehe Luna, meine kleine Katze. Sie wurde mit neun Monaten angefahren und verstarb dann in meinen Armen. Das war das erste Mal, dass der Tod mir ein geliebtes Wesen entriss. Ich erinnere mich noch an ihren warmen Körper und ihre grünen Augen, die mich ansahen, als könnte ich das Unausweichliche verhindern. Sie hat an mich geglaubt und ich konnte ihr nicht helfen. Schließlich sind da noch zwei wichtige Menschen, die mein Vertrauen missbraucht haben.«

Sie wollte weitererzählen, aber ich hielt sie davon ab.

»Jetzt bin ich dran.« Ich sah, wie eine einzelne Träne ins Wasser fiel und dann zahlreiche Wellen nach sich zog. Plötzlich erinnerte ich mich wieder daran, wie viel schmerzvoller es ist, wenn die Seele zerbricht, als der Körper. Ein gebrochener Knochen verheilte wieder, aber nichts heilt die Wunde, die einer Seele zugefügt wurde. »Ich sehe den Hass in den Augen meiner älteren Brüder, die mich jeden Tag aufs Neue dafür verabscheuen, dass ich ein Teil der Familie bin. Dann ist da die Angst in den Gesichtern der Menschen, die ihr Vertrauen in mich gesetzt haben und enttäuscht wurden. Besonders in dem Moment, in dem mich Hine erwischt hat und zu diesem Leben als ihrem persönlichen Schoßhund verdammte.«

Charlie sah endlich zu mir, aber ihre Miene blieb unergründlich. Ich öffnete den Mund, um noch etwas zu sagen, ließ es aber bleiben. Denn das Wasser zeigte mir eine Szene: den Kuss und dann das, was danach passierte.

Doch dieses Geheimnis behielt ich für mich.

Es war schon seltsam, dass ausgerechnet diese Dinge zu den schmerzhaftesten Erlebnissen zählten, die mein langes Leben bisher geprägt hatten.

23. KAPITEL

Charlie

Hätte Daxton mich nicht unterbrochen, wäre mir womöglich rausgerutscht, dass noch eine weitere schmerzhafte Erinnerung im Wasser auf mich wartete.

Es war sein Gesicht, als er mich von sich stieß. Als würde ihn mein Anblick allein schon anekeln. Dabei war er derjenige gewesen, der mich geküsst hatte. Zugegeben, besonders viel Widerstand hatte ich nicht gerade geleistet. Es kam einfach alles so überraschend und dennoch fiel mir dadurch auf, dass ich eigentlich jeden Moment eine Berührung von ihm herbeigesehnt hatte und mir das nur nicht eingestehen wollte. Allerdings hatte Daxton seinen Standpunkt besonders deutlich gemacht.

Auf einmal stieß etwas gegen unser Waka. Dann noch einmal.

»Was ist das?«

Ich spähte in das Wasser und machte mich auf die Schreckensbilder gefasst.

»Stachelrochen.«

»Geht das auch etwas ausführlicher?«, fragte ich und hielt mich am Holz des Wakas fest, weil die Tiere immer wieder dagegen stießen.

»Hine schickt uns offenbar einen kleinen Gruß. Diese Tiere hören auf ihr Kommando. Solange wir hier drinsitzen, kann uns nichts passieren, aber wenn wir ins Wasser fallen und sie uns mit ihrem giftigen Stachel erwischen, stehen die Karten schlecht, hier lebend rauszukommen. Na ja, zumindest für ...«

Er beendet den Satz nicht, denn wir wussten beide, dass er mich meinte. Mir wurde übel bei dem Gedanken, dass mich eins dieser Tiere aufspießte oder dass mich sein Gift qualvoll sterben ließ.

»Dann lass uns schnell von hier verschwinden.«

Ich umfasste die Ruder, so fest ich konnte, und erhöhte die Geschwindigkeit. Ohne Rücksicht auf die Rochen, die unermüdlich ihre Bahnen um das Waka zogen, stieß ich das Ruder ins Wasser. Daxton tat es mir gleich, doch so sehr wir uns anstrengten, wir wurden die Tiere nicht los. Im Gegenteil, sie schienen noch aggressiver zu werden und brachten das Waka weiter zum Schwanken.

Ich hatte Mühe, das Gleichgewicht zu halten.

»Lass dich nicht beirren. Da vorne ist die Insel. Es sind nur noch ein paar Kilometer, dann haben wir es geschafft.«

Meine Armmuskeln schmerzten unter der ungewohnten Anstrengung, aber ich ließ nicht nach. Unermüdlich stieß ich die Ruder ins Wasser.

Plötzlich bekam das Waka solch einen heftigen Stoß ab, dass ich das Gleichgewicht verlor. Ich stürzte vornüber und wäre beinahe ins Wasser gefallen, wenn Daxton nicht blitzschnell reagiert und mich an der Hüfte festgehalten hätte.

Jetzt erkannte ich, dass das Wasser von den Tieren nur so wimmelte. Sie tummelten sich überall. Ein Rochen schwamm zielsicher zu der Stelle, an der Daxton mich festhielt. Das Tier durchbrach die Wasseroberfläche. Ein weiteres Mal reagierte der Halbgott schneller und warf mich zurück, sodass ich in der Innenseite des Wakas landete. Er hingegen griff sich ein Ruder und schlug das Tier, das den Stachel bedrohlich auf ihn gerichtet hatte, aus der Flugbahn, sodass es wieder im Wasser landete.

»Geht es dir gut?« Er beugte sich zu mir hinunter.

»Schätze schon«, sagte ich kurzatmig und tastete mich gleichzeitig nach Verletzungen ab.

»Ich bin unverletzt«, sagte ich schließlich. Zumindest fehlte mir körperlich nichts, fügte ich im Geiste hinzu.

»Zum Glück.« Daxton musterte mich einen Moment, um sicher zu gehen, dass es auch wirklich stimmte. Ich ertrug diesen fürsorglichen Blick kaum. Als würde er sich wirklich etwas aus mir machen, dabei hatte er mich vor wenigen Augenblicken von sich gestoßen.

»Diese Tiere sind bösartig.«

Mein Blick glitt zum Wasser und endlich sah Daxton mich nicht länger an.

»Eigentlich sind Stachelrochen friedliebende Tiere. Die Maori verehren diese Wesen für ihre Weisheit und tragen ihr Antlitz oftmals als Tattoo auf der Haut. Es ist Hine, die sie zu diesen Taten zwingt. Sie schafft es, all das Schlechte in jedem Lebewesen hervorzubringen und man kann sich dieser Wirkung kaum entziehen«, erklärte er. Langsam setzte ich mich wieder hin, während das Waka erneut von den Rochen angegriffen wurde.

Dieses Mal übernahm Daxton die Führung, sodass ich einen Blick auf seinen Rücken werfen konnte.

»Hast du auch einen Rochen als Tattoo?«, fragte ich, um mich von der Bedrohung um uns herum abzulenken. Im Wald hatte ich nur seine Brust betrachtet und konnte mich nicht an ein solches Motiv erinnern. Ich schluckte den Kloß herunter, der mir bei dieser Erinnerung die Luft abschnürte.

»Nein. Es sind Motive, die mein Leben geprägt haben.«

»Für mich sieht es eher aus, als hätte dich ein Kleinkind mit einem Edding bearbeitet.« Der Humor war eine Verbindung, die zwischen uns trotz alldem Bestand hatte. Wenigstens blieb mir diese Kleinigkeit erhalten.

»Vorsicht, ich kann dich immer noch ins Wasser schubsen.«

Erleichterung durchflutete mich, als er auf die Stichelei einging.

»Das wagst du nicht.«

»Mag sein, aber der Gedanke ist verführerisch.«

Ich hörte, wie Daxton einmal tief ein- und ausatmete.

»Jedes Bild wurde mit einer Nadel in meine Haut gehämmert. Das ist ein schmerzhaftes Unterfangen und kein Vergleich zu den modernen Methoden der westlichen Welt. Die Maori sind die Meister in Sachen Tätowierungen und ich trage jedes Symbol mit Stolz. Angefangen beim Angelhaken bis hin zur Schildkröte.«

Er schob mit einer Hand sein T-Shirt ein wenig zurück, damit ich die Symbole auf seinem Rücken etwas besser erkennen konnte.

»Das sieht wunderschön aus«, sagte ich.

Je länger ich auf die freie Haut starrte, desto mehr konnte ich erkennen.

Die Figuren waren kunstvoll gestaltet, sodass man genauer hinschauen musste, um zu erkennen, um was es sich dabei handelte. Es kostete mich all meine Kraft, um nicht die Finger nach seiner Haut auszustrecken. Ich wollte ihn berühren, auch wenn es vielleicht zum letzten Mal war.

»Wir haben es gleich geschafft«, hörte ich Daxton sagen, während mein Blick weiter auf seinen Rücken geheftet war.

Langsam löste ich mich von dem Anblick und sah zu der Insel.

Der Himmel hatte sich verändert, sodass es wirkte als würde eine Sonne nur für diese Insel scheinen. Jetzt konnte ich den feinen Sandstrand erkennen, an dem sich zahllose Menschen tummelten. Ich sah Kinder, die lachend miteinander spielten. Ihre hellen Stimmen wurden von der Luft zu uns herübergetragen. Unbewusst legte ich mir die Hand auf die Brust, genau auf die Stelle, durch die Amalias Seele und die ihrer Mutter zu mir gekommen waren.

Das hier war also der Ort, an dem sie Frieden finden würden.

Hinter dem kilometerlangen Strand befand sich ein dichter Wald und ich konnte prachtvolle Häuser am Horizont erkennen.

»Es sieht so aus, als würde sich die Insel gerade verändern«, sprach ich das Unmögliche aus.

»Das ist richtig. Dieser Ort passt sich an die Bedürfnisse der Seelen an. Jeder bekommt hier sein eigenes kleines Paradies und kann auf ewig mit den Menschen zusammen sein, die er liebt.«

»Das klingt zu schön, um wahr zu sein.«

Die Skepsis, dass es sich hierbei nur um ein Trugbild handeln konnte, beschlich mich.

»Das denkt wohl jeder, der Hawaiki zum ersten Mal sieht. Aber ich versichere dir, die Insel ist ebenso echt wie du und ich.«

Wir waren nur noch wenige Meter von dem Strand entfernt und einige Menschen winkten uns freundlich zu. Daxton warf ihnen ein Seil zu, als wir nahe genug waren, und dann zogen sie unser Waka an den Strand.

Das Paradies aus meiner Vorstellung war nichts im Vergleich zu dem Anblick hier, der mich staunen ließ. Es gab hier keine Menschen in weißer Kleidung, Engel oder ein Tor, durch das erst alle schreiten mussten, um ins

Paradies zu gelangen. Die zahlreichen Sandkörner schimmerten wie feine Diamanten im Licht der Sonne. Ich schaute zurück zum Wasser, in dem sich immer noch die Stachelrochen tummelten. Hier schienen sie uns nichts anhaben zu können.

Daxton verließ nach mir unser Gefährt. Er schaute mit undurchdringlicher Miene über die Insel und die zahlreichen Menschen, die sich darauf versammelt hatten. Was hatte ihn nur derart verbittert werden lassen? Ich war mir ziemlich sicher, dass er mir einen Teil von dem, was das Wasser ihm gezeigt hatte, verschwieg.

Plötzlich spürte ich ein sanftes Ziehen und zwei Lichtkugeln flogen aus meiner Brust heraus und formten sich zu Amalia und ihrer Mutter. Jetzt waren sie nicht mehr von einem bläulichen Schimmer umgeben, sondern sahen ebenso lebendig aus wie ich selbst.

»Vielen Dank.« Amalias Mutter fiel mir um den Hals und ihre Tränen benetzten mein T-Shirt. Auch Amalia umarmte mich herzlich und drückte ihren kleinen Plüschhund an mich.

»Das habe ich gerne gemacht«, versicherte ich, als sich beide von mir lösten.

Es war seltsam zu wissen, dass sie eben noch ein Teil von mir waren und nun die Ewigkeit hier verbringen sollten. Doch die Erinnerung werde ich niemals vergessen.

»Habt Dank, dass ihr auf uns achtgegeben habt, Halbgott des Windes und Meeres ...«

»Kein Problem«, unterbrach Daxton sie. Allerdings war keine Freundlichkeit in seinen Worten zu hören.

Der Kerl war wirklich ein Phänomen, aber keins von der schönen Sorte.

Ein warmer Wind zog auf und brachte den süßlichen Geruch von reifen Früchten mit sich.

Mein Körper reagierte augenblicklich und das Knurren dröhnte lautstark über den Strand.

Großartig, Charlie. Einfach großartig. Selbst im Jenseits schaffst du es, dich zu blamieren.

Ein älterer Mann trat aus der Gruppe von Neugierigen hervor. Seine Haut war sonnengebräunt, während das Weiß seiner Haare den meinen glich. Zahlreiche Tätowierungen überzogen die sichtbaren Stellen seines Körpers. Ich erkannte Rochen, Schildkröten und einen stilisierten Angelhaken. Auf seiner nackten Brust prangte eine Kette aus Haifischzähnen.

»Mein Name ist Tiki und ich heiße euch herzlich willkommen in Hawaiki. Ihr seid weit gereist, um die Seelen sicher in unser gelobtes Land zu bringen.«

Er breitete die Arme aus. »Wir sind euch zu Dank verpflichtet und würden gerne unser Essen mit euch teilen. Seid unsere Gäste, bis ihr wieder aufbrechen müsst.«

Damit hatte ich nun wirklich nicht gerechnet.

»Habt vielen Dank, allerdings wollen wir eure Gastfreundlichkeit nicht über die Maßen strapazieren«, antwortete Daxton und mein Magen knurrte ihn jetzt wutentbrannt an.

Tiki schaute zwischen mir und Daxton hin und her.

»Halbgott, ich weiß um eure Bürde, aber bitte bedenkt, dass nur eine gestärkte Kriegerin euch zu eurer Freiheit verhelfen kann.«

Der Mann war mir augenblicklich sympathisch. Vielleicht sollte ich einfach hierbleiben und Daxton alleine mit Hine lassen.

»Also schön. Ich möchte eure Gastfreundschaft auf keinen Fall missachten. Allerdings muss ich darauf bestehen, dass wir nach dem Essen erneut aufbrechen und zur Göttin der Unterwelt zurückkehren.«

Jede Zelle meines Körpers sträubte sich gegen die Vorstellung, Hine noch einmal begegnen zu müssen. Doch das war ein Problem, mit dem ich mich später beschäftigen musste.

Wir folgten Tiki und den anderen, während ich mich staunend umsah. Es herrschte eine angenehme Wärme, sodass ich einen winzigen Moment versucht war die Augen zu schließen und jeden Sonnenstrahl in mich aufzunehmen.

»Wird es hier auch Nacht?«, fragte ich Daxton, der jetzt neben mir lief. Seine Präsenz war mittlerweile für mich schon fast greifbar, sodass ich selbst mit geschlossenen Augen sagen konnte, wo genau er sich befand.

»Das kommt drauf an, ob sich die Seelen dies wünschen. Hawaiki formt sich nach ihren Sehnsüchten oder besser gesagt nach den meisten Wünschen. So kann es in einem Moment ein warmer Sommertag sein und im nächsten ist es eine schneebedeckte Winternacht. Das entscheiden aber alle gemeinsam. Zudem kann jeder einen Teil der Insel nach seinen Vorstellungen formen.«

Wir überquerten eine Wiese, auf der sich bunte Schmetterlinge tummelten und den Nektar aus den Blüten sammelten. Ihre Flügel erstrahlten in einem farbenfrohen Regenbogen.

»Die Kinder kümmern sich um diesen Bereich der Insel. Sie formen die Blumen, Schmetterlinge, Bienen und andere Insekten nach ihren Idealen«, erklärte Tiki.

Amalia und ihre Mutter bestaunten diese Insel ebenso sehr wie ich. Das kleine Mädchen pflückte eine azurblaue Lilie und an ihrer Stelle wuchs sofort eine neue. Die Blume steckte sie sich in ihr dunkelbraunes Haar. Ein Lächeln stahl sich auf mein Gesicht, als ich Amalia beobachtete. Es war schrecklich, dass ihr Leben schon vorbei war, daher war es auf eine merkwürdige Weise beruhigend zu sehen, dass sie hier glücklich war.

Wir gelangten zu einem weitläufigen Platz, auf dem sich zahlreiche Menschen in Gruppen versammelt hatten.

Ein riesiger Holztisch, der mehrere Meter lang war, stand in der Mitte. Darauf platziert waren reich gefüllte Teller mit Obst, Gemüse, Fleisch und Fisch.

»Ich habe noch nie so viel Essen auf einmal gesehen«, gestand ich.

Tiki lächelte mich freundlich an.

»Das freut mich zu hören. Dann greif bitte zu, Seelenträgerin.«

Man hat mir schon schlimmere Spitznamen gegeben.

Beherzt griff ich nach einem roten Apfel und biss hinein. Der süße Saft tropfte an meinem Mund hinunter und ich wischte ihn ab. Erst jetzt fiel mir auf, dass ich die Einzige war, die aß.

Verwundert schaute ich zu Tiki.

»Tote müssen nichts essen«, erklärte er das Offensichtliche.

Ich schluckte das Fruchtfleisch des Apfels hinunter.

»Aber wozu dann der reich gedeckte Tisch?«

»Wir wussten nicht, was du gerne isst. Außerdem müssen wir zwar nichts essen, manche von uns tun es aber einfach aus alter Gewohnheit.«

Zur Bestätigung seiner Worte nahm sich Amalia eine Banane und schälte sie rasch.

»Lecker«, verkündete sie mit vollem Mund.

Jetzt, da ich nicht länger die Einzige war, die aß, griff ich nach weiterem Obst, bis ich das Gefühl hatte, dass nichts mehr in meinen Bauch passte.

»Es tut mir leid, aber wir müssen jetzt wirklich los«, drängte Daxton zu meinem Bedauern.

»Selbst das Jenseits kannst du einem versauen.« Ich funkelte ihn wütend an, doch er zuckte nur mit den Schultern.

Tiki nickte verständig, sagte aber nichts zu unserer kleinen Auseinandersetzung.

Während die anderen bei dem Essen blieben, gingen Daxton und ich zum Strand zurück. Er bestimmte den Weg und machte es mir damit außerordentlich leicht, seinen muskulösen Rücken zu bestaunen. Unser Kuss auf dem Waka kam mir immer noch unwirklich vor und ich hätte zu gerne gewusst, was er damit bezwecken wollte.

Denk nicht weiter daran!

Meine Finger glitten über die zahlreichen Blüten, die sich uns wie Tiere entgegenstreckten. Der Duft von Seide zog mir in die Nase.

Ein rosaroter Schmetterling landete auf Daxtons Rücken.

Ich unterdrückte vergebens ein Lachen. Ruckartig drehte er sich um.

»Was ist denn?«, fragte der Halbgott verwundert.

»Gar nichts. Ich hatte nur gerade einen lustigen Gedanken.«

Er drehte sich wieder um und der Schmetterling blieb ungerührt an Ort und Stelle.

Ein weiterer gesellte sich dazu.

Plötzlich war sein halber Rücken mit einer bunten Gruppe der geflügelten Tiere besetzt.

Jetzt lachte nicht nur ich, sondern auch einige Kinder, die das Schauspiel ebenso bestaunten.

Erneut drehte sich Daxton um.

»Würdest du mir mal bitte verraten, was alle so lustig finden?«

Seine Nasenflügel zuckten leicht bei den Worten und ich war mir ziemlich sicher, dass er es gar nicht leiden konnte, wenn man über ihn lachte.

»Ich bewundere nur deine Anziehungskraft.«

Seine Augenbrauen zogen sich skeptisch zusammen und eine kleine Falte zeichnete sich dazwischen ab.

Noch immer lachten ein paar der Kinder. Wenigstens hatten sie so viel Anstand, es hinter vorgehaltener Hand zu tun. Daxtons dunkle Augen wanderten von mir zu einem Schmetterling, der zuerst auf einer Blüte saß und dann zielsicher zu dem Halbgott flog.

Dann verstand er und drehte sich um die eigene Achse.

Wie auf Kommando erhob sich die geflügelte Schar in den Himmel.

»Ich glaube, du verdienst einen neuen Titel: Liebling aller Schmetterlinge.«

»Wie einfallsreich«, sagte er zähneknirschend.

»Das ist eine meiner vielen positiven Eigenschaften«, versicherte ich.

»Hoffen wir mal, dass deine überragenden Fähigkeiten uns bei den nächsten zwei Prüfungen helfen werden.«

Wir ließen die Wiese hinter uns und erreichten den weißen Sandstrand. Was hätte ich jetzt für eine Liege gegeben und jemanden, der mir die Luft mit einem Palmblatt zufächelte.

Daxton rollte das Tau zusammen, während ich bereits ein paar Schritte ins Wasser machte, um in das Waka zu steigen.

»Vielen Dank noch einmal für deine Hilfe«, rief mir Amalias Mutter zu. Ich drehte mich zu ihr um und winkte zum Abschied. Es war ein kleiner Trost zu wissen, dass es ihnen hier gut ging.

Plötzlich wich ihr freudiger Gesichtsausdruck Schrecken und ich wollte gerade fragen, was los sei, als ein Schmerz meine linke Körpermitte durchzuckte. Ich schaute an mir herab und eine Spitze ragte aus meiner Bauchgegend heraus. Mit aufgerissenen Augen und geöffnetem Mund schaute ich in die Wunde hinein. Der Stachel wurde herausgezogen und der Rochen, der mich verletzt hatte, fiel zurück ins Wasser.

Ein Schmerzensschrei entstieg meiner Kehle. Daxton war sofort an meiner Seite und presste seine Hand auf meine Wunde. Dennoch konnte ich das Blut erkennen, das in Strömen hinaustrat.

Mein Körper fühlte sich seltsam taub an, sodass ich kaum mitbekam, was vor sich ging. Meine Sicht verschwamm immer wieder. Daxtons braune Augen blickten gehetzt zwischen meinem Gesicht und der Wunde hin und her.

»Bleib bei mir«, rief er immer wieder.

Es kostete mich unsagbar viel Anstrengung, aber schließlich schaffte ich es, sein Gesicht mit einer Hand zu umfassen. Der Schmerz war verebbt und an seine Stelle trat die Akzeptanz des Unvermeidbaren.

In diesem entscheidenden letzten Moment war ich einfach dankbar, nicht allein zu sein.

»Es tut mir leid«, sagte ich mit rauer Stimme, bevor die Welt um mich herum in ewige Dunkelheit fiel.

24. KAPITEL

Daxton

In mir explodierte etwas, als Charlie sich von mir verabschiedete. Die Risse, die sie zuvor in mein Herz geschlagen hatte, stoben auseinander und nahmen Hines Fluch mit sich. Ich war unfähig etwas zu denken. Da waren nur Schmerz und die Angst, sie zu verlieren. Nie wieder ein Wort aus ihrem Mund zu hören oder das Leuchten in ihren wunderschönen Augen zu sehen. Ich durfte sie nicht verlieren.

Ihre Atmung wurde immer flacher, während langsam das Leben aus ihr herausglitt.

Tränen nahmen mir die Sicht und ich blinzelte dagegen an.

»Lass mich sehen, was ich für sie tun kann.«

Tiki war an meine Seite getreten und legte mir seine Hand auf die Schulter. Nur widerwillig löste ich den Griff um Charlie, aber wagte es nicht, mir die blutenden Wunde anzusehen. Tiki rief weitere Männer zu sich, während ich ihnen Platz machte. Charlie wurde auf eine ausgebreitete Decke gelegt und jemand brachte Handtücher, heißes Wasser und Verbandsmaterial. Ihre Lieder waren geschlossen und die Brust hob und senkte sich nur noch flach. Überall war Blut. Ich wollte helfen, wusste aber einfach nicht, was ich machen sollte. Es war schrecklich, Charlies Leben in fremde Hände zu geben, aber ich konnte diese Wunde nicht versorgen.

Noch nie zuvor habe ich mich dermaßen hilflos gefühlt.

Stumm verfolgte ich das Szenario, bis sich Tiki an mich wandte. An seinen Händen klebte ihr Blut und ich rüstete mich für das, was er zu sagen hatte.

»Sie ist stark und wird es überleben«, entgegnete er sanft und wischte sich die Hände an einem der Handtücher ab.

»Der Rochen hat keine lebenswichtigen Organe verletzt und durch den hohen Blutverlust ist wahrscheinlich auch kein Gift in ihren Körper gelangt. Sie hatte unsagbares Glück, Halbgott.«

»Ich dachte, ich hätte sie verloren«, sagte ich mehr zu mir selbst als zu Tiki.

»Nun, es scheint, als gäbe es noch eine zweite Chance«, erwiderte dieser.

»Danke«, war alles, was ich dazu sagen konnte. Eine zweite Chance. Das klang zu schön, um wahr zu sein.

Während ich versuchte, all die Emotionen zu ordnen, die nun auf mich einströmten, schlief Charlie.

Ich wagte es erst, sie mit Hilfe der anderen Männer in das Waka zu heben, als die Zeit knapp wurde.

Behutsam deckte ich sie mit einer Decke zu, die die Seelen mir gereicht hatten.

Ich ruderte mit ihr zurück zum schwarzen Sandstrand und vertäute dann das Waka an der Stelle, an der es zuvor gelegen hatte. Seltsamerweise waren die Rochen verschwunden und ein ungutes Gefühl begleitete mich auf der Rückfahrt. Immer wieder sah ich Charlie an, die sich kaum rührte. Lediglich ihre sich hebende Brust beruhigte etwas meine strapazierten Nerven. Es gab so vieles, was ich ihr sagen wollte, jetzt, da ich endlich alle Gefühle wahrnehmen konnte. Ich wollte ihr sagen, dass ich sie bei unserer ersten Begegnung wunderschön fand. Es stimmte mich traurig, wie einsam sie dort saß und fernab von Hines Fluch verspürte ich nur den Wunsch, mich zu ihr zu setzen und dem Klang ihrer Stimme zu lauschen.

Doch jetzt war nicht die Zeit, um darüber nachzudenken. Ich trug Charlie vom Waka zum Pohukawa-Baum, der uns auf dem direkten Wege zum Garten brachte, in dem Calla und Syth bereits auf uns warteten.

»Was ist passiert?«, fragte Syth und flatterte aufgeregt um Charlie herum.

»Ein Rochen hat sie verletzt, aber sie wird es überstehen.«

»Du kannst sie schlecht den ganzen Weg zurück zum Saal bringen«, warf Calla ein.

»Das ist mir auch klar. Hol Nikau her, dann wird er es für mich übernehmen«, sagte ich an Syth gewandt, der sofort losflog.

Zwar warf er mir noch ein paar wüste Beschimpfungen zu, weil er mir die Schuld an Charlies Verletzungen gab, aber das ignorierte ich geflissentlich.

»Ist bei dir alles in Ordnung, Halbgott?«, fragte Calla und ich witterte eine Falle. Man konnte der Frau nicht trauen und ich hütete mich davor, ihr zu verraten, dass Charlie mein Herz wieder zum Schlagen gebracht hatte.

»Selbstverständlich. Sie wird nur langsam schwer.«

Ich legte Charlie einfach auf dem Waldboden ab, als wäre sie ein Paket, und versuchte mir nichts anmerken zu lassen. Auf keinen Fall durfte sie eine Veränderung wittern.

»Ich schätze, dann bleiben noch zwei Aufgaben«, sagte Calla schulterzuckend.

»Sieht so aus. Wer hätte gedacht, dass sie es weiter schafft als die anderen?«

Calla begutachtete die schlafende Charlie von oben bis unten, als würde sie versuchen zu erkennen, warum gerade sie so weit gekommen war.

Ich wollte Charlie wieder an mich nehmen und sie vom kalten Boden hochheben, aber das wäre zu verdächtig gewesen, also blieb ich regungslos stehen, bis Nikau mit Syth eintraf. Der Krieger schaute zwischen Calla, Charlie und mir hin und her und hob dann wortlos die schlafende Charlie auf.

Er war ganz in schwarz gehüllt und hatte eine grimmige Miene aufgesetzt, die so gar nicht zu seinem Charakter passte.

»Bring sie in mein Zimmer«, forderte ich in einem strengen Tonfall, denn wir hatten Zuschauer.

»Hältst du das für eine gute Idee?«, erwiderte der Krieger mit einer rauchigen Stimme. Kaum jemand wagte es, mir Widerworte zu geben, aber Nikau hatte noch nie Angst vor mir. Eine Eigenschaft, die ihn durchaus sympathisch machte.

»Ich werde bestimmt nicht riskieren, dass sie stirbt, nur weil Hine sie in diesem Dreckloch unterbringen will. Wenn sie wieder vollständig genesen ist, kann sie von mir aus bleiben, wo sie will. Aber nicht so«, sagte ich ruhig, aber dennoch bestimmt.

Nikau nickte und ich würde mich später bei ihm für diesen Ton entschuldigen, auch wenn er es mir nicht übelnahm.

Die drei verschwanden und nachdem ich meine Sachen gewechselt hatte, folgte ich ihnen in gebührendem Abstand.

***

Stunden später drehte sich Charlie in meinem Bett hin und her. Ich setzte mich an ihre Seite und legte meine Hand an ihre Stirn. Sie glühte.

Ich unterdrückte ein Fluchen.

Scheinbar war doch noch etwas Gift vom Stachelrochen in ihrem Körper. Ich schob die Bettdecke von ihrem Bauch und ihr Shirt hoch. Vorsichtig, um sie nicht zu wecken, nahm ich den Verband ab und inspizierte ihre Wunde. Tiki hatte ganze Arbeit geleistet. Eine Blutvergiftung konnte ich somit ausschließen.

Es gab kein Gegengift, also musste sie diesen Kampf ganz alleine bestehen. In diesem Moment gab es nicht viel, was ich für sie tun konnte. Verflucht!

»Hol mir ein Tuch«, sagte ich zu Syth. Die Fledermaus hing kopfüber von der Decke und hatte ihren wachsamen Blick auf Charlie gerichtet. Keine Ahnung, woran es lag, aber seitdem wir wieder hier waren, war Syth keinen Moment von ihrer Seite gewichen.

»Hat sie Fieber bekommen?«, fragte er mit Sorge in der Stimme.

Er spannte seine Flügel auf und ließ sich elegant auf der seidenen Bettdecke nieder.

»Ja. Ich würde auch selbst etwas holen, aber wenn Hine mitbekommt, dass ich Charlie umsorge, dann ist sie schneller als Seele in Hawaiki, als ihr lieb ist«, erklärte ich, während ich sie nicht aus den Augen ließ.

»Verstanden. Ich schaue, ob ich eine Tinktur aus der Vorratskammer stibitzen kann.«

Ich stand auf und öffnete die Tür einen Spalt breit, sodass Syth wie ein Schatten entschwinden konnte.

Wenn es darum ging, sich lautlos durch die Unterwelt zu bewegen, war Syth ein Meister seines Fachs.

Erneut setzte ich mich an Charlies Seite und betrachtete ihre feinen Gesichtszüge. Ihre Lippen waren blutleer und wirkten fast genauso weiß wie ihre Haare.

Im Gegensatz zum letzten Mal hatte ich kein Feuer im Kamin entzündet, sondern ließ die Deckenkristalle den Raum erhellen. In Anbetracht ihres Fiebers war es wohl die richtige Entscheidung den Raum nicht noch zusätzlich zu beheizen. Auf einmal schrie Charlie auf. Ihre Augen blieben jedoch geschlossen. Erst, als ich eine ihrer Hände in meine eigenen nahm, hörte sie auf. Ihre Atmung verlangsamte sich, bis sie schließlich wieder normal wurde.

Was auch immer Charlie gerade quälte, offenbar half ihr meine Nähe dabei, damit klarzukommen.

Ein leises Kratzen an der Tür erregte meine Aufmerksamkeit. Ganz behutsam löste ich meine Hand aus Charlies Griff und öffnete die Tür einen Spalt breit.

Syth kam hereingeflogen und platzierte sich direkt neben Charlie. In der einen Pfote trug er ein kleines Tuch und in der anderen eine Keramikflasche. Er legte die Sachen neben Charlie.

»Also in der Flasche befindet sich eine Flüssigkeit, die sowohl schmerzlindernd als auch fiebersenkend ist. Sie enthält die Rinde der Silberweide, Teufelskralle und Hagebutten. Alles fein zerstoßen und mit heißem Wasser aufgegossen. Du musst ihr den kompletten Inhalt davon einflößen, dann sollte es ihr bald besser gehen.«

Ich nahm das Tuch und befeuchtete es im Badezimmer. Dann wischte ich Charlies schweißbedeckte Stirn damit sauber. Sie stöhnte unter meiner Berührung auf. Selbst durch das Tuch konnte ich die Wärme, die von ihr ausging, deutlich spüren.

Ich wünschte, ich könnte ihr die Schmerzen abnehmen. Alles würde ich tun, damit es ihr besser ging.

»Danke für deine Hilfe«, sagte ich und löste den Korken von der Flasche.

»Du willst es zwar nicht hören, aber die Frau hält dich ordentlich auf Trab. Wenn du in ihrer Nähe bist, dann erinnerst du mich an den Halbgott von früher und der war ein verflucht guter Kerl.«

Ich wusste nicht, was ich auf Syths Worte antworten sollte, also schwieg ich lieber. Stattdessen griff ich unter Charlies Arme und zog sie hoch, damit sie sich an meiner Brust anlehnen konnte. Dadurch saß sie aufrecht genug, um die Medizin herunterzuschlucken.

Es kostete mich einige Versuche, aber schließlich öffnete sie ihren Mund so weit, dass ich die Flüssigkeit hineinschütten konnte. Ich ging sehr behutsam vor, um ihr keine weiteren Schmerzen zu bereiten. Schließlich musste sie schon genug ertragen und Hine hielt mit Sicherheit noch einige böse Überraschungen für sie bereit.

Nachdem alles in ihrem Mund verschwunden war, begann sie zu husten. Zum Glück behielt sie die Medizin bei sich.

Schließlich fiel sie bewusstlos gegen meine Brust. Ich stellte das Fläschchen zur Seite und strich ihr über die weißen Haare.

Ich konnte mich nicht erinnern, wann ich das letzte Mal eine Frau derart dicht an mich herangelassen hatte. Doch für sie würde ich alles geben und alles sein.

Meine Finger glitten erneut zu ihrer Stirn und erleichtert stellte ich fest, dass ihr Fieber langsam sank. Schon bald hätte sie das Schlimmste überstanden. Zumindest hoffte ich das.

Jetzt musste ich nur noch jemanden holen, über den sie sich auf jeden Fall freuen würde, wenn sie die Augen aufschlug.

Jemand, der ihr Herz im Sturm erobert hatte.

25. KAPITEL

Charlotte

Wie schon beim ersten Mal, erwachte ich in dem Zimmer mit dem riesigen Bett. Wie durch einen Schleier nahm ich wahr, dass sich etwas Weiches an mich presste. Bevor ich mich fragen konnte, was genau das war, erkannte ich die schwarzen Federn.

»Pango«, sagte ich mit kratziger Stimme.

»Geht es dir gut?« Ich hatte nicht vergessen, dass es seine Schuld war, dass ich mich in dieser Welt befand. Dennoch wehrte sich ein Teil von mir dagegen, ihm böse zu sein. Immerhin hatte er sich vor Hine gestellt und war von ihr geschlagen worden.

Langsam versuchte ich mich aufzurichten, aber ein Schmerz durchfuhr meinen Körper. Ich schlug die Decke zurück und erkannte einen dicken Verband, der über meinen Bauch verlief.

»Was zum Teufel …«, begann ich und dann blitzten die Bilder der Vergangenheit vor meinem geistigen Auge auf.

Einer der Stachelrochen hatte mich durchbohrt und ich war zusammengebrochen. Daxton hatte mich bis zum Schluss in seinen Armen gehalten.

Ich schaute mich um.

»Er ist nicht hier«, begrüßte mich das vertraute Fiepen der Fledermaus. Syth landete elegant auf der Bettdecke.

»Daxton hat dich von Hawaiki durch das Portal zurückgebracht. Wir haben uns um dich gekümmert und er hat mich angewiesen, ein Auge auf dich zu haben.«

Die Tatsache, dass er Syth darum gebeten hatte, auf mich aufzupassen, ließ mein blödes Herz tatsächlich hüpfen. Warum konnten Herz und Verstand nicht ein besseres Team bilden? Immerhin wusste ich doch, dass er mich nur für seine Zwecke benutzt hatte.

»Und wo ist er?«, fragte ich und konnte die Traurigkeit nicht verbergen.

»Er ist momentan nicht ganz bei sich, aber das wird schon wieder.«

»Wie meinst du das? Ist er etwa auch verletzt?«

Die aufkeimende Sorge verdrängte alle weiteren Gedanken.

»Nein, nein. Mach dir keine Sorgen. Er wird später wieder da sein«, versuchte die Fledermaus mich zu beruhigen.

»Was macht deine Verletzung?«

Die schwarzen Knopfaugen schauten zum Verband. Dann wurde mir bewusst, dass ich nur Unterwäsche trug, also schlang ich die Decke um meinen Körper.

»Es tut weh, aber es ist auszuhalten. Allerdings war es nicht nötig, mich auszuziehen.«

»Wäre es dir lieber gewesen, die blutige Kleidung immer noch zu tragen? Falls es dir um Daxton geht, sei versichert, dass er genug Frauen gesehen hat, um nicht gleich in Ohnmacht zu fallen, wenn er eine auszieht.« Die Fledermaus kicherte, aber nur so lange, bis Pango mit dem Schnabel nach ihr schnappte. »Hey, du zu groß geratener Spatz. Lass den Mist«, protestierte Syth.

»Ich glaube, er mag dich nicht sonderlich.«

»Das liegt wohl eher daran, dass er mich für Nahrung hält. Diese Kiwis sind nicht gerade die hellsten Birnen am Kronleuchter, wenn du verstehst, was ich meine.«

Erneut versuchte Pango ihn zu beißen und ich schmunzelte über die Szenerie. Die beiden hatten einen gewissen Unterhaltungswert und schafften es, meine Gedanken von Daxton weg zu lenken.

Syth erhob sich in die Luft und landete dann auf meiner rechten Schulter. Offenbar fühlte er sich neben Pango nicht mehr so wohl.

»Auf der Kommode findest du Sachen in deiner Größe. Bald schon werden wir vor die Göttin treten müssen, aber sei beruhigt. Ich werde die ganze Zeit bei dir bleiben.«

»Warum bist du so freundlich zu mir?«, hakte ich nach.

»Weil ich glaube, dass du Daxton guttust. Als ich noch ein Baby war, hat er mich gefunden und gesund gepflegt. Meine Eltern hatten mich zum Sterben zurückgelassen, weil ich in ihren Augen zu schwach war. Es hatte Wochen gedauert, bis ich kräftig genug war, um endlich fliegen zu können. Daxton war immer an meiner Seite und ich habe mir geschworen, diese Lebensschuld zu begleichen. Selbst bei dem Diebstahl war ich dabei.«

Ich sah den Mann vor mir, der eine Babyfledermaus vor dem sicheren Tod gerettet und gesund gepflegt hatte. Der auch mich in dem Glauben festhielt, dass ich in seinen Armen sterben würde.

»Dax ist so voller Widersprüche, dass es mir schwerfällt, ein schlüssiges Gesamtbild von ihm zu erstellen«, gestand ich schweren Herzens.

»Das liegt daran, dass du noch nicht alle Puzzleteile zusammen hast.«

»Dann klär mich auf.«

Die Fledermaus kicherte erneut.

»Tut mir leid, Schönheit. Das musst du ganz alleine herausfinden.«

»Verrätst du mir wenigstens, warum genau du sprechen kannst und wie es möglich ist, dass du schon so lange lebst?«

Jetzt hatte die Fledermaus meine Neugier geweckt.

»Bevor Hine den Halbgott erwischte, verhalf er mir noch zu einem winzigen Schluck von der Unsterblichkeit. Es reicht nicht aus, um mich ewig Leben zu lassen, aber es ist genug, um sehr lange zu leben. Viel länger als ein Menschenleben. Uns Fledermäuse gab es schon immer in Neuseeland und über Tausende von Generationen haben es die Klügsten von uns geschafft zu sprechen, nachdem Hine etwas nachgeholfen hatte. Sie braucht uns Fledermäuse als ihre Augen und Ohren in der gesamten Unterwelt.«

Von diesen ganzen Informationen schwirrte mir bereits der Kopf, doch ich saugte jedes Detail wie ein Schwamm auf. Alles konnte hier lebenswichtig sein.

Schließlich stieg ich langsam vom Bett auf und Pango hüpfte mir hinterher. Syth hingegen spreizte die Flügel und flog von meiner Schulter.

»Wenn du mich brauchst, ruf einfach. Ich mach so lange ein Nickerchen und du kannst dich in der Zeit fertig machen.« Ein Gähnen unterstrich seine

Worte. Jetzt hing er kopfüber an einem Deckenbalken und verdeckte die Augen mit seinen Flügeln.

Er war schon wirklich ein seltsames Kerlchen.

Mit nackten Füßen schritt ich über den Holzdielenboden, während mein gefiederter Begleiter die ganze Zeit an meiner Seite blieb. Ich betrat das Bad und drehte die Wasserhähne an der Badewanne auf. Auf einem hölzernen Tischchen standen kleine Flaschen. Ich öffnete eine von ihnen und roch vorsichtig daran. Der Vanilleduft kitzelte in meiner Nase. Vorsichtig roch ich an den weiteren Fläschchen, wovon mich eins an Daxton erinnerte. Schließlich entschied ich mich für das Fläschchen mit dem Vanilleextrakt und gab ein paar Tropfen davon ins Bad.

Während die Wanne volllief, betrachtete ich das Wasser und musste unweigerlich an den Rochen denken. Dieses Gefühl, als der Stachel mich durchbohrte. Ich dachte in diesem Moment, dass alles vorbei wäre. Mit den Fingern umfasste ich den Rand der Wanne, um Halt zu finden. Meine Atmung ging immer schneller, sodass mir bald schwindelig wurde, während ich nicht aufhören konnte, in den Abgrund des Wassers zu schauen. Ein vertrautes Picken riss mich aus diesem Strudel und lenkte meinen Blick auf Pango.

Er schmiegte sich an mein Bein. Langsam nahm ich ihn hoch und drückte ihn sacht an die Brust, während Tränen an meinen Wangen herunterliefen. Mein Körper bebte vor Anspannung, doch Pango blieb ganz ruhig. Schließlich gelang es mir, mich langsam zu beruhigen.

»Danke, dass du für mich da bist«, sagte ich und gab dem Kiwi einen Kuss auf den Kopf.

Dann ließ ich ihn sanft hinunter und zog den Slip samt BH aus. Vorsichtig stieg ich in das warme Badewasser, das nur meine Beine bedeckte, damit kein Wasser aus Versehen an die Wunde gelangen konnte. Ich genoss das Gefühl der Wärme um mich herum und erst da wurde mir bewusst, wie sehr ich gefroren hatte, trotz der Temperaturen, die hier herrschten.

Ich spürte Pangos Blick auf mir und wandte mich ihm zu.

»Es wäre super praktisch, wenn du reden könntest. Vielleicht sollte Syth versuchen, es dir beizubringen.«

Als ich den Namen der kleinen Fledermaus aussprach, schüttelte Pango vehement den Kopf. Schließlich nahm er etwas Anlauf und hüpfte auf den Rand der Badewanne.

»Ich würde dich ja in die Wanne einladen, aber Kiwis können leider nicht schwimmen.«

Behutsam strich ich mit den Fingern über sein Gefieder. Meine Gedanken wanderten nun doch zu Daxton. Immer wieder sagte ich mir, dass er nur nett war, weil ich die einzige Chance für ihn war, diesen Ort verlassen zu können. Dennoch gab es Momente, in denen ich das Gefühl hatte, ich würde ihm mehr bedeuten.

Mich beschlich die Angst, dass ich mich in etwas verrannte, das es gar nicht gab. Eine Verbindung, die nur in meinem Kopf existierte.

Ich seufzte auf.

»Du musst dich langsam beeilen. Einer von Hines Bediensteten ist hier, um dich abzuholen.«

Vor Schreck über Syths Worte zuckte ich zusammen und erwischte mit dem Arm Pango. Der Kiwi verlor an der rutschigen Oberfläche den Halt und fiel mit einem Kreischen ins Wasser.

Sofort war ich bei ihm und zog ihn aus der Wanne.

»Es tut mir so leid«, sagte ich immer wieder.

»Was ist denn da drin los?«, fragte Syth aufgeschreckt.

»Pango ist ins Wasser gefallen«, rief ich mit Schrecken in den Knochen.

Das Lachen der Fledermaus war durch das Holz der Badezimmertür lautstark zu hören.

»Na, wenn's weiter nichts ist. Der hat doch gestunken wie ein altes Maultier und hatte ein Bad dringend nötig.«

Während Pango sich immer noch das Wasser aus dem Gefieder schüttelte, stieg ich aus der Wanne und schlang mir ein dunkelgraues Handtuch um den Körper. Dann griff ich ein kleines und tupfte behutsam den Kiwi ab. Wenn ich es nicht besser gewusst hätte, dann hätte ich schwören können, dass mich die kleinen Knopfaugen anklagend ansahen.

»Es war ein Versehen«, betonte ich immer wieder.

Zum Abschluss schüttelte er sich noch einmal und seine Federn standen in alle Richtungen ab. Er erinnerte mich jetzt an ein wandelndes Federkissen und ich unterdrückte einen Lacher.

Ich öffnete die Tür einen Spalt breit, sodass Pango wieder zum Bett gehen konnte. Jeder seine Schritte wurde von Syths Kichern begleitet. In diesem Leben würden die beiden mit Sicherheit keine Freunde mehr werden.

Rasch trocknete ich mir die Haare und den restlichen Körper ab. Ich griff mir die Sachen von der Kommode und schlüpfte hinein. Das Material fühlte sich unglaublich weich auf meiner Haut an.

Ich trug nun eine dunkelblaue Tunika, zusammen mit einer enganliegenden schwarzen Hose. Die noch feuchten Haare band ich mir mit einem ledernen Band fest.

Als ich das Bad verließ, musste ich feststellen, dass Pango nicht länger im angrenzenden Raum war.

»Er musste mal für kleine Kiwis nach draußen«, erklärte Syth, der immer noch von der Decke baumelte.

Bevor ich fragen konnte, wie der Kiwi es geschafft hatte, die Tür zu öffnen, klopfte es an eben dieser.

Syth löste sich von der Decke und ließ sich auf meiner Schulter nieder.

»Ich verstecke mich bei dir, dann kann ich im Zweifelsfall helfen.«

Es kitzelte etwas, als seine kleinen Pfoten über meinen Nacken liefen.

»Du beißt mich aber nicht, oder?« Eigentlich sollte es ein Scherz sein, aber die Befürchtung, dass er seine spitzen Zähne in meine Haut rammte, war nicht von der Hand zu weisen.

»Welche Blutgruppe hast du denn?«

»Ich glaube A positiv«, sagte ich nach anfänglichem Zögern.

»Bäh, diese Blutgruppe ist immer so bitter. Ich bevorzuge die Null, die hat eine leicht süßliche Note.«

Schweigend nahm ich Notiz von den Blutvorlieben der Fledermaus und konnte es kaum glauben, dass an blutsaugenden Minivampiren etwas dran war.

Auf einmal spürte ich ein leichtes Kratzen, als würde jemand mit einer stumpfen Nadel über meine Haut streichen.

»Syth«, rief ich bedrohlich und fasste mit der Hand nach der Fledermaus.

»Ich habe doch nur einen Spaß gemacht. Du und Daxton versteht wirklich keinen Humor.«

»Oder einfach nur nicht deine Art von Humor«, gab ich zu Bedenken.

»Vorsicht Liebes, sonst überdenke ich noch einmal meine Blutvorliebe.«

Ein erneutes Klopfen unterbrach unsere angeregte Diskussion.

»Ich glaube, da wird jemand ungeduldig.«

»Dann lass uns zur zweiten Aufgabe gehen. Du wirst es schaffen, denn ich bin ein Glücksbringer«, versicherte Syth und ich hätte ihm liebend gern geglaubt.

26. KAPITEL

Daxton

Charlie betrat den Saal in den Sachen, die ich für sie herausgesucht hatte. Das Blau der Tunika ließ ihre Augen noch mehr strahlen als sonst, dennoch war ich darauf bedacht, sie nicht allzu lange anzustarren. Immerhin beobachtete Hine jede meiner Bewegungen akribisch.

Stolz reckte sie ihr Kinn nach oben und ich musste mir ein Grinsen verkneifen. Die Göttin der Unterwelt hingegen fand diese Geste alles andere als belustigend. Ihre Finger umfassten die Lehne ihres Thrones derart fest, dass das Weiß der Knöchel hervortrat. Es genügte eine leichte Kopfbewegung und eine der riesigen Fledermäuse, die Charlie flankierten, versuchte sie mit dem Flügel zu schlagen. Doch Charlie wich unbeeindruckt aus. Als ich bemerkte, dass Syth nirgends zu sehen war, zählte ich eins und eins zusammen. Mein alter Freund musste sich irgendwo an Charlie verstecken und ihr Hinweise geben. So konnte er sie auch rechtzeitig warnen. Ziemlich clever.

Sie war jetzt nur wenige Meter vom Thron entfernt. Im Gegensatz zum letzten Mal war der Saal nicht mit den Einwohnern von Rarohenga gefüllt. Es waren nur wenige Auserwählte hierzu eingeladen. Wahrscheinlich wollte Hine verbergen, dass Charlie die erste Aufgabe bereits gelöst hatte.

Ich stand links des Throns, denn sie hatte darauf bestanden, dass ich in ihrer Nähe blieb.

Als Charlies Blick zwischen mir und der Göttin hin und her ging, wusste ich, worauf meine Position eigentlich abzielen sollte. Hine wollte sie ganz klar verunsichern und ich war ein Teil der Show. Dieses Spiel konnte man jedoch auch zu zweit spielen.

In einer fließenden Bewegung erhob sich die Göttin der Unterwelt. Heute war sie ganz in Schwarz gehüllt und trug ein derart tief ausgeschnittenes

Oberteil, dass ihre Brüste für wirklich niemanden zu übersehen waren. Ich kannte all die Geschichten über ihr Verlangen und wusste, dass sie sich jeden Abend mit jemand anderem vergnügte. Solange sie mich in Ruhe ließ, waren mir ihre Vorlieben jedoch egal. Je mehr Zeit ich mit Charlie verbrachte, desto bewusster wurde ich mir über Hines dunkle Seiten. Die stetig wachsende Einsamkeit, der sie nur in diesen Nächten entfliehen konnte. Die Gier nach mehr Macht und Einfluss, die sie irgendwann gänzlich aufzehren würde. Jetzt erwischte ich mich dabei, wie ich Mitleid mit ihr empfand. Das war gruselig.

»Mir ist zu Ohren gekommen, dass du die erste Aufgabe bewältigt hast. Herzlichen Glückwunsch«, Hines Stimme hallte im ganzen Saal wider. Charlie hingegen war stehen geblieben und wartete die nächsten Schritte der Göttin ab.

»Hat dir Hawaiki gefallen? Hast du dir so das Paradies vorgestellt?«

»Nicht genug, um dort zu bleiben«, erwiderte Charlie.

»Wie schade.«

Hines Lächeln entblößte ihre weißen Zähne, die mich an einen Wolf erinnerten.

»Nun, mir ist zu Ohren gekommen, dass es leider einen Unfall mit einem meiner Rochen gab. Das tut mir schrecklich leid. Sie sind sonst so sanftmütige Tiere. Du musst sie wohl mit irgendetwas verschreckt haben.«

Charlie ballte ihre Hände zu Fäusten. Hine hatte sie genau da, wo sie sie haben wollte. Voller Zorn und blind für den eigentlichen Plan.

Eine Dienerin kam auf Hines Handbewegung hin mit schnellen Schritten herbei. Sie trug ein silbernes Tablett mit zwei Gläsern darauf, die eine bräunliche Flüssigkeit enthielten.

Die Göttin nahm eines der Gläser und reichte es Charlie. Die griff jedoch nicht danach.

»Es ist nicht vergiftet«, versicherte Hine, doch Charlie rührte sich nicht.

Da die Göttin mir jetzt den Rücken zugedreht hatte und direkt vor Charlie stand, konnte ich nicht sehen, was zwischen den beiden vor sich ging.

Dann hörte ich, wie ein Glas zu Boden fiel. Eine Sekunde später hatte Hine

Charlie mit einer Ohrfeige zu Boden befördert. Meine Instinkte schlugen Alarm und ich wollte gerade an ihre Seite rennen, als ich den Blick bemerkte, den mir Hine zuwarf. Sie wollte meine Reaktion testen.

Beinahe wäre ich blindlings in die Falle gelaufen und sie hätte mit Sicherheit gewusst, was Charlie bei mir verursachte. Also blieb ich ungerührt stehen und bemühte mich um einen gleichgültigen Blick, während Charlie taumelnd aufstand und sich ihre Wange bereits tiefrot verfärbte. Sie spuckte Blut vor die Füße der Göttin.

Das würde Hine mir büßen, schwor ich.

»Ich vergesse immer, wie zerbrechlich Menschen sind. Nun denn, ich werde mich nicht noch einmal von meiner freundlichen Seite zeigen. Kommen wir jetzt einfach zu deiner zweiten Aufgabe.«

Hine klatschte in die Hände. Daraufhin wischte eine Bedienstete Charlies Blut vom Boden und hob alle Scherben auf. In der Zwischenzeit kamen Wachen herein, denen einige schimmernde Gestalten folgten. Die Seelen von Verstorbenen, die Hine vorgeführt werden sollten, um über ihre Zukunft zu entscheiden.

Neben dem Thron der Göttin wurde ein Stuhl platziert und die Verstorben nahmen der Reihe nach Aufstellung davor. Noch nie zuvor war ich Zeuge dieser Prozedur geworden und die Tatsache, dass sich das jetzt ändern sollte, verunsicherte mich.

Die Göttin griff nach Charlies Hand, zerrte sie förmlich die Treppe hinauf und drückte sie auf den Stuhl neben sich.

»Sieh zu und lerne«, fauchte sie.

Nikau kam herbei und reicht der Göttin einen silbernen Spiegel. Er hatte mich vorgewarnt, dass Hine etwas plante, aber er wusste nicht genau, was es war. Es gab nur Gerüchte und Flüstern hinter vorgehaltener Hand.

Ich schaute auf den Spiegel in ihrer Hand. Was hatte sie damit vor? Statt einer silbernen Oberfläche war dort nur endlose Schwärze.

»Dieser Spiegel ist ebenso alt wie ich«, sinnierte Hine und strich beinahe zärtlich über das Material.

»Hat er auch so viele Sprünge wie du?«, unterbrach Charlie sie und ich biss mir auf die Lippe, um nicht loszuprusten. Dieser Humor war wirklich nicht tot zu kriegen.

Hine atmete einmal tief ein und aus, bevor sie weitersprach.

»Er offenbart das Leben von jedem, wenn man in der Lage dazu ist, die Bilder richtig zu deuten. Die Flüssigkeit, die ich dir reichen wollte, war dazu bestimmt, dir diese Fähigkeit zu geben. Da du sie nicht freiwillig nimmst, muss ich leider zu unangenehmeren Methoden greifen.«

Nikau umfasste Charlies Kopf und drückte derart fest gegen ihren Kiefer, dass ihr Mund sich einen Spalt breit öffnete. Sie wehrte sich mit den Händen, konnte aber nicht verhindern, dass er ihr die bräunliche Flüssigkeit in den Rachen goss. Ich wusste, dass er seinen Befehlen folgen musste, aber dennoch würde er sich dazu später etwas anhören müssen.

Als er fertig war, hustete sie und versuchte alles wieder herauszuwürgen. Doch es war zu spät. Was auch immer darin enthalten war, durchzog jetzt ihren Körper.

Sie wollte sich voller Inbrunst auf Hine stürzen, doch dieses Mal ging ich dazwischen.

Ich hielt Charlie so fest, dass sie mit den Händen nicht länger nach mir schlagen konnte.

»Sieh mich an«, raunte ich ihr zu.

Sie versuchte nach mir zu treten. Ein hoffnungsloses Unterfangen, aber ihre Willensstärke konnte ich nur bewundern. Endlich richtete sie den Blick auf mich. Ich beugte mich zu ihr vor, sodass meine Lippen ihre Wange streiften.

»Verschwende deine Kraft nicht an sie«, raunte ich ihr zu.

Schließlich löste ich den Griff um ihre Arme. Sie starrte mich noch einen Moment mit geweiteten Augen an, als wäre ihr plötzlich etwas klar geworden, was für mich nicht sichtbar war.

»Nun, nachdem wir das Schauspiel allesamt genossen haben, wird es Zeit, mit der Arbeit zu beginnen.«

Hine schwang den Spiegel und hielt ihn vor die erste Seele, die vor sie getreten war. Es war eine ältere Frau, deren Gesicht von Falten und

Altersflecken gezeichnet war. Ihre Haare hatten den vertrauten Grauton, den man bei vielen Verstorbenen sah. Schweigsam betrachtete die Dame das Schauspiel und hielt still, als der Spiegel einen Blick in ihr Leben zeigte.

»Whakakite i a koe«, ertönte Hines Stimme und ihre Worte hallten von den Wänden wider wie ein nie enden wollendes Echo.

Für mich waren es nur verschwommene Bilder, aber ich war mir sicher, dass Charlie mehr sehen konnte, denn sie starrte gebannt in den Spiegel. Die Vorstellung dauerte nur wenige Herzschläge, dann verdunkelte sich der Spiegel erneut.

»Herzlichen Glückwunsch, du darfst nach Hawaiki reisen«, fällte Hine ihr Urteil. Die Frau nickte nur und wurde von einer Wache hinausbegleitet.

Dann erhob sich die Göttin und zeigte mit der ausgestreckten Hand auf ihren Thron.

»So, Menschenkind, jetzt bist du an der Reihe. Deine nächste Aufgabe wird es sein, über all die Seelen hier ein Urteil zu fällen.«

»Aber woher soll ich wissen, wer es verdient, nach Hawaiki zu gehen und wer nicht?«, fragte Charlie.

»Was hast du gespürt, als du die Bilder der Frau im Spiegel gesehen hast?«, fragte Hine stattdessen und betrachtete genau Charlies Gesicht.

»Das ist schwer zu beschreiben. Es fühlte sich an, als würde man einen geliebten Menschen ansehen und die Wärme, die man für diesen empfindet, breitet sich aus wie eine Welle, die man nicht aufhalten kann«, erwiderte Charlie zögerlich.

»Eine weniger blumige Ausdrucksweise hätte mir auch als Antwort genügt. Du hast aber die Kernessenz erfasst. Wer gut ist, erzeugt in deinem Herzen Wärme. Die Bilder dienen dazu, dir bei der Entscheidung zu helfen. Sei aber gewarnt, dass sich unter den Verstorbenen nicht nur alte Menschen befinden, die nach einem langen, glücklichen Leben friedlich eingeschlafen sind. Ebenso sind Mörder, Diebe, Schläger unter den Seelen zu finden. Es kann einen um den Verstand bringen, diese grausamen Taten mit ansehen zu müssen.«

Irgendetwas sagte mir, dass die Göttin noch etwas anderes für Charlie in der Hinterhand hatte.

»Ich bin mir sicher, dass es für dich ein Kinderspiel ist.«

»In der Tat, aber ich schätze, du bist zartbesaiteter. Also frage ich dich jetzt, ob du diese zweite Aufgabe antreten willst?«

Charlie warf erst mir und dann der scheinbar endlosen Schlange an Seelen einen Blick zu.

Schließlich nickte sie und setzte sich anschließend auf Hines Thron.

Die Göttin reichte ihr mit einem Lächeln den Spiegel und damit begann die zweite Aufgabe.

27. KAPITEL

Charlotte

Als Nächstes trat ein Mann im mittleren Alter vor mich. Er trug einen dunkelblauen Anzug, hatte dichtes dunkles Haar und einen Schnurbart.

Er öffnete den Mund, zweifellos um etwas zu sagen, aber Hine bewegte ihre Hand und kein Ton kam heraus.

»Es ist dir doch recht, wenn wir uns nicht mit dem belanglosen Geschwafel eines Verstorbenen befassen, oder, Menschenkind?«

Obwohl sie mir eine Frage stellte, wusste ich, dass ich keinerlei Entscheidungsgewalt über ihre Magie hatte. Also schwieg ich und umfasste den Spiegel fester, der mir auf einmal unheimlich schwer vorkam.

Es war unwirklich, das Leben eines Menschen anhand eines Spiegels beurteilen zu wollen. Was konnten ein paar Bilder und ein Gefühl wirklich über ein ganzes Leben aussagen? Aber ich hatte keine Wahl, also versuchte ich diese Aufgabe zu meistern.

Ich hatte mir die Worte der Göttin gut eingeprägt, auch wenn mir ihre Bedeutung fremd war. Und so sprach ich: »Whakakite i a koe.« Syth hatte mir erklärt, dass diese Worte aus der Maori-Sprache stammen und so viel wie »offenbare dich« bedeuten.

Augenblicklich zeigte sich eine Abfolge von Bildern, die aus dem Leben des Mannes stammten. Ich sah ihn als kleinen Jungen, der schrecklich weinte, als er beim Fahrradfahren hingefallen war. Dann gingen die Bilder weiter zu seiner Hochzeit. Ich sah, wie er seinen eigenen Kindern einen Gute-Nacht-Kuss gab. Schließlich stieg die vertraute Wärme in mir auf, bis ich mir sicher war, dass dieser Mann gut war.

»Herzlichen Glückwunsch, dich erwartet eine Ewigkeit in Hawaiki«, verkündete ich.

Diese Aufgabe schien einfacher zu sein, als ich bisher annahm. Aber ich war mir sicher, dass ich den Umfang von Hines Aufgabe noch lange nicht erkannt hatte. Mit Sicherheit hielt sie eine Überraschung für mich parat.

Die Göttin hatte indes den Platz neben mir eingenommen und unterhielt sich angeregt mit Daxton, der bei ihren Worten anfing aufgesetzt zu lachen. Zumindest kam es mir so vor.

Keine Ahnung warum, aber dieses Geplänkel zwischen den beiden missfiel mir. Ich schrieb es der Tatsache zu, dass ich hier über das Schicksal von Verstorbenen entscheiden sollte, während sie sich vermutlich über ihre rosarote Zukunft unterhielten.

Meine Gedanken schweiften immer wieder zu all unseren gemeinsamen Momenten und der Gefühlsachterbahn, die er in mir ausgelöst hatte.

»Ich möchte hier nicht den ganzen Tag verbringen, also könntest du dich etwas beeilen?«, sagte Hine, als sie bemerkte, dass ich die zwei unverhohlen angestarrt hatte.

Ohne auf ihre Frage einzugehen, wandte ich mich der nächsten Seele zu.

Eine Frau, die nicht viel älter als ich selbst sein konnte. Der Blick ihrer braunen Augen ging zu mir und dann zu dem Spiegel in meiner Hand. Sie trug noch ein Krankenhaushemd, daher nahm ich an, dass sie im Krankenhaus verstorben war.

Erneute hielt ich den Spiegel vor sie und sprach die Worte:

»Whakakite i a koe.«

Dass es dieses Mal anders war, spürte ich sofort. Obwohl die Bilder ein glücklich verliebtes Pärchen zeigten, konnte ich nur Kälte und Hass fühlen. Mit jeder Bildabfolge wurden diese Emotionen verstärkt und dann erkannte ich die Ursache. Ihr Mann hatte sie betrogen und daraufhin hat sie sich an ihm gerächt. Auf eine unwiederbringliche Weise. Nur ein Wort dachte ich, als die Bilder vorbei waren, und ich entließ es laut in den Saal: »Mörderin.«

Nur ein Wort, aber die Last, die auf diesen acht Buchstaben lag, war erdrückend. Ihre geweiteten Augen sprachen Bände, dennoch war ich mir sicher, dass sie wusste, welches Urteil sie hier erwarten würde.

Hine klatschte erfreut in die Hände.

»Schafft sie weg«, befahl die Göttin den Wachen.

»Nein«, ging ich dazwischen.

»Du hast es doch selbst gesagt, sie ist eine Mörderin und verdient keinen Platz im Paradies.«

Hine beugte sich in ihrem Stuhl nach vorne und wartete auf meine Antwort.

»Aber sie hat aus einem Impuls heraus gehandelt.«

»Und das macht ihre Tat weniger schwerwiegend?« Hine hob verwundert eine Augenbraue, während der ganze Saal schweigsam unserer Unterhaltung lauschte.

»Das habe ich nicht gesagt, aber ihr Leben besteht aus mehr als nur dieser einen Tat. Sie hat vorher viele gute Dinge getan. Der Schmerz hat sie blind gemacht«, versuchte ich die Seele zu verteidigen.

»Ich glaube, du hast nicht ganz verstanden, worum es hier geht. Bei diesem Urteil gibt es keine Grauzone. Hier existiert nur Schwarz und Weiß. Zudem haben wir hier nicht den gesamten Tag Zeit, um das Für und Wider abzuwägen. Triff eine Entscheidung und leb damit.«

Hines Worte wurden immer fordernder.

»Das ist nicht richtig«, beharrte ich.

»Was richtig und was falsch ist, entscheide immer noch ich. Wenn du dich weigerst, dann gilt die Prüfung als nicht bestanden. So oder so wird diese Seele keinen Fuß auf die Insel setzen.« Die Göttin genoss ihre Machtposition in vollen Zügen.

Das hier war nicht fair. Es war kein gerechtes Urteil. Ich schluckte schwer und kämpfte gegen all meine Vorstellungen von Moral an, bis ich mich schließlich dazu zwang zu sprechen.

»Bringt sie weg.« Meine Worte waren nur ein Flüstern, aber Hine lehnte sich zufrieden in ihrem Stuhl zurück und die Wachen folgten meiner Anweisung. Das war der Moment, in dem etwas in mir zerbrach. Etwas, das nie wieder ganz sein würde. Das Bild dieser Frau würde mich auf ewig verfolgen. Ihre vor Schreck geweiteten Augen. Zum ersten Mal war ich dankbar dafür, dass man die Stimmen nicht hören konnte, sonst wären die Tränen, die ich mühsam zurückhielt, in Strömen geflossen.

Wie sollte ich nur jemals mit dieser Schuld weiterleben? Ich hatte sie dazu verdammt, hier zu sein, obwohl ich nur einen Bruchteil ihres Lebens kannte.

Hine gönnte mir keine Pause, um die Situation zu verdauen. Eine weitere Seele folgte und ich nahm erneut den Spiegel, dessen Gewicht von Mal zu Mal schwerer wurde.

Nach meinem Zeitempfinden vergingen Stunden, doch dann war ich endlich bei der letzten Seele angekommen, die sich glücklicherweise nur als eine friedliebende Frau herausstellte. Ich würde es niemals zugeben, aber diese Urteilsfällungen hatten an mir gezehrt. Jeder von diesen Menschen hatte eine gute und eine schlechte Seite, ebenso wie ich. Doch ihre Taten waren nichts im Vergleich zu meinem Verhalten. Ich setzte mich über meine eigene Vorstellung von Moral und Recht hinweg, um zu überleben. Das machte mich zu dem größten Monster von allen. Die Erschöpfung ließ mich kaum die Augen offenhalten, geschweige denn noch klar denken. Aber ich würde vermutlich nie wieder schlafen können. Vollkommen egal, wie wenig Kraft ich noch besaß, ich wollte nicht einschlafen. Sobald ich die Augen schloss, sah ich jeden einzelnen von ihnen. Ihre Verzweiflung und Angst in dem Augenblick, in dem ich das Urteil fällte, waren auf mich über gegangen. Ich würde nie wieder Ruhe finden.

Mein Körper zitterte, als ich mich vom Thron erhob.

»Wir sind noch nicht fertig. Zwei Seelen warten noch auf dich.«

Die Fröhlichkeit in Hines Stimme war mir zuwider und sollte ich jemals die Möglichkeit haben, mich für all das hier an ihr zu rächen, würde ich nicht zögern. Keine Sekunde.

Ein Fingerschnippen genügte und eine der beiden Seelen betrat den Saal. Es war eine junge Frau, die zögerlich vortrat. Immer wieder warf sie den riesigen Fledermäusen, die sie flankierten, einen ängstlichen Blick zu. Als sie nach vorne schaute und ihr Blick auf Daxton fiel, blieb sie wie angewurzelt stehen.

Die Fledermäuse grunzten sie an, aber sie rührte sich nicht vom Fleck. Ich hatte keine Ahnung warum, aber es wirkte auf mich so, als würde sie Daxton kennen. Dieser war auffällig ruhig geworden und als ich ihn aus dem Augenwinkel betrachtete, fiel mir auf, dass er die junge Frau ebenso unverhohlen anstarrte wie sie ihn. Allerdings zeigte sich auf seinem Gesicht keinerlei Gefühlsregung.

»Ach herrje, ich hatte das kleine Mäuschen ja ganz vergessen. Na ja, so sieht man sich wieder.«

Ich konnte sehen, wie die Göttin ihre Hand bewegte und auf einmal war das Schluchzen der jungen Frau zu hören.

»Ihr habt mir das angetan«, rief sie schließlich, während die Tränen unaufhörlich über ihr Gesicht rannen.

»Was haben sie dir angetan?«, fragte ich, ohne nachzudenken. Endlich sah sie mich an.

»Daxton hat mich in diese schreckliche Höhle gebracht und dann ist sie aufgetaucht.« Die Frau deutete mit ihrem ausgestreckten Finger auf Hine. »Sie hat mir Schmerzen zugefügt und dann etwas von einer Aufgabe erzählt. Ich hatte keine Wahl, also stimmte ich zu. Dann war da dieses riesige Meer mit den Rochen und sie haben das Waka zum Kentern gebracht. An mehr erinnere ich mich nicht. Seitdem irre ich in dieser Hölle umher.«

Erneut schluchzte die Frau auf.

Ich kannte dieses Gefühl der Hilflosigkeit und Verzweiflung, die einen nicht mehr klar denken ließen. Tiefes Bedauern über ihren Verlust breitete sich in mir aus. Als ich ihre Worte noch einmal durchging, fiel mir etwas auf, was ich zuvor vollkommen außer Acht gelassen hatte.

»Meintest du gerade, Daxton hätte dich hierhergeführt?«

Ich deutete auf den Mann mit den schwarzen Haaren, den ich selten so ruhig wie in diesem Moment erlebt hatte.

»Ja, ich dachte, wir seien ineinander verliebt, aber er hat mich nur benutzt und jetzt bin ich hier. Meine Eltern suchen bestimmt immer noch nach mir und wissen nicht, was mir zugestoßen ist.«

Sie vergrub ihr Gesicht in den Händen.

Mir wurde heiß und kalt zugleich, dann kam die Übelkeit. Der Mann, dem ich vertraut hatte. Den ich so nahe an mich herangelassen hatte, dass mein Herz sich jedes Mal bei seinem Anblick schmerzhaft zusammenzog, hatte diese unschuldige Frau hierhergebracht. Ich sprang vom Thron auf und übergab mich auf die obersten Stufen. Es befand sich nicht viel in meinem Magen, aber ich konnte nicht aufhören, alles herauszulassen. Ich wollte nichts mehr fühlen. Keinen Schmerz, keine Traurigkeit. Es sollte einfach nur vorbei sein. Nachdem die Wogen der Übelkeit langsam verebbten, wischte ich mir mit dem Ärmel der Tunika den Mund ab. Es war mir egal, ob ich nach meinem eigenen Erbrochenem stank. Das spielte keine Rolle.

Hine schnippte wortlos mit den Fingern und eine Dienerin machte sich daran, alles aufzuwischen. Ich wollte ihr den Lappen aus der Hand reißen und es selbst tun, aber die Göttin hielt mich zurück.

»Du hast genug Zeit mit deinem Auftritt verschwendet. Mach weiter«, forderte sie.

Ich ballte die Hände zu Fäusten und baute mich mit letzter Kraft vor der Göttin auf.

»Nein!«, sagte ich bestimmt.

Hine starrte mich ungerührt an.

»Setz dich hin, nimm den Spiegel und sprich die Worte.«

Ein stechender Schmerz setzte bei ihren Worten ein und ich schrie auf. Sie verwendete ihre Kraft gegen mich.

»Ich sagte, setz dich hin!« Ihre Stimme hallte von den Wänden des Saals wider.

»Nein!«, wiederholte ich. Doch bald schon würde ich mich nicht mehr auf den Beinen halten können.

Plötzlich stellte sich Daxton vor mich und schirmte mich mit seinem Rücken gegen Hine ab.

»Vieleicht wäre es besser, ihr eine Pause zu gönnen«, sprach er.

Hines Magie ließ mich schwer atmen. Jeder Teil meines Körpers schmerzte unerträglich und es wurde immer schlimmer.

»Warum sollte ich? Ich könnte doch einfach die Prüfung hier und jetzt als beendet erklären.«

»Wie du schon sagst, ist sie nur ein schwacher Mensch und es wäre doch kein fairer Wettkampf, wenn du einen Vorteil hättest«, wandte Daxton ein.

»Wie ich bereits sagte, was fair ist und was nicht, entscheide ich selbst, Halbgott«, zischte sie, aber ihre Magie ließ endlich von mir ab. Erschöpft wäre ich beinahe zu Boden gefallen, aber Daxton fing mich noch rechtzeitig auf.

»Du lernst es einfach nicht. Ich will nicht von dir berührt werden.« Meine Stimme war nur noch ein kraftloses Flüstern, aber sobald ich wieder sicheren Halt hatte, ließ er mich los.

»Also schön. Ich gebe ihr zwei Tage Zeit, um sich zu erholen. Es soll schließlich nicht heißen, ich hätte Angst vor einem fairen Wettkampf. Dann werde ich mich um die verbliebenen Seelen kümmern und sie macht dann in zwei Tagen weiter.«

Langsam glitt mein Blick zu der Seele der jungen Frau zurück, die immer noch ängstlich die gesamte Szene betrachtete. Sie musste sich schrecklich fühlen und Hine würde sich mit Sicherheit einen Spaß daraus machen und sie noch länger quälen. Das konnte ich nicht zulassen.

»Ich mache weiter«, sagte ich und setzte mich langsam auf den Thron.

»Du solltest dich wirklich ausruhen«, sagte Daxton und sah mich mit sorgenvollem Gesicht an.

»Tu nicht so, als würde dir etwas an mir liegen. Das haben wir doch hinter uns.«

Er öffnete den Mund, um etwas zu sagen, nickte aber nur und zog sich dann wieder zurück. Ich hoffe, dass ich ihn nie wieder sehen musste, wenn das alles hier vorbei war.

»Komm bitte zu mir«, forderte ich die Frau auf, die das ganze Spektakel stumm verfolgt hatte, doch sie blieb, wo sie war.

»Er wird dir nichts tun«, versprach ich, obwohl ich keine Ahnung hatte, wie ich das Versprechen halten sollte.

Zögerlich kam sie näher und ich nickte ihr aufmunternd zu.

»Wie heißt du?« Eine Frage, die ich zuvor keiner der Seelen gestellt hatte.

»Romy.«

»Okay, Romy, ich werde jetzt diesen Spiegel vor dich halten und dann ein paar Worte sprechen. Es wird nicht weh tun und ich bin mir sicher, dass alles gut gehen wird«, versuchte ich sie zu beruhigen.

Sie nickte. Ich versuchte, Daxton und Hine auszublenden, denn dieser Moment galt ganz Romy.

»Whakakite i a koe«, sprach ich und der Spiegel reagierte augenblicklich auf meine Worte.

Die Bilder zeigten ein kleines Mädchen mit schulterlangen Zöpfen, das von seiner Mutter auf der Schaukel angeschubst wurde. Dann wechselten sie zu einer jungen Frau, die eine Freundin tröstete, aber in anderen Momenten ihre Mitschüler schikanierte. Schließlich sah ich Romy, wie sie mit einem verliebten Blick Daxton küsste. Er flüsterte ihr etwas ins Ohr und sie begann zu lachen.

Obwohl mir die Bilder einen erneuten Stich versetzten, konnte ich doch die Wärme spüren, die von Romy ausging. Sie war ein guter Mensch, der niemandem jemals etwas schlimmes angetan hatte. Das alles hier hatte sie nicht verdient.

Ich legte den Spiegel beiseite.

»Herzlichen Glückwunsch, du kannst nach Hawaiki«, verkündete ich und rang mir ein Lächeln ab. Sie würde dort gut aufgenommen werden und niemand könnte ihr dann jemals wieder Schmerzen zufügen. Nicht einmal Daxton. Dass er sie hierhergebracht hatte, war wohl das Niederträchtigste, was man einem anderen Menschen antun konnte.

»Danke schön«, sagte Romy zu mir und ging dann mit den Wachen mit, zu denen sie immer noch einen Abstand hielt.

Ich hatte nicht vergessen, dass noch eine Seele auf mich wartete, aber nach all den jetzigen Erkenntnissen, konnte es gar nicht mehr schlimmer kommen.

Jeder Augenblick, den ich hier verbrachte, würde mich bis an mein Lebensende in meinen Alpträumen verfolgen, dessen war ich mir sicher.

Ein allerletztes Mal schnippte die Göttin. Ich rechnete mit allem, dennoch war ich nicht auf denjenigen vorbereitet, der jetzt den Saal betrat.

Ein Zittern ging durch meinen Körper, als mein Blick auf den Mann fiel, der jetzt den Saal betrat. Ebenso wie die anderen wurde auch er von den überdimensionalen Fledermäusen flankiert, die ihn missgünstig angrunzten.

Bei unserer ersten Begegnung hatte ich ihn noch für einen blasierten Idioten gehalten, aber inzwischen war er einer meiner besten Freunde geworden.

28. KAPITEL

Charlotte

Theo.

»Nein«, hauchte ich. »Das ist nicht wahr.«

Ich erhob mich vom Thron und rannte die Stufen zu ihm hinunter. Als sein Blick auf mich fiel, erhellten sich seine Züge.

»Endlich habe ich dich gefunden.« Ein strahlendes Lächeln überzog sein Gesicht.

»Was ist mit dir passiert?«, fragte ich und biss mir auf die Lippe, um ihn nicht mit meinen Tränen vom Reden abzuhalten.

»Als es dunkel wurde und du nicht mehr zurückgekommen bist, haben wir uns alle Sorgen gemacht. Ich bin in den Wald gelaufen, weil ich wusste, dass du dort nach Pango suchst. Mit einer Taschenlampe habe ich den Wald in der Nacht abgesucht und immer wieder deinen Namen gerufen. Niemand hat mir geantwortet. Schließlich habe ich eine Höhle gefunden und ging hinein, weil ich dachte, dass du dich zum Schutz vor der Nacht dort versteckt hattest. Ich habe mir schreckliche Vorwürfe gemacht, weil du ohne mich nicht in den Wald gelaufen wärst. Ich hätte dich nicht alleine lassen sollen. Es tut mir so leid.«

Jetzt sammelten sich Tränen in seinen Augen.

»Dir muss gar nichts leidtun«, versicherte ich ihm immer wieder und machte mir selbst die größten Vorwürfe.

»Aber wie kommt es, dass du hier bist?«

»Ich erinnere mich nur noch daran, dass ich in der Höhle nach dir gesucht habe. Irgendwann ist das Licht der Taschenlampe ausgegangen. Dann war da plötzlich eine Eiseskälte, die mir jegliches Gefühl aus den Gliedern zog. Alles fühlte sich taub an. Noch nie zuvor habe ich eine derartige Kälte gespürt. Schließlich bin ich ziellos in der Dunkelheit umhergeirrt. Ich wollte nur noch weg von diesem schrecklichen Ort. Die Todesangst machte mich vollkommen panisch und ich schrie aus Leibeskräften nach dir oder irgendjemandem, der mich aus dieser verdammten Höhle rausholen konnte. Dann verspürte ich einen Schlag auf den Hinterkopf. Und als ich wieder aufwachte, beugten sich bereits zwei gigantische Fledermäuse über mich und grunzten sich etwas zu. Sie zerrten an mir und brachten mich schließlich hierher«, beendet er seine Erzählung.

Ob er sich irgendwo gestoßen hatte? Mein Verstand sagte mir, dass jemand bei Theos Tod nachgeholfen hatte und ich musste auch nicht lange raten, wer dafür verantwortlich war.

»Du hast das getan.« Ich sah zu Daxton. Ein Teil von mir, wollte das nicht glauben, aber welche andere Erklärung gab es? »Nein«, sagte er entschieden. Für einen winzigen Moment ließ er die Maske der Gleichgültigkeit fallen und ich konnte dahinter Trauer erkennen. Hatten meine Worte ihn verletzt? Das war doch gar nicht möglich.

»Die Zeit der Lüge ist vorbei, gib zu, dass du ihn umgebracht hast!«, schrie ich aus Wut. Jemand war für Theos Tod verantwortlich und diese Gefühle brauchten ein Ventil.

»Ich sage es ein letztes Mal, ich habe ihn nicht getötet.«

Ein kleiner Teil von mir wollte ihm glauben. Doch ich durfte dieser Stimme keinen Raum geben. Nie wieder.

Für Theo änderte sich damit an der Situation sowieso nichts. Er war jetzt hier und ich konnte ihm nicht helfen.

»Du hättest nicht nach mir suchen sollen«, sagte ich schließlich.

»Granny, dachtest du wirklich, ich würde dich alleine im Wald zurücklassen? Mal ehrlich, ohne dich ist es doch langweilig. Niemand da, der meinen scharfsinnigen Humor zu schätzen weiß.«

»Selbst im Tod bist du ein unausstehlicher Trottel«, erwiderte ich mit feuchten Augen und schluchzte auf.

»Also ist das alles hier wirklich wahr?«

Theo ließ die aufgesetzte Maske fallen und zeigte nun offen seinen Schmerz über den Verlust seines viel zu kurzen Lebens.

»Ich fürchte, ja«, bestätigte ich und wünschte, es gäbe etwas, um die Zeit zurückzudrehen und das alles hier ungeschehen zu machen. Allerdings gab es jetzt nur noch eine Sache, die ich für ihn tun konnte.

Obwohl die Göttin der Unterwelt bereits ungeduldig mit dem Fuß auf und ab wippte, ließ ich mich nicht aus der Ruhe bringen, sondern erklärte Theo, wo er sich gerade befand und was als Nächstes passieren würde.

Schließlich holte ich den Spiegel, der neben dem Thron lehnte, und trat vor Theo.

Er sah mich erstaunt an und lauschte den Worten, die ich sprach.

Dann breitete sich Theos Leben wie ein aufgeschlagenes Buch vor mir aus. Seite um Seite blätterte ich darin, bis mir auffiel, dass die vertraute Wärme fehlte. Dann sah ich, was die Ursache dafür war.

Er war auf einer Party mit Freunden und sichtlich angetrunken. Dann setzte er sich hinter das Steuer eines Autos und auf dem Beifahrersitz nahm sein bester Freund Platz. Sie fuhren los. Ich unterdrückte den Impuls, beide durch den Spiegel anzubrüllen, dass sie gefälligst anhalten und sich ein Taxi nehmen sollten. Es würde nichts ändern an dem, was ich gerade sah. Plötzlich erschien ein Reh auf der Fahrbahn. Theo wollte ausweichen und das Auto geriet dabei ins Schleudern. Er verlor die Kontrolle.

Schließlich überschlug sich der Wagen mehrfach und prallte hart gegen einen Baum. Sein bester Freund war augenblicklich tot und Theo blieb schwer verletzt zurück.

Einige Monate nach dem Unfall landete er in Neuseeland, weil er zu Hause von allen als Mörder betitelt wurde.

Ich spürte die Qualen und Vorwürfe, die er sich seit diesem Tag immer noch machte und schämte mich dafür, dass ich nicht schon früher erkannt hatte, welche Last auf seinen Schultern ruhte.

Dann schoss mir noch ein Gedanke durch den Kopf. Theo hatte den Tod eines Menschen zu verantworten und deshalb durfte er nicht ins Paradies. Zumindest nicht, wenn es nach Hines Maßstab ging, der all die Facetten eines Lebens nicht berücksichtigte. Doch ich entschied mich dazu, den Plan zu ändern.

»Herzlichen Glückwunsch. Du kannst nach Hawaiki«, verkündete ich.

Theo lächelte mich an, doch es erreichte nicht seine Augen. Konnte er spüren, dass ich es wusste?

»Einen Moment, Sonnenschein.«

Die Göttin der Unterwelt erhob sich und ging auf uns zu.

»Ist es wirklich das, was dir der Spiegel gezeigt hatte?«

»Ja«, log ich und hielt ihrem Blick stand.

»Hm.« Sie strich sich nachdenklich übers Kinn.

»Ich befürchte, ich muss auch einen Blick hineinwerfen, oder willst du deine Meinung noch einmal ändern?«

Ich wusste, es war zwecklos, ihr Theos Leben zu verheimlichen.

»Er ist ein guter Mensch«, betonte ich erneut.

»Dann spricht ja nichts dagegen, mich einen Blick in den Spiegel werfen zu lassen.«

Sie griff danach, doch ich war schneller.

»Du lässt ihn jetzt nach Hawaiki ziehen oder ich zerschmeiße das Ding auf dem Boden.«

»Dazu würde ich dir nicht raten.«

Als sie einen Blick über meine Schultern warf, wusste ich, dass sich jemand an mich heranschlich. Es war ein Krieger. Ich duckte mich unter seinem Arm hinweg, aber Hine war schneller. Mit einer ruckartigen Bewegung entriss sie mir den Spiegel.

Ich wurde festgehalten.

»Dachtest du wirklich, du könntest dich der Ordnung von Rarohenga und damit auch mir entziehen?«

Die Göttin der Unterwelt trat dicht an mich heran.

»Ich scheiß auf deine Ordnung!«, erwiderte ich.

Ein Lächeln war die Antwort und der Griff um meine Körpermitte verstärkte sich derart, dass ein Schrei aus meiner Kehle entstieg.

»Lasst sie los«, schrie Theo und wollte dazwischen gehen. Allerdings stellte sich ihm Daxton in den Weg.

»Bring die Seele zu den anderen Verbrechern. Er soll die Ewigkeit damit verbringen, ohne Ziel und Hoffnung in der Unterwelt umherzuwandern. Niemand soll mit ihm sprechen, sodass er genug Zeit hat, über seine Taten nachzudenken und daran zu verzweifeln«, verkündete Hine ihr Urteil.

»Dax, bitte, tu das nicht.« Ich schluckte all meinen Stolz herunter und flehte den Halbgott an.

Er sah mir in die Augen und einen Moment lang schöpfte ich Hoffnung, aber dann griff er nach Theo und brachte ihn weg.

Ich wehrte mich gegen den Griff des Soldaten, hatte aber keine Chance, etwas gegen ihn auszurichten.

»Du hast Glück, dass ich gute Laune habe, sonst hätte ich diese Aufgabe jetzt als nicht bestanden gewertet. Aber das, was du machen solltest, nämlich die Essenz der Seelen zu erkennen, hast du geschafft. Also trennt dich nur noch eine Aufgabe von deiner Freiheit.« Hine strich mir übers Haar, als wäre ich ein kleines Kind, das noch viel über die Welt lernen musste.

»In fünf Tagen wird die nächste Prüfung stattfinden, bis dahin kannst du dich ausruhen. Daxton hat recht, es ist kein fairer Wettkampf, wenn du vollkommen erschöpft bist, und ich will doch den Sieg über dein Versagen in vollen Zügen genießen.«

Nach diesen Worten zog der Krieger mich von der Göttin fort, die mir mit einem fröhlichen Lächeln zuwinkte.

Keine einzige Träne lief mehr an meiner Wange entlang. Ich hatte sie alle für Romy und Theo vergossen und ertrank nun selbst in einem Meer aus Schmerz und Hilflosigkeit. Der Weg zu dem Zimmer, in das der Krieger mich bringen sollte, verschwamm zu einer Aneinanderreihung von Bildern, die eine graue Masse bildeten. Alles an mir fühlte sich taub an.

Als er mit mir alleine war und bemerkte, dass ich mich kaum auf den Beinen halten konnte, hob er mich hoch und achtete dabei sehr genau darauf, mir nicht weh zu tun.

Ich ließ alles wortlos geschehen, denn es fehlte mir schlichtweg die Energie, ihm zu sagen, dass ich durchaus alleine laufen konnte, auch wenn wir beide wussten, dass es eine Lüge war.

Also ließ ich mich tragen und verfluchte in Gedanken Daxton. Es war leichter, den Hass auf ihn zu lenken, als mit der Schuld leben zu müssen, Theos Leben auf dem Gewissen zu haben. Ich konnte nicht glauben, dass er Hines Befehl ausgeführt hatte und Theo nun für immer fort war.

Schließlich ließ der Krieger mich vor einer schlichten Tür herunter.

»Hier ist dein Zimmer«, sagte er vollkommen emotionslos. Dann beugte er sich vor und flüsterte mir zu.

»Wenn du irgendetwas brauchst, lass nach mir schicken. Ich habe versprochen, ein Auge auf dich zu haben. Mein Name ist übrigens Nikau. Ich habe dich nach deiner ersten Prüfung in Daxtons Zimmer getragen.«

Dann schloss er die Tür auf, schob mich hinein und zog die Tür hinter mir zu.

Alles ging so schnell, dass ich ihn gar nicht fragen konnte, wer genau veranlasst hat, dass man auf mich aufpassen sollte. Hatte er damit Daxton gemeint? Das konnte nicht sein.

Ich spürte eine Bewegung im Nacken und drehte mich um. Syth flog über mir und landete schließlich auf dem Strohbett. Das war nicht das Zimmer, in dem ich die letzten Tage verbracht hatte. Es war nur spartanisch eingerichtet und statt einer Toilette gab es einen Eimer. Das war mir vollkommen gleichgültig.

»Geht es dir gut?«, fragte die kleine Fledermaus, die alles mit angehört hatte. Ich schüttelte nur den Kopf. Wozu sollte ich jemandem etwas vormachen? Es war albern zu glauben, dass ich nicht an all dem hier zerbrechen würde.

»Wenn ich könnte, würde ich dich jetzt ganz fest in den Arm nehmen«, versicherte mir Syth.

»Ich fürchte, deine Armspanne reicht dafür nicht ganz aus.«

»Lass den Kopf nicht hängen«, versuchte die Fledermaus mich aufzumuntern.

»Wie konnte ich nur so dumm sein und Daxton vertrauen? Ich war dermaßen naiv.«

Ich ging zu Syth und setzte mich neben ihn auf das Stroh. Die einzelnen Halme stachen in meine Haut, aber ich ignorierte das dumpfe Pochen.

»Willst du die Meinung einer alten Fledermaus dazu hören?«

»Nur zu.«

»Die Menschen, denen wir am meisten vertrauen und die wir lieben, sind diejenigen, die das größte Potential haben, uns zu verletzten. Du magst ihn. Wenn du ihn vor diesem ganzen Mist kennengelernt hättest, dann hättest du dich Hals über Kopf in ihn verliebt«, versicherte mir Syth.

»Wie kann man jemanden mögen, der all diese Menschen auf dem Gewissen hat? Wie viele Frauen sind ihm wohl hierher gefolgt? Du hättest mal sehen sollen, mit welcher Gleichgültigkeit er Romy angesehen hat. Als wäre sie ihm egal. Und dann hat er Theo einfach fortgebracht, obwohl es falsch war.«

»Das ist nicht seine Schuld. Hines Zauber bewirkt, dass sein Herz zu Stein geworden ist. Solange er ein Mensch ist, kann er kaum etwas empfinden.«

Etwas an Syths Worten ließ mich aufhorchen.

»Und wenn er ein Kiwi ist?«

Als Daxton mir ganz nahe war, konnte ich die leichte Vanillenote an ihm wahrnehmen. Pango war ins Wasser gefallen und hatte danach denselben Geruch verströmt. Dann fiel mir auf, dass ich die beiden nie zur selben Zeit gesehen hatte.

»Schlaues Kind.« Die Fledermaus zwinkerte mir zu. »Als Kiwi ist sein Herz unversehrt. Das war er, nur eben als Vogel, den man leicht aufziehen kann.«

»Ich habe ihm alles anvertraut. Ich habe mich zu ihm gesetzt und mit ihm geredet und ihm von meinen Ängsten und Hoffnungen erzählt. Und obwohl er all dies wusste, hat er mich trotzdem hergebracht.«

»Er hatte keine Wahl«, setzte sich Syth für seinen alten Freund ein.

»Ich bewundere deine Loyalität, aber die ist hier leider fehl am Platz. Daxton hat nur vor, sich selbst aus der Gefangenschaft zu befreien und dazu ist er bereit, jeden zu opfern.«

Selbst mich, fügte ich in Gedanken hinzu.

»Kennst du die Mythologie von Neuseeland? Also, wie die Insel, motu, entstanden ist?« Unwillkürlich fiel mir wieder der Abend im Wald ein, als Daxton mir von dem Götterpaar erzählte. Bis zu Neuseeland waren wir gar nicht gekommen. »Maui war es. Er allein ist der Wächter über die beiden Inseln und wenn er noch länger an Rarohenga gebunden ist, dann werden die Inseln untergehen. Die Beben, die in letzter Zeit die Inseln erfassen, werden mit jedem Mal stärker und die Abstände werden kürzer. Dieses Land braucht Maui als Schutzgott, sonst wird es bald untergehen.«

»Daxton ist Maui. Also war selbst sein Name eine Lüge«, sagte ich bitter.

»Nun ja, er wollte es dir schon länger sagen. Für die Menschen hier ist Maui eine Legende, daher hat er sich irgendwann einen anderen Namen zugelegt. Es war damit einfacher, sich in der Welt der Sterblichen einzufügen«, erklärte Syth. »Glaubst du immer noch, dass er eine Wahl hatte? Immerhin geht es nicht nur um ihn, sondern auch um Neuseeland«, fragte die Fledermaus und schaute mich eindringlich aus ihren Knopfaugen an.

»Aber was er getan hat …«, begann ich den Satz, wurde aber von Syth unterbrochen.

»… ist unentschuldbar, trotzdem bitte ich dich darum, ihm zu helfen.«

Ich atmete einmal tief ein und aus und versuchte, meine Gedanken zu ordnen. Es war so viel passiert, dass ich gar nicht mehr wusste, was ich glauben sollte.

»Wie soll ich es schaffen, ihm zu helfen, wenn ich nur Schmerz und Tod in ihm sehe?«, fragte ich in die Leere des Raumes hinein.

»Indem du dein Herz öffnest und einen Mann erkennst, der einst alles für die Menschen getan hatte. Der ihnen Leid ersparen wollte und dafür sein eigenes Leben riskierte. Jemanden, der eine verletzte Fledermaus gesund pflegt oder einer Frau mit gebrochenem Herzen hilft, wieder Vertrauen zu fassen.«

»Indem er sie belügt.«

»Nein, er hat sich in der Kiwiform so um dich kümmern können, wie du es verdient hast.«

Ich dachte daran, wie Pango sich an mich gekuschelt und jedes meiner Worte verfolgt hatte. Jedes Mal, wenn ich das Gehege verlassen hatte, ging es mir besser, weil ich mich einem Tier hatte anvertrauen können.

Syth seufzte. »Es ist egal, was ich dir sage. Du musst auf dein Herz hören, denn nur das ist der richtige Weg. Du darfst mir aber ruhig glauben, wenn ich dir sage, dass ich froh darüber wäre, wenn du diesen Irrsinn überstehst. Maui wieder zur alten Größe zu verhelfen wäre quasi das Sahnehäubchen auf der Erfolgstorte«, beendete die Fledermaus ihre Argumentation.

»Genug der Diskussion. Das alles wird mir nicht dabei helfen, hier herauszukommen.«

Ich stand von dem Lager auf, nur um gleich darauf schmerzvoll zusammen zu zucken.

Mein Blick glitt hinunter zu der Ursache der Schmerzen. Ich rollte die Tunika hoch und dann sah ich das Blut, das durch den Verband gesickert war.

Syth starrte mit weit aufgerissenen Augen auf die Wunde.

»Ich habe gar nicht mitbekommen, dass die Nähte aufgegangen sind«, sagte ich überrascht.

»Ich hole Dax, er muss die Wunde versorgen.«

Syth erhob sich in die Luft.

»Nein.«

»Was meinst du mit Nein?«

»Dass ich seine Hilfe nicht will.«

»Sei nicht albern. Falscher Stolz hat noch niemandem etwas gebracht«, redete die Fledermaus auf mich ein, während ich die Hand fest auf den Bauch presste.

Syth sprach weiter, doch ich wickelte den Verband ab, um nachzusehen wie schlimm es war. Blöd nur, wenn man sein eigenes Blut nicht sehen kann.

Ich versuchte das Gefühl der nahenden Ohnmacht zu verdrängen und konzentrierte mich auf die Wunde. Die Naht war ein Stückchen aufgegangen. Es musste nicht erneut genäht werden, aber durfte auf keinen Fall weiter aufreißen. Zumindest wenn ich nach meinem Erste-Hilfe-Wissen ging. Mit meiner verbliebenen Kraft riss ich den unteren Saum der Tunika ab und wickelte sie fest um die Wunde.

Syth betrachtete die Szenerie äußerst skeptisch.

»Ich halte das für keine gute Idee«, sagte er schließlich und unterstrich seine Worte mit einem Kopfschütteln.

»Tja, mein Körper, meine Entscheidung«, beendete ich die Diskussion.

Als der Schwindel nun die Oberhand gewann, legte ich mich schließlich auf das kratzige Stroh. Ich spürte, wie Syth sich an meine Wange kuschelte. Sein weiches Fell kitzelte an meiner Nase, sodass ich niesen musste.

»Verzeihung«, sagte er leise.

Ich schloss die Augen, um dem Schwindel zu entkommen und landete mitten in den Armen der Alpträume. Ich sah Theos angstverzerrtes Gesicht, als er in der Dunkelheit umherirrte, und Daxton, wie er ihn zu Boden schlug und damit zum Tode verurteilte. Die verliebte Romy, deren Entscheidung ihr zuerst das Herz und dann das Leben geraubt hatte.

Dann war dort all der Schmerz der verstorbenen Seelen, die ich dazu verurteilt hatte, die Ewigkeit in der Verdammnis zu verbringen. Die kleine Amalia, deren Lebenszeit viel zu früh endete und die in den letzten Minuten ihres Lebens nach ihrer Mama rief. Die Angst, die sie dabei gespürt hatte, fühlte sich ebenso real an wie meine eigene.

Ein energisches Klopfen schreckte mich aus dem Dämmerschlaf. Zögerlich öffnete ich die Augen, während Syth lautstark schnarchte. Wer auch immer hinter der Tür auch mich wartete, er ließ nicht locker.

Zwar hatte ich mich immer noch nicht ausreichend erholt, aber wenigstens war der Schwindel für einen Moment verschwunden, sodass ich die Tür öffnen konnte.

29. KAPITEL

Daxton

»Wir müssen reden«, begrüßte ich Charlie, die noch miserabler aussah als beim letzten Mal.

»Du siehst beschissen aus«, sagte ich geradeheraus.

Ihre Augen waren blutunterlaufen, während der Rest ihres Gesichtes bedenklich blass aussah.

Dann erkannte ich, dass der Saum ihrer Tunika abgerissen war. Obwohl sie protestierte, war es eine Leichtigkeit für mich, ihr Oberteil hochzuschieben und mir dann das Ausmaß ihrer bescheidenen medizinischen Künste anzusehen. Scharf sog ich die Luft ein.

»Was verflucht noch mal hast du dir dabei gedacht?«

Sie hatte immer noch kein Wort an mich gerichtet, sondern versuchte mich zweifelsohne mit ihrem Blick kaltblütig um die Ecke zu bringen.

Schließlich entwand sie sich meinem Griff.

»Verschwinde!«, fauchte sie und es war eine Erleichterung, ihre Stimme zu hören.

»Hör zu, ich habe nicht viel Zeit und niemand darf wissen, dass ich bei dir bin«, erklärte ich.

»Dann solltest du jetzt wohl besser gehen.«

Sie griff nach der Türklinke, aber ich stemmte mich dagegen.

»Mal langsam, Herzchen. Ich muss dir etwas sagen.«

»Vielleicht, dass du Theo doch umgebracht hast, oder dass du Romy und mich nur ausgenutzt hast, um das zu bekommen, was du willst? Hat es dir gefallen, wie ich dir mein Herz ausgeschüttet habe, weil ich dachte, dass du nur ein Kiwi bist?«

Sie wollte noch mehr Punkte gegen mich aufbringen, aber ich unterbrach sie.

»Das spielt jetzt alles keine Rolle. Ich bin mir sicher, dass Hine sich bereits von dir bedroht fühlt und daher alles versuchen wird, damit du bei der letzten Aufgabe scheitern wirst.«

»Also willst du mir sagen, dass die durchgeknallte Göttin, die von Anfang an versucht mich umzubringen, plötzlich vorhat, dieses Ziel noch intensiver zu verfolgen? Du solltest unbedingt bei einer dieser Horoskop-TV-Shows anfangen, wenn das alles hier den Bach runtergeht. Du hast wirklich Potential darin, Sachen vorherzusagen, die die Leute schon längst wissen.«

Ich atmete einmal tief ein und aus, um ruhig zu bleiben. Am Rande registrierte ich, dass sie herausgefunden hatte, dass ich Pango war. Entweder sie hatte einen Verdacht oder Syth konnte mal wieder kein Geheimnis für sich behalten.

»Der springende Punkt ist, dass sie sich bedroht fühlt.«

»Danke für das Update und nun geh endlich.«

»Erst, wenn deine Wunde versorgt ist«, protestierte ich.

»Das hat Syth schon erledigt.«

Ich warf einen Blick über die Schulter zu der kleinen Fledermaus, die auf dem Strohbett saß und vehement den Kopf schüttelte.

»Du bist wirklich eine grottenschlechte Lügnerin.«

»Ganz im Gegensatz zu dir.«

»Glaubst du wirklich, ich wollte das alles?«, fragte ich und konnte die Wut nicht länger verbergen.

»Jedenfalls hast du es billigend in Kauf genommen«, jedes ihrer Worte war voller Hass.

»Ich weiß, dass das, was ich getan habe, unverzeihlich ist. Aber ich wollte dich niemals verletzen. Seitdem Hines Fluch auf mir lastete, konnte ich nichts fühlen. Irgendwann war ich nur noch blind auf mein Ziel fokussiert und habe alles um mich herum ignoriert und das Schicksal anderer billigend in Kauf genommen. Doch das bin ich nicht.«

Ich nahm ihre Hand und drückte sie gegen meine Brust.

»Fühlst du das?«

Zuerst sah es so aus, als würde sie die Hand wegziehen wollen, aber dann hielt sie inne.

»Dein Herz schlägt.« Sie starrte auf die Stelle, an der ihre Hand meine Brust berührte.

»Und das verdanke ich alleine dir. Als der Rochen dich verletzt hat und ich dachte, du würdest in meinen Armen sterben, war mein Schmerz groß genug, um Hines Fluch zu trotzen. Die Angst, dich zu verlieren, war überwältigend.« Die Bilder von Charlies blutüberströmtem Körper tauchten wieder vor meinem geistigen Auge auf.

Sie entzog mir langsam ihre Hand.

»Und das soll ich dir glauben? Wer sagt mir, dass das nicht nur ein Trick ist?«

Ich konnte sehen, wie sie mit ihren Gefühlen rang.

»Warum sollte ich dich jetzt noch anlügen? Was hätte das für einen Zweck?«, stellte ich eine Gegenfrage.

»Weil es dir Spaß macht, mich zu quälen. Mit meinen Gefühlen zu spielen, als wäre ich vollkommen bedeutungslos.«

In ihren Augen loderten Wut und Schmerz. Und das war alles meine Schuld.

»Ich lebe schon so lange, aber noch nie zuvor war mir ein Mensch wichtiger als du. Als du damals das Kiwi-Gehege betreten hast, war ich zunächst fasziniert von deinem Anblick. Dann habe ich den Schmerz in deinen Augen gesehen und hätte alles dafür getan, um ihn dir zu nehmen. Doch als Halbgott brachen diese Gefühle nur bruchstückhaft zu mir durch. Es fühlte sich so an, als wären das zwei komplett getrennte Leben, aber nun sind all die Gefühle wieder da. Ich kann den Schmerz empfinden und ich bedauere, was ich dir und den anderen angetan habe. Ich werde eine Ewigkeit mit diesen Schuldgefühlen verbringen. Aber ich bedauere keinen Moment, dir begegnet zu sein, denn du bist der großherzigste Mensch, den ich kenne. Du hast dich selbst geopfert, um alle zu retten.«

Eine einzelne Träne lief an ihrer Wange entlang und ich wischte sie mit einer schnellen Handbewegung fort.

»Es wäre besser, wenn du jetzt gehst«, sagte sie schließlich.

»Ich weiß einen Weg, um dich hier rauszubringen. Es wird etwas dauern, alles zu organisieren, aber bevor die dritte Aufgabe beginnt, bist du von hier verschwunden. Bis dahin solltest du dich allerdings ausruhen.«

Ich blickte demonstrativ auf ihren Verband.

»Wie?«

»Das erzähle ich dir, wenn es so weit ist. Bis dahin musst du mir versprechen, dich auszuruhen. Ich werde so oft nach dir sehen, wie ich kann. Hine darf auf gar keinen Fall merken, dass mein Herz wieder schlägt. Sie würde dich in einem Wimpernschlag töten, weil du ihre Magie zerstört hast.«

»Warum kämpfst du dann nicht gegen sie, wenn du jetzt wieder der alte bist?«

Charlie hatte sich auf das Strohbett gesetzt und wirkte erschöpft.

»Weil lediglich mein Herz wieder schlägt, aber meine Kraft ist nicht vollständig. Und selbst dann bin ich immer noch nur ein Halbgott und sie eine Göttin«, erklärte ich.

»Ich bin müde«, sagte Charlie schließlich und ich wusste, dass ich sie jetzt alleine lassen musste.

Ich nickte und wandte mich dann an Syth.

»Pass auf sie auf und wenn irgendetwas ist, dann berichtest du es mir.«

»Du kannst dich auf mich verlassen«, verkündete die Fledermaus und nahm neben Charlie Platz.

Plötzlich klopfte es an der Tür. Nikau warf einen Blick in das Zimmer.

»Du musst verschwinden. Gleich ist Wachwechsel.«

»Gib mir eine Minute.«

Mein alter Freund nickte und ließ uns dann wieder alleine.

Charlie hatte sich mittlerweile hingelegt und ihre Augen geschlossen. Syth hatte sich an sich gekuschelt. Zu gern würde ich bei ihr bleiben, aber damit würde ich sie nur gefährden. Ich gab ihr einen sanften Kuss auf die Wange und verschwand dann aus dem Zimmer. Nikau musterte mich kritisch, nachdem ich die Tür hinter mir geschlossen hatte.

»Wir müssen jetzt wirklich verschwinden«, sagte er tadelnd und setzte sich in Bewegung.

»Ich wollte sie nur warnen.«

»Na klar. Und ich trage gerne pinke Kleider und hochhackige Schuhe.«

»Du schaffst es immer wieder, mich zu überraschen, obwohl ich dir ehrlicherweise sagen muss, dass Pink so gar nicht zu deinen Augen passt.«

»Also, was wolltest du wirklich bei ihr?«, fragte Nikau erneut, während wir in einen Gang einbogen.

»Mich vergewissern, dass sie mich auch wirklich so sehr hasst, wie ich es verdiene«, log ich.

»Du bist zu hart zu dir.«

»Nein, leider nicht ansatzweise.«

»Glaubst du, Hine hat vor, sie umzubringen?«

»Ich befürchte Schlimmeres.«

»Und weihst du mich auch in deine Pläne ein?«, hakte er nach.

»Es gibt keinen Plan oder glaubst du, ich wäre in dieser Situation, wenn ich jede meiner Handlungen zuvor gründlich abgewogen hätte?« Ich lächelte traurig.

»Ich denke, du bist in dieser Situation, weil du der Kleinen in dem Zimmer nur allzu ähnlich bist. Ihr habt ein viel zu großes Herz und setzt euer Vertrauen eindeutig in die falschen Leute.«

»Wie auch immer. Ab jetzt können wir nur auf das Beste hoffen.«

Ich wollte Nikau nicht in meine Pläne einbinden. Nicht, weil ich ihm nicht traute, sondern um ihn zu schützen. Hine würde alle befragen, wenn Charlie verschwunden war, und so konnte man ihm keine Schuld anhängen. Es war schwer, meinen alten Freund anzulügen, aber das war das Beste für ihn. Jetzt allerdings musste ich meinen Bruder finden und ihm von meinem Plan berichten. Er würde mit Sicherheit alle Hebel in Bewegung setzen, um Charlie hier rauszuholen.

30. KAPITEL

Charlotte

Jemand hatte mir eine Schale mit Essen ins Zimmer gestellt, während ich schlief.

Es duftete köstlich und dennoch zögerte ich.

»Glaubst du, es ist vergiftet?«, fragte ich Syth, der es sich auf meiner Schulter bequem gemacht hatte.

»Es gibt nur eine Möglichkeit, das herauszufinden.«

Er flog empor und landete schließlich auf dem Rand der Schale. Dann tunkte er seinen Kopf hinein.

Schmatzende Geräusche ertönten und als Syth den Kopf hob, war sein Gesicht voller Haferbrei.

»Schmeckt ganz gut«, erklärte er, während er sich mit der Zunge das Gesicht sauber leckte.

»Danke für deine Opferbereitschaft«, sagte ich und bestaunte das Schauspiel.

Zögerlich griff ich nach dem hölzernen Löffel, tunkte ihn in die Schale und führte ihn zum Mund.

»Warte!«, schrie die Fledermaus.

»Mein Magen grummelte so komisch.« Dann folgte ein lauter Rülpser und ich starrte Syth fassungslos an.

Der war zufrieden neben die Schüssel gesunken.

»War wohl falscher Alarm«, sagte er schließlich.

Es war erstaunlich, was für Geräusche aus so einem kleinen Tier kommen konnten.

Als klar war, dass das Essen nicht vergiftet war, nahm ich einige Bissen zu mir. Es tat gut, etwas Warmes im Magen zu haben.

Nach dem Essen hob ich die Tunika und löste den provisorischen Verband. Die Wunde hatte sich zu meinem Glück wieder verschlossen, aber sie musste dringend gereinigt werden.

»Daxton hat noch eine Schale mit Wasser und einen Lappen bringen lassen.«

Mit einem Flügel deutete Syth auf eine weiße Keramikschale. Ich stand auf und zog mir das Oberteil aus. Das Wasser in der Schale war eiskalt und ich zuckte kurz zusammen, als ich damit die Verletzung säuberte. Während sich das Wasser hellrosa färbte, war mein Bauch nun deutlich sauberer.

Ein leises Klopfen ertönte, als würde jemand mit einem Nagel gegen die Tür schlagen.

Vorsichtig ging ich hin und spähte hinaus. Ein schwarzer Schatten huschte so schnell ins Zimmer, dass ich kaum die genauen Konturen erkennen konnte.

Ich drehte mich um, schloss die Tür und sah den schwarzen Kiwi. Für einen winzigen Moment freute ich mich, bis mir einfiel, dass es Daxton war.

»Verschwinde«, zischte ich. Der Kiwi hüpfte demonstrativ aufs Bett und setzte sich.

Syth räusperte sich.

»Liebes, vielleicht solltest du dir erst einmal etwas anziehen.«

Da fiel mir auf, dass ich obenrum nur einen BH trug. Mit schnellen Schritten ging ich zur Schale und zog mir die Tunika über, die daneben lag.

»Was willst du?«, fragte ich den Kiwi.

Dieser blieb einfach nur stoisch sitzen und starrte mich an.

»Ich glaube, ich werde mich mal draußen ein wenig umsehen. Wenn er gemein zu dir ist, dann ruf nach mir und ich werde ihn in den Po beißen«, verkündete Syth und ließ seine spitzen Zähne aufblitzen. Ich öffnete die Tür einen Spalt breit, sodass Syth hinausfliegen konnte.

»Es wäre deutlich einfacher, wenn du ein Mensch wärst und man mit dir reden könnte«, sagte ich an den Kiwi gewandt. Dieser hüpfte jetzt vom Bett, schaute sich um und lief in Richtung Schale.

Dort blieb er stehen und verwandelte sich. Die schwarzen Federn wichen heller Haut mit verschlungenen Tattoos. Das Gesicht veränderte sich mit jedem Herzschlag und schließlich stand Daxton in seiner menschlichen Gestalt vor mir. Nur dass er abgesehen von dem Lappen, den er sich jetzt zwischen die Beine hielt, vollkommen nackt war.

»Hättest du mich nicht vorwarnen können?«

Rasch drehte ich mich weg.

»Na ja, wir sind bisher nie auf das Thema zu sprechen gekommen, also hatte ich keine Gelegenheit, es dir zu sagen. Als Kiwi kann ich mich deutlich schneller und nahezu unsichtbar durch Rarohenga bewegen. Es wäre zu auffällig, in Menschengestalt hierher zu kommen.«

»Könntest du dir jetzt bitte etwas anziehen?«, sagte ich und hatte ihm immer noch den Rücken zugewandt.

»Tut mir leid, dich enttäuschen zu müssen, aber hier gibt es keine andere Bedeckung.«

»Warum bist du hier?«, fragte ich und starrte die Wand an.

»Weil ich dich sehen wollte.«

»Das hast du ja jetzt getan und nun kannst du verschwinden.«

Ich war hin und hergerissen zwischen meinen Gefühlen. Da waren so viel Schmerz und Trauer, aber auch das Wissen, dass er nicht er selbst war, als er all diese Dinge getan hatte. Es war Hines Magie, die ihn dazu getrieben hatte. Ein Teil von mir wollte all das Grauen vergessen und einfach von vorne beginnen.

»Aber genau das kann ich nicht. Ich möchte bei dir sein. Bitte, schick mich nicht einfach fort.«

Ich hörte ein Geräusch und drehte mich schließlich um.

Daxton war auf die Knie gefallen und blickte mich unvermittelt an. Ein Halbgott, der Jahrhunderte alt war und mit Sicherheit etliche Schlachten geschlagen hatte, kniete jetzt vor mir nieder. Ein Wesen, das stark genug war, um ganze Inseln aus dem Meer zu ziehen und sich in ein Tier zu verwandeln, zeigte mir seine schwächste Seite.

Seine dunklen Augen ruhten weiter auf meinem Gesicht, als hoffte er, dort eine Antwort auf eine unausgesprochene Frage zu finden.

»Steh auf«, sagte ich mit belegter Stimme.

»Nur, wenn ich bei dir bleiben kann, solange wie es die Zeit zulässt«, bat er.

»Nicht so. Ich ertrage deine Nähe nicht auf diese Weise.«

Enttäuschung zeichnete sich auf seinem markanten Gesicht ab, aber schließlich nickte er und verwandelte sich im nächsten Augenblick in einen Kiwi zurück.

Wir starrten uns gegenseitig an, bis ich mich zurück auf das Stroh setzte. Ganz langsam folgte er mir und setzte sich neben mich.

Es war einfacher, in ihm nur den Kiwi zu sehen, der im Birdlife Park lebte. Keinen Halbgott. Keinen Mann, der mich getäuscht hatte.

Ich schaute zu dem kleinen Vogel, der nicht von meiner Seite wich. Zögerlich streckte ich die Hand nach ihm aus und strich ihm über das Fell. Als hätte er sich diese Berührung herbeigesehnt, schloss er die Augen. Auf merkwürdige Weise beruhigte mich diese Handlung und langsam begann ich die Dinge klarer zu sehen. Ebenso wie die anderen Seelen war Daxton weder nur gut oder schlecht. Er hatte ebenso viele Facetten wie jeder andere und ich alleine musste entscheiden, was ich in ihm sah. Wir würden diese Zeit hier vermutlich nur gemeinsam überstehen.

»Bist du bei mir, wenn die dritte Aufgabe stattfindet?«, fragte ich den schwarzen Kiwi. Wie zur Bestätigung pickte er mich in die Hand. Er hatte mir zwar von einer Fluchtmöglichkeit erzählt, aber daran wollte und konnte ich nicht glauben.

»Das bedeutet nicht, dass ich dir vergebe. Es ist mehr eine Art Waffenruhe«, fügte ich schnell hinzu und der Kiwi ließ den Kopf hängen. Ich war einfach noch nicht bereit, dem Verlangen meines dummen Herzens nachzugeben.

31. KAPITEL

Daxton

In den nächsten vier Tagen war ich bei Charlie, so oft wie es die Zeit zuließ. Aaron war mit meinem Plan einverstanden und bei dem Essen an diesem Abend würde er Charlie mit sich nehmen. Dann wäre sie in Sicherheit.

Der Gedanke, dass Hine ihr dann nicht mehr wehtun konnte, beflügelte meine Schritte.

Ich hatte wieder die Gestalt des Kiwi angenommen und schlich mich in ihr Zimmer. Am liebsten hätte ich sie sofort mit zu mir genommen, aber das Risiko war einfach zu groß. Charlie benebelte förmlich meine Sinne und ich konnte mich kaum auf das Wesentliche konzentrieren, wenn sie in meiner Nähe war.

Sie ging auf und ab, während sie immer noch die blutbeschmierten Sachen tragen musste. Jeden Tag kamen Wachen vorbei, die kontrollierten, dass sie noch die alte Kleidung trug. Das war der einzige Grund, warum ich ihr noch nichts neues hatte zukommen lassen können.

»Heute ist es so weit?«, fragte sie. Ich nickte.

Es hatte mich einiges an Überredung gekostet, sie davon zu überzeugen, von hier wegzugehen. Mit derlei Widerstand hatte ich nicht gerechnet. Zumal es gar nicht so einfach war, ihr mit Hilfe eines Briefes und einiger Gebärden zu vermitteln, was ich vorhatte. Aber ich wagte es kein zweites Mal, mich vor ihr zu verwandeln. Sie hatte ihren Wunsch geäußert und den wollte ich respektieren.

»Könntest du dich bitte in einen Menschen verwandeln?«

Das fragte sie mich nun zum allerersten Mal. Verdutzt blinzelte ich sie an und nickte schließlich.

»Calla hat mir extra ein größeres Tuch gebracht«, sagte sie und deutete auf ein zusammengefaltetes Stück Stoff auf dem Strohbett. Sie drehte sich weg und ich überlegte nicht lange. Es war immer ein schmerzhafter Prozess, sich zu verwandeln. Vollkommen egal, um welche Art von Tier es sich handelte. Dieses Zerren an jedem Muskel und das Dehnen und Formen waren Dinge, an die ich mich nie gewöhnen konnte. In Rarohenga konnte ich wenigsten frei über diese Fähigkeiten verfügen, während ich dank Hine in der Welt der Sterblichen an die Tages- und Nachtzeiten gebunden war.

»Du kannst dich umdrehen«, sagte ich und band den Stoff fest um meine Mitte herum. Charlie war so ziemlich die einzige Frau, die mich jemals gebeten hatte etwas anzuziehen, wenn ich mich in einem Raum mit ihr befand.

Sie kam meiner Bitte nach.

»Warum sollte ich mich verwandeln?«

»Das ist wahrscheinlich die letzte Unterhaltung, die wir führen werden, und ich dachte, das wolltest du vielleicht als Mensch tun«, erklärte sie.

Es war schwer, sie gehen zu lassen, aber das einzig Richtige, das ich noch für sie tun konnte.

»Das ist sehr rücksichtsvoll.«

Verdammt noch mal, ich war doch sonst nicht auf den Mund gefallen. Warum fiel es mir dann so schwer, die richtigen Worte zu finden?

»Ich weiß zu schätzen, was du für mich tust, und ich wollte dir sagen, dass ich dir verzeihe«, sagte sie stockend.

Ich starrte sie unvermittelt an.

Dann verringerte ich die Distanz zwischen uns und umarmte sie. Einen Moment rührte sie sich nicht, aber dann schlang sie ihre Arme um mich.

»Ich danke dir für alles, Charlie«, flüsterte ich in ihr Ohr.

Schließlich löste sie sich aus meiner Umarmung, nahm mein Gesicht in ihre Hände und küsste mich.

Der Kuss war sanft und fordernd zugleich, während sie sich immer weiter an mich schmiegte. Es fehlte nicht mehr viel, bis ich vollends die Kontrolle über das hier verlieren würde. Schwer atmend löste ich mich von ihr.

Ihre Wangen waren leicht gerötet und ihre Augen hatten diesen glasigen Blick, der nach mehr verlangte.

»Was tust du da?«, fragte ich, obwohl ich Angst vor der Antwort hatte.

»Ich wollte mich nur für einen winzigen Moment fallen lassen und all das hier vergessen, bevor wir uns nie wieder sehen werden.«

»Bist du dir sicher?« Ich musste sie das einfach fragen, denn auf keinen Fall würde ich jemals wieder etwas gegen ihren Willen tun.

Zur Antwort küsste sie mich erneut. Dieses Mal deutlich verlangender und mit einer Intensität, die mir den Verstand raubte. Zärtlich strich ich über ihren Rücken und zog ihr das Oberteil über den Kopf.

Meine Finger strichen sanft über ihre schlanken Arme und ich genoss die leichte Gänsehaut, die sie daraufhin bekam. Ihre Hände zeichneten meine Tätowierungen nach und jede Berührung löste eine Explosion an Gefühlen aus. Schon damals im Wald wollte ich mehr und auch dieses Mal trieb mich das Verlangen in den Wahnsinn. Ich küsste ihren Hals und fuhr mit der Zunge langsam weiter hinab, während Charlie aufstöhnte. Sie öffnete ihren BH und ihre weichen Brüste fühlten sich fantastisch an. Mit Daumen und Zeigefinger zog ich sanft an ihren Brustwarzen und sie beugte sich mir entgegen.

Ihre Hände hingegen gingen weiter auf Wanderschaft und lösten den Knoten an meiner Taille. Das Tuch fiel zu Boden, ebenso wie Charlies Hose und ihr Slip. Wir standen uns vollkommen nackt gegenüber.

»Du bist wunderschön«, raunte ich in ihr Ohr.

Sie küsste mich erneut und dann gab es für mich kein Halten mehr. Ich hob sie hoch und sie umschlang mit ihren Beinen meine Mitte. Diese Frau raubte mir vollkommen den Verstand, jedes Mal, wenn sie sich an mir rieb und ich die Nässe zwischen ihren Beinen spüren konnte.

Ich saugte jede Berührung in mich auf und verwahrte sie wie den wertvollsten Schatz, den ich hatte. Ich konnte nicht sagen, wie viel Zeit verstrichen war, ehe wir vollkommen erschöpft auf das Strohbett sanken. Ich küsste Charlie immer noch und hatte die Arme um sie geschlungen. Den Gedanken, sie nie wieder zu sehen, hatte ich erfolgreich verdrängt. Bis jemand an die Tür klopfte.

32. KAPITEL

Charlotte

Schnell sprangen wir beide vom provisorischen Bett auf. Ich sammelte die Kleidung auf und zog mich an, während Daxton mir noch einen sehnsüchtigen Blick zuwarf. Dann verwandelte er sich in einen Kiwi und versteckte sich in einer dunklen Ecke des Zimmers.

Ich hatte mich gerade fertig angezogen, als Calla mit einem Leinensack und einer Maske eintrat.

»Die Herrin wünscht, dass Ihr das hier anzieht und mir dann folgt.«

Hinter ihr konnte ich zwei Wachen erkennen, was ihren förmlichen Ton erklärte.

Ich nickte stumm und war in Gedanken noch bei Daxton, vermied es jedoch, in seine Richtung zu sehen. Ungerührt stand Calla jetzt direkt vor mir.

»Ich würde mich gerne alleine umziehen.«

»Leider habe ich klare Anweisungen, dabei zu sein, wenn Ihr die Sachen anzieht, und solltet Ihr euch weigern, soll ich weitere Bedienstete dazu holen.«

Wenigstens war Calla so freundlich und schob die Tür weit genug zu, damit die männlichen Wachen keinen Blick ins Zimmer werfen konnten. Es war seltsam, aber ich konnte Daxtons Zorn fühlen. Mit Sicherheit würde er sich gerade gerne auf Calla stürzen, aber ich wusste, dass sie ihre Rolle ebenso gut spielen musste wie wir alle.

Ich schluckte jegliches Schamgefühl herunter und begann damit, zuerst die Hose und dann die Tunika auszuziehen. Schweigend betrachtete mich Calla und verzog auch keine Miene, als sie die Wunde entdeckte. Entweder es störte sie einfach nicht oder Hine hatte sie darüber informiert, dass ich verletzt war.

Als ich nach der Leinenkleidung greifen wollte, ging sie dazwischen.

»Ich habe klare Anweisungen bekommen, dass Ihr außer der Maske und dem Leinensack nichts anderes tragen dürft.«

Demonstrativ schaute sie auf meine Unterwäsche.

Tränen der Wut kämpften sich ihren Weg empor, aber ich unterdrückte den Impuls, sie in die Welt zu entlassen. Es würde nichts an der Situation ändern. Also schwieg ich und zog meine verbliebene Kleidung schnellstmöglich aus, sodass ich mir rasch den kratzigen Stoff über den Kopf ziehen konnte. Dann reichte mir die Frau eine Maske, die aus einem ebenso kratzigen Stoff gefertigt sein musste. Kaum berührte sie meine Haut, musste ich den Impuls unterdrücken, mich zu kratzen.

Zufrieden nickte Calla und als wir hinaus gingen, ließ ich die Tür einen Spalt breit auf, damit Daxton unbemerkt hinauskonnte.

Zu gerne würde ich jetzt einfach wieder neben ihm liegen und all das Grauen um uns herum vergessen.

Calla ging voran und ich folgte ihr und bemerkte dabei, wie ein kleines Geschöpf auf meinem Rücken landete und sich dann zaghaft zu meinem Nacken bewegte.

Syth hatte vor dem Zimmer schlafen wollen, als er erfuhr, dass Daxton wieder zu mir kommen wollte. Als hätte er vorher geahnt, was passieren würde.

Erneut wurde ich durch ein Labyrinth von Gängen geführt. Zu meinem Glück blieben dieses Mal jedoch die gigantischen Fledermäuse fern, sodass ich die ständige Angst vor ihnen für einen Moment vergessen konnte.

Seltsam Klänge waren zu vernehmen, die mit jedem Schritt lauter wurden. Ich erkannte eine Schwere in der Melodie, die meine Gefühlslage vollkommen widerspiegelte.

Wir bogen um eine Ecke und vor uns erstreckte sich ein Raum, der mit einer reich gedeckten Essenstafel einen verführerischen Duft verströmte. Abgesehen von einem Platz war jeder Stuhl besetzt und alle wandten uns oder besser gesagt mir ihr Gesicht zu. Natürlich bestand der Unterschied zwischen mir und ihnen darin, dass sie ausgefallene Gewänder trugen, die sich gegenseitig in ihrer Hochwertigkeit zu übertrumpfen schienen. Während der Sack, den ich trug, kaum lang genug war, um meine wichtigsten Körperteile zu bedecken.

Dennoch ließ ich es mir nicht nehmen, in den Saal zu stolzieren wie eine verdammte Königin. Mag sein, dass mein Wille gebrochen war, aber das durfte ich sie auf keinen Fall spüren lassen.

Hine klatschte entzückt in die Hände. Es war nicht schwer, sie in der Menge auszumachen. Zugegeben, ihr goldenes Kleid glich einer riesigen Reklametafel, aber auch ohne konnte man sie nicht übersehen. Besonders das zu einer Krone hochgesteckte Haar ließ keinen Zweifel daran zu, dass sie die Herrscherin über Rarohenga war.

In einer Ecke des Raumes standen mehrere Menschen, die mit ihren Musikinstrumenten jene wundervollen Klänge erschufen, die mich magisch hierhergeführt hatten. Auch sie trugen Masken, die ihre Gesichter vor den anderen verbargen.

»Unser Ehrengast ist eingetroffen.«

Hine machte sich nicht die Mühe, sich zu erheben, ebenso wenig wie einer der anderen Gäste. Calla verschwand in einer Felsnische und ließ mich alleine in diesem Löwenkäfig.

»Du bist stark, Charlie. Zeig ihr nicht, dass sie dich einschüchtert«, flüsterte mir Syth zu, als er merkte, dass ich stehen geblieben war.

Stumm dankte ich der Fledermaus und ging weiter. Doch ich kam nicht weit.

»Ich glaube, es liegt ein Missverständnis vor. Der Platz ist nicht für dich gedacht.«

Die Göttin der Unterwelt deutete mit der Hand auf eine Ecke der langen Tafel.

»Du bleibst neben mir stehen.«

Wortlos folgte ich ihrer Anweisung, obwohl sich mein Körper nach etwas zu Essen verzehrte. Der freie Platz wurde schließlich von Daxton eingenommen, der nach mir eintraf und ganz in schwarz gekleidet war. Umgeben von dieser dunklen Aura fiel es mir schwer, den Mann darin zu sehen, der nackt vor mir gekniet hatte. Nachdem er festgestellt hatte, wer neben Hine stand, hielt er seinen Blick starr auf das reichhaltige Essen gerichtet, das die Diener aufgetischt hatten.

Nichts erinnerte mehr an unsere gemeinsamen Stunden. Ein seltsames Gefühl der Leere überkam mich, als ich daran dachte, dass ich ihn nie wieder sehen würde. Doch gerade in diesem Moment durfte ich mir nichts anmerken lassen.

Mein Herz zog sich schmerzhaft zusammen, aber mein Verstand brüllte, dass das die einzige Chance auf Freiheit war.

Sobald ich hier raus war, musste ich Theos Eltern über seinen Tod informieren und dann so schnell wie möglich aus Neuseeland verschwinden.

»Nun denn, lasst uns die neue vielversprechende Kandidatin feiern. Es trennt sie nur noch eine Aufgabe von ihrem Sieg. Bald schon werden wir erfahren, ob der Halbgott des Windes und Meeres zurecht all die Mühen auf sich genommen hat, um die Menschheit vor dem Sterben zu schützen.«

Abgesehen von mir und Daxton erhoben alle anderen ihre Gläser und prosteten der Göttin zu.

Übelkeit breitete sich in mir aus und verdrängte das Hungergefühl. Ich sah zu Daxton und obwohl er eine Maske aus schwarzen Federn trug, konnte ich erkennen, wie er die Kiefer fest aufeinanderpresste. Zudem nahm er keinen Bissen zu sich, während die restlichen Anwesenden sich auf das Essen stürzten. Unwillkürlich fragte ich mich, ob ihn die Schuldgefühle davon abhielten oder ob das auch zum Plan gehörte.

Die Gäste unterhielten sich angeregt über Belanglosigkeiten, während Daxton und ich uns gegenseitig Blicke zuwarfen. Ich konnte nicht sagen, wie viel Zeit verging, während ich im Kopf all die Dinge durchging, die ich Daxton gerne sagen würde.

Gab es noch die Möglichkeit für letzte Worte?

Schließlich erhob sich Hine und signalisierte den Musikern, dass sie lauter spielen sollten.

»Lasst uns tanzen!«

Die Anwesenden folgten ihrer Anweisung und plötzlich stand ein Mann vor mir, der mir die Hand reichte. Eine silberne Maske verdeckte Teile seines Gesichts und dennoch wurde ich das Gefühl nicht los, dass ich ihn kannte.

Als er bemerkte, dass ich nicht auf seine Geste einging, beugte er sich zu mir vor.

»Du willst die Göttin doch nicht noch mehr verärgern, als du es bereits getan hast.«

Die Stimme.

»Aaron?«, flüsterte ich unsicher. Daxton hatte mir zwar von seinem Plan erzählt, aber jetzt, da es so weit war, fühlte ich mich nicht bereit.

Mein Gegenüber nickte und fügte hinzu: »Ich will dich hier rausholen.«

Aaron hatte mich damals vor dem Ertrinken gerettet, also sollte ich ihm in diesem Fall auch vertrauen.

Schließlich griff ich nach seiner Hand und ließ mich von ihm auf die Tanzfläche führen.

Er legte seine Hand auf meine Hüfte und drückte mich dichter an sich heran. Augenblicklich wünschte ich mir, dass Dax an seiner Stelle wäre.

»Hör zu: Ich sorge für ein Ablenkungsmanöver und dann werden wir beide dieses Reich hinter uns lassen.«

»Scheint, als hättest du an jedes Detail gedacht«, entgegnete ich und ließ den Blick um die Tanzenden schweifen.

»Freut mich, dass die dauerhafte Nähe meines Bruders nicht deiner guten Laune geschadet hat.«

»Der Schaden, den ich davongetragen habe, lässt sich kaum mit Worten beschreiben«, entgegnete ich und mein Herz krampfte sich schmerzhaft bei dem Gedanken an Daxton zusammen. Ich war noch nicht bereit meine Gefühle ehrlich preis zu geben.

»Ich kann es mir leider denken und dir hoffentlich bald den Schmerz nehmen.«

»Und wie sieht dein Ablenkungsmanöver aus?«, fragte ich, während wir uns immer schneller zum Takt der Musik drehten.

»Es geht los in drei, zwei, eins«, zählte er runter und dann sah ich, wie die ersten Gäste anfingen sich vor Schmerzen zu krümmen. Manche übergaben sich oder fielen direkt in Ohnmacht.

Selbst die Musik verstummte und Diener eilten herbei, um den Gästen zu helfen. Es war ein heilloses Durcheinander.

»Du hast das Essen vergiftet«, schlussfolgerte ich rasch.

»Exakt.«

Aaron zog mich mit sich. Niemand schien von uns Notiz zu nehmen und so eilten wir zur Felsnische, hinter der Calla zuvor verschwunden war. Eben jene stand nun dort und blickte uns unbeeindruckt an.

»Ich glaube, du hast es etwas zu gut mit der Dosis gemeint«, sagte Aaron zu ihr.

»Oh, das tut mir aber leid«, verkündete sie wenig überzeugend und gab Aaron einen Kuss auf die Lippen.

Ich räusperte mich lautstark, was mir einen missbilligenden Blick von Calla einbrachte. Wer hätte gedacht, dass die beiden zusammen waren? Aaron war wirklich immer für eine Überraschung gut.

»Zeig mir einfach, wo ich hinlaufen muss, und dann bin ich auch schon weg von hier.«

»Wir verschwinden gemeinsam oder glaubst du, Hine wird erfreut sein, wenn ihr auffällt, dass jemand dumm genug war, sie zu vergiften?«, keifte Calla mich an und warf mir dann ein Bündel mit Kleidungsstücken zu.

»Zieh das an und setz dir die Kapuze auf, damit wir nicht sofort auffallen«, wies sie mich schroff an.

Aarons Frauengeschmack war ja wirklich zauberhaft. Schließlich folgte ich ihrer Anweisung, denn egal wie sehr mir ihr Ton missfiel, sie hatte recht.

»Ab hier gehen wir alleine weiter«, wandte sich Aaron schließlich an Calla.

»Was? Warum?« Sie sah ihn mit schreckensweiten Augen an.

»Wir drei zusammen sind zu auffällig und Charlie kennt den Weg nicht. Du hingegen bist hier geboren.«

Calla öffnete den Mund, zweifellos um zu protestieren, nickte aber schließlich. Dann gab sie Aaron noch einen Abschiedskuss und verschwand hinter der nächsten Biegung.

Aaron nahm meine Hand und zog mich mit sich.

»Warum hast du mir nicht gesagt, wer du oder dein Bruder seid?«, fragte ich Aaron, während wir die felsigen Gänge entlangliefen.

»Hättest du es geglaubt?«

Über die Frage brauchte ich gar nicht lange nachdenken.

»Nein.« Ich zog mir die Kapuze tief ins Gesicht und verbarg somit die weißen Haare.

»Tja, und es hätte auch nichts an der Tatsache geändert, dass er versucht hätte dich hierher zu bringen. Schon als ich euch im Restaurant zusammen gesehen habe, wusste ich, dass er es auf dich abgesehen hat. Zugegeben, ich hätte nie gedacht, dass du ihm freiwillig folgst.«

Irrte ich mich oder lag in seinen Worten ein gewisser Vorwurf?

»Er ist in der Gestalt eines Kiwi in die Höhle gelaufen«, erklärte ich und schämte mich für meine Naivität.

Warum verdammt noch einmal, versuchte ich mich zu rechtfertigen?

»Oh, das hebt seine Hinterhältigkeit auf ein ganz neues Level.«

Wir schritten weiter durch die Gänge und die Geräusche hinter uns wurden lauter. Scheinbar hatten sich die Gäste schneller von dem Gift erholt als gedacht.

33. KAPITEL

Daxton

Es war dumm, sich alleine einer Horde von Wächtern in den Weg zu stellen, und dennoch war es das einzig Richtige. Mit einer Sache hatte Aaron recht, ich war zu dem Monster geworden, zu dem Hine mich schon immer machen wollte.

Lieber würde ich mit dieser Insel untergehen, als das Blut einer weiteren Seele an den Händen zu haben. Ich wünschte nur, ich hätte mich von ihr verabschieden können. Sie noch ein weiteres Mal im Arm halten und ihren Geruch in mich aufsaugen.

Doch unsere Zeit war abgelaufen und jetzt konnte ich ihr nur noch einen Vorsprung verschaffen.

Ich zog meine verborgenen Dolche aus den Stiefeln und rannte ihren Verfolgern entgegen.

Zunächst begegneten mir die Fledermäuse, welche zum Glück viel zu groß waren, um in einer großen Menge in den kleinen Gängen zu kämpfen. Ihre schrillen Schreie schmerzten in meinen Ohren, doch ich bemühte mich, die Waffen kampfbereit zu heben. Der ersten von ihnen, die nach mir biss, durchschnitt ich die ledrigen Flügel. Das Tier jaulte schmerzerfüllt auf und fiel dann zu Boden.

Eine weitere Fledermaus wollte mich in den Oberarm beißen, doch ich wich aus und rammte ihr einen der Dolche durch den Hals. Nach Luft röchelnd krümmte sie sich und war wenige Herzschläge später tot. Die Luft war erfüllt von dem metallischen Geruch des roten Blutes, der mir in all den Jahrtausenden meines Lebens nur allzu vertraut geworden war.

Weitere Fledermäuse folgten ihren gefallenen Kameraden und dann startete die zweite Welle des Angriffs. Wachleute liefen in Formation auf mich zu.

Einer von ihnen schaffte es, mir eine Schnittverletzung am Bein zuzufügen, während ich mich gegen zwei weitere Angreifer verteidigte.

Meiner Erfahrung war es zu verdanken, dass ich mich bisher gut verteidigen konnte. Schon früh hatte ich gelernt, nicht allein auf meine Magie zu vertrauen, sondern auch die sterblichen Fähigkeiten weitestgehend zu perfektionieren. Dennoch schaffte es die Menge an Angreifern, mich einige Meter nach hinten zu drängen.

Ich wusste, dass das hier mein Ende war, aber dann sollte es wenigstens spektakulär sein und Charlie so viel Zeit wie möglich verschaffen. Also mobilisierte ich meine Kraftreserven und kämpfte mir eine Schneise durch die Angreifer, bis ein sengender Schmerz es mir schwer machte, die Waffen in meiner Hand festzuhalten.

Hine hatte mich entdeckt.

Aber ich würde ihr nicht die Genugtuung geben, auf die Knie zu fallen und um meinen Tod zu betteln.

»Wenn du mich willst, dann komm und hol mich«, rief ich der Göttin der Finsternis entgegen.

Ich erkannte ihre Figur am Ende des Ganges. Nur langsam ging sie auf mich zu, während ihre Kämpfer einen Gang für sie bildeten, der sie auf direktem Wege zu mir führte.

»So widerspenstig habe ich dich ja schon lange nicht mehr erlebt.«

Mein Blick fiel auf einen Dolch in ihrer Hand, der mit einigen Symbolen verziert war. Mit diesem Ding konnte es entweder schnell oder langsam gehen. Aber so, wie ich Hine kannte, würde sie jeden Lebenshauch von mir auskosten wie eine letzte Mahlzeit.

Immer noch wehrte ich mich gegen ihren magischen Würgegriff, während ich mich gegen die anderen Kämpfer verteidigte. Metall traf auf Metall in dem schier endlosen Kampf um das Leben. Nach und nach fielen gute Männer, die ich jahrelang kannte, meiner eigenen Waffe zum Opfer, weil sie trotz der zahlreichen Schläge nicht aufhörten, mich anzugreifen.

Jeder einzelne ihrer Namen brannte sich in meinen Verstand ein und schon bald würde ich einer von ihnen sein.

Die Göttin der Unterwelt hingegen betrachtete das Schauspiel gebannt, bis ihr auffiel, dass jemand fehlte.

»Wo ist sie?«, dröhnte ihre Stimme.

»Außerhalb deiner Reichweite.«, gab ich zurück.

Der Boden unter meinen Füßen erzitterte unter ihrer unverhohlenen Wut.

»Du hast es wirklich erneut gewagt, mich zu bestehlen?«

Ich verschwieg ihr, dass es Aarons Plan gewesen war, Charlie zu befreien. Sie würde ihn hinterher dann wenigstens nicht jagen.

»Ich dachte, dieses Mal stünden meine Chancen deutlich besser, da du dich ja allzu siegessicher gefühlt hast.«

Ich lächelte sie mit dem selbstgefälligen Lächeln an, das sie so hasste, und es verfehlte seine Wirkung nicht.

»Zu dumm, dass ich sie finden und an ihren Haaren zurück schleifen werde. An keinem Ort auf dieser Insel wird sie sicher sein.«

»Wahrscheinlich hat dir das niemand in deiner Höhle gesagt. Es gibt da eine tolle Erfindung, die nennt sich Flugzeug, und die schafft es, dich ganz weit weg zu bringen. Sogar auf einen anderen Kontinent.«

Ich rechnete mit ihrer Wut, aber stattdessen fing sie an zu lachen.

»Mag sein, dass ich diesen Ort nicht verlassen kann, aber meine Geschöpfe schon. Ich frage mich, wie weit sie kommen wird, wenn ich jedes Tier und jeden Kämpfer auf sie hetze. Keine Sorge, ich werde sie nicht töten, schließlich steht ja noch die dritte Prüfung aus.«

Die Göttin war jetzt nur noch zwei Meter von mir entfernt und richtete ihre gesamte Macht auf mich. Doch ich hielt stand. Für Charlie.

Es war das einzig Richtige und wenn es so mit mir enden würde, dann wenigstens aufrechten Hauptes.

»Gib endlich auf!«

Sie streckte die Hand nach mir aus, doch ich schaffte es, die Waffen gegen sie zu erheben.

»Wann wirst du endlich begreifen, dass kein Sterblicher es wert ist, sich für ihn zu opfern?«

Ich antwortete nicht auf die Frage.

Sie würde es niemals verstehen. Charlie gab mir seit langem das Gefühl, wieder am Leben zu sein. Es ging jetzt nur noch darum, sie zu retten, der Rest spielte keine Rolle mehr für mich.

Also verteilte ich Hieb um Hieb an Hine und versuchte gleichzeitig zu verhindern, dass ihre Krieger an mir vorbeikamen.

Meine Muskeln schmerzten bei jeder Bewegung und mein Körper flehte darum, ins selige Nichts hinabzudriften. Nichts mehr zu empfinden. Doch dieses Mal gab ich dem Verlangen nicht nach.

Ich schrie aus Leibeskräften, aber Hines Magie schaffte es schließlich doch, mich in die Knie zu zwingen. Dann wurden mir die Waffen aus den Händen geschlagen und mit Fesseln wurden mir die Gelenke zusammengebunden.

Die Göttin der Unterwelt beugte sich zu mir herunter.

»Du hast gut gekämpft, Maui, Halbgott des Windes und des Meeres, Schutzgott von Aotearoa, doch nun ist die Zeit des Spiels vorbei. Heute wird es enden und Charlie wird es sein, die dir das Messer in die Brust rammt. Zuvor werde ich noch den Fluch aufheben, sodass du jede Sekunde in all ihren Facetten spüren kannst. Und wenn du deinen letzten Atemzug machst, werde ich klatschend zusehen und schließlich deine kleine Freundin dafür belohnen, dass sie demonstriert hat, wie sehr du dich in den Menschen geirrt hast.«

Sie erhob sich.

»Bringt mir die Frau, aber passt auf, dass sie halbwegs lebendig ist. Zumindest soll sie in der Lage sein, noch einen Dolch zu führen«, sagte sie zu ihren Kriegern. Dann wandte sie sich wieder mir zu. »Ich wusste, dass du irgendwann mal durch die Hand einer Frau sterben würdest. Nur hatte ich eigentlich gehofft, dass es meine sein würde, aber dieses Ende ist so viel besser, als ich es zu träumen gewagt habe.«

Sie schnippte mit den Fingern und ich wurde von ein paar Männern gepackt und hinter ihr her geschleift.

Während ich meinem eigenen Tod gelassen entgegenblickte, hoffte ich, dass Charlie bereits weit genug weg war, um Hines Griff zu entkommen.

34. KAPITEL

Charlotte

An Aarons Hand rannte ich wie verrückt neben ihm her. Und dann hörten wir den Schrei. Daxton.

Ruckartig blieb ich stehen und schaute zurück.

»Was machst du denn?«, sagte Aaron und versuchte mich weiter mit sich zu ziehen.

Ich hatte gedacht, Daxton wäre ebenso geflohen. Er hatte mich angelogen und versucht wahrscheinlich uns jetzt Zeit zu verschaffen.

»Wird sie ihn töten?«

Mein Begleiter schaute mich an und atmete einmal tief ein und aus.

»Ich weiß es nicht.«

Ich hörte, wie Syth leise das Worte »Lüge« flüsterte.

»Du lügst.«

»Spielt das für dich wirklich eine Rolle? Nach all dem, was er getan hat, hätte er da den Tod nicht verdient? Er hat dich hierhergebracht, so wie viele anderen Frauen auch und damit wohlwissend ihren Tod in Kauf genommen. Er hat Theo in dieser Höhle mit einem Stein erschlagen und zugelassen, dass Hine dich wie ein Stück Dreck behandelt. Und jetzt sag mir, verdient so jemand es wirklich, gerettet zu werden?«

Er umfasste mein Gesicht mit seinen Händen. »Ich verspreche dir, sobald wir hier raus sind und ich dich in Sicherheit gebracht habe, werde ich alles tun, um ihn auch rauszuholen, aber jetzt müssen wir wirklich verschwinden. Wenn du zurück gehst, wird alles umsonst gewesen sein.«

Aarons blaue Augen sahen mich bittend an. Er ließ meine Wangen los und reichte mir erneut die Hand. Ich griff danach und rannte nun weiter Richtung Ausgang.

Obwohl ich wusste, dass es mich ewig verfolgen würde, wehrte ich mich nicht gegen Aarons Worte. Ein kühler Windzug strich mir um die Wange wie eine sanfte Berührung und ich war mir ziemlich sicher, den Geruch von Gras nach einem Sommerregen wahrzunehmen.

Dann drang eine Information aus Aarons Worten plötzlich in mein Bewusstsein und die Erkenntnis, die ich daraus zog, bereitete mir eine schreckliche Angst. Mit einem Ruck entriss ich ihm meine Hand.

Das Licht der Sonne erhellte bereits die Wände, sodass ich wusste, wo wir uns befanden.

»War er gleich tot oder hast du ihn leiden lassen?«

Ich war stehen geblieben und Aaron hatte mir den Rücken zugewandt. Langsam drehte er sich um und ich achtete genau auf sein kantiges Gesicht. Darin war nichts zu lesen und das sprach tausend Bände.

»Was meinst du?« Keinerlei Emotion schwang in seiner Stimme mit. Es war, als hätte der Mann auf dem Schiff nie existiert. Unwillkürlich musste ich daran denken, wie er sich bei mir vorgestellt hatte. Als Schauspieler. Und ich war auf seine Vorstellung hereingefallen.

»Du weißt, wen ich meine.« Das Zittern in meiner Stimme ließ sich kaum verbergen.

»Nein, aber wir sollten jetzt wirklich weiter, sonst war alles umsonst«, wiederholte er seine Worte.

»Ich werde keinen einzigen Schritt mehr mit dir gehen, du Mörder.«

»Was redest du denn da?«

Er schüttelte lächelnd den Kopf, als würde er einem Kind erzählen wollen, dass es in seiner Naivität etwas falsch verstanden hatte.

»Du hast Theo umgebracht«, sprach ich das Offensichtliche aus.

»Nein, aber ich verstehe, dass die Trauer um ihn es dir schwer macht, jemandem zu vertrauen.« Während mein Herz immer schneller pumpte, schien Aaron mit jedem Atemzug ruhiger zu werden.

»Nur ich habe in den Spiegel gesehen und wusste, wie er starb. Das habe ich niemandem erzählt.«

Ein Teil von mir wollte es nicht wahrhaben. Doch die Vernunft ließ keinen anderen Schluss zu. Er musste es gewesen sein, auch wenn ich nicht glauben konnte, dass an den Händen des Mannes, der mir das Leben gerettet hatte, nun das Blut meines Freundes klebte.

»Wie schlau du doch bist. Das hat mir sofort an dir gefallen.« Er lächelte und zeigte dabei seine weißen Zähne. Es lag keinerlei Freundlichkeit in dieser Geste, sondern nur das pure Vergnügen, das ihm mein Schmerz bereitete.

»Warum hast du das getan?«

Eine Träne rann meine Wange hinunter und weitere folgten. Doch unter dem Deckmantel der Trauer schlich sich noch eine andere Emotion ein. Wut.

Unbändiger Zorn, der sich auf Aaron richtete. Ich wollte ihm weh tun, ich wollte ihm all den Schmerz zufügen, den er Theo angetan hatte. Er hatte ihn einfach umgebracht, als wäre sein Leben vollkommen bedeutungslos.

Ich stürzte mich auf ihn, obwohl ich genau wusste, dass ich weder über Waffen noch über andere Möglichkeiten verfügte, um ihn ernsthaft zu verletzen. Meine Schläge und Tritte gingen ins Leere. Schließlich hielt Aaron meine Gelenke fest und vermied es damit, mir ausweichen zu müssen.

»Warum hast du das getan?«, schrie ich ihn an.

Die Sicht verschwamm unter meinen Tränen und diese unbändige Wut machte mich blind für irgendeinen klaren Gedanken. Immer wieder sah ich Theo vor mir, der mich mit seinen Witzen zum Lachen brachte, der mir hierher gefolgt war, weil er Angst um mich hatte. Nie wieder würde ich seine Stimme hören und das war allein Aarons Schuld.

»Er war mir im Weg.«

Aaron erhöhte den Druck um die Handgelenke und meine Hände wurden taub. Plötzlich stieß er mich von sich, sodass ich mit dem Hinterkopf hart gegen den Felsen stieß.

Meine Finger tasteten nach den Verletzungen und waren mit meinem Blut getränkt, als ich sie von der Wunde wegzog.

»Es war so einfach, dein Vertrauen zu gewinnen. Nach der Rettung deines kümmerlichen Lebens hast du mir quasi aus der Hand gefressen. Tja, wärst du nur etwas unaufmerksamer, dann könnten wir jetzt einer glücklichen Zukunft entgegensehen, aber nun bist du mir leider ebenso im Weg.«

Die klaren Konturen meines Gegenübers verschwammen immer wieder vor meinen Augen. Dann erkannte ich, dass er einen Dolch gezogen hatte.

Die scharfe Klinge blitzte silbern im einfallenden Sonnenschein und ich wusste, dass ich in einem direkten Kampf keine Chance hatte. Es gab nur die Möglichkeit wegzulaufen. Ich täuschte eine Flucht in Richtung Ausgang an und rannte dann in die entgegengesetzte Richtung.

Aaron war mir dicht auf den Fersen und die eingeschränkte Sicht machte es mir schwer, den Weg zu erkennen. Ich wagte es nicht mich umzudrehen, aus Angst, dann endgültig das Gleichgewicht zu verlieren. Mein Kopf pulsierte schmerzhaft und jeder einzelne Schritt verschlimmerte den Druck. Lange würde ich nicht durchhalten können.

Doch ich spürte, dass Aaron die Distanz zwischen uns verringert hatte. Nicht mehr lange und er hätte mich eingeholt. Ich legte all meine Kraft in die Beine und versuchte, mehr Abstand zu ihm zu gewinnen. Doch meine Sicht war durch die Kopfverletzung beeinträchtigt und es fiel mir immer schwerer zu erkennen, wo genau ich langlaufen musste.

Plötzlich wurde ich zu Boden gerissen.

Ich trat und schlug nach Aaron, denn auf gar keinen Fall wollte ich mich kampflos ergeben.

»Weißt du, ich mochte dich wirklich. Doch du musstest dich ja in meinen Bruder verlieben, so wie alle anderen. Jeder liebt diesen verdammten Idioten, selbst unsere Eltern haben ihn immer in den Himmel gelobt. Es wird mir eine Freude sein, den kümmerlichen Rest seines Herzens zu brechen, wenn ich ihm sage, dass ich dir die Kehle aufgeschlitzt und dabei zugesehen habe, wie das Leben langsam aus dir heraus floss. Wenn Hine ihn nicht umbringt, dann wird es dein Tod mit Sicherheit tun.«

Er hob die Waffe. Ich blickte ihm in die kalten Augen und war mir sicher, dass das hier das Letzte sein würde, das ich sah.

Doch dann bekam ich unerwartet Hilfe.

Syth stürzte sich kreischend auf Aarons Augen. Er kratzte und biss, sodass schnell das Blut des Halbgottes über sein Gesicht lief. Dieser brüllte schmerzerfüllt auf und ich genoss jeden Ton.

Ich nutzte die Gelegenheit und schubste ihn mit letzter Kraft von mir weg, sodass er dieses Mal derjenige war, der gegen den Felsen stieß.

Mit einem Stöhnen ließ er die Waffe fallen und ich griff sofort danach. Er riss sich Syth vom Gesicht und knallte ihn voller Inbrunst auf den Boden. Ich hörte das Splittern von Knochen und wusste bereits, was passiert war, noch ehe ich den leblosen, kleinen Körper sah.

»Syth«, rief ich, während Aaron nur über meinen Schmerz lachte. Er hatte noch nicht bemerkt, dass ich seine Waffe hatte.

Ich umfasste den Dolch in meiner Hand fester und stieß ihn in Aarons Seite, sodass ihm das Lachen im Hals stecken blieb. Ich wollte dafür sorgen, dass er nie wieder jemandem wehtun konnte.

Er schrie auf und fluchte.

»Du Miststück!«, keifte er und griff nach dem Schaft der Klinge.

Während der Halbgott damit beschäftigt war, den Dolch aus der blutenden Wunde zu ziehen, nahm ich Syths leblosen Körper in die Hand.

Ich wollte ihn auf gar keinen Fall hierlassen. Nicht bei ihm. Als ich anfing zu rennen, war Aaron damit beschäftigt, die Klinge Zentimeter für Zentimeter herauszuziehen. Ich wusste nicht, ob die Wunde tödlich für einen Halbgott war, aber wenigstens würde ihn das eine Weile aufhalten.

Seine Flüche hallten mir hinterher, bis ich den Klang von Metall hörte, das auf den steinernen Boden fiel.

Er hatte es geschafft.

Mein Weg führte mich zurück ins Herz von Rarohenga. Das Blut rauschte durch meine Adern und ich konzentrierte mich auf dieses Geräusch, während ich Syths noch warmen Körper an mich presste.

Er hatte sich für mich geopfert. Diese Schuld würde ich niemals begleichen können. Jetzt konnte ich nur noch hoffen, Dax und diese Insel zu retten, indem ich mich der dritten Aufgabe stellte. Es war unsagbar dumm von mir gewesen zu glauben, ich könnte vor all dem hier wegrennen. Und Syth hatte diesen Fehler mit seinem Leben bezahlt.

Als ich vor mir Schritte hörte, presste ich mich in eine kleine Felsnische, die vom Licht der Kristalle nicht erhellt wurde. Mein Herzschlag kam mir unnatürlich laut vor, sodass ich befürchtete, gleich entdeckt zu werden.

Die Männer, die durch Brustpanzer geschützt wurden, passierten die Nische.

Hoffentlich würden sie Aaron entdecken und ihm den Rest geben. Ich nutzte diesen ruhigen Moment und sah hinab zu Syth, dessen Augen geschlossen waren. Langsam wurde sein Körper kälter und schon bald würde jegliche Wärme aus dem kleinen Kerlchen verschwunden sein.

Wir hatten nicht viel Zeit miteinander gehabt, aber er hatte es geschafft, mir ans Herz zu wachsen. Eine einzelne Träne fiel auf das weiche Fell der kleinen Fledermaus.

Ich unterdrückte ein Schluchzen, denn ich war mir nicht sicher, wie viele Wachen noch unterwegs waren, um mich zu suchen. Ich rutschte auf die Knie herab und strich mit den Fingern über das dunkle Fell.

Es tut mir so leid, sprach ich immer wieder in Gedanken. Die Minuten verstrichen und obwohl ich nicht bereit war, musste ich weiter gehen, um wenigstens Daxs Leben zu retten. Was hatte mich nur dazu getrieben einfach weiter zu laufen? Wenn das das Ende war, dann wollte ich bei ihm sein.

Mit anhaltendem Atem lauschte ich in die Dunkelheit des Ganges, konnte aber keine Geräusche ausmachen. Schließlich setzte ich meinen Weg fort. Mit der Hand stützte ich mich jedes Mal ab, wenn der Schwindel erneut von mir Besitz ergriff. Ein Griff an den Hinterkopf zeigte mir, dass die Wunde zu meinem Glück aufgehört hatte zu bluten.

Ich vermutete, dass sich Dax und Hine im zentralen Saal aufhielten. Den Weg dorthin hatte ich mir gut genug eingeprägt, um auch ohne Aaron zurückzufinden.

Immer wieder begegneten mir Wachen und Fledermäuse. Selbst einige Kiwis strömten durch die Gänge. Doch ich konnte ihnen ausweichen, auch wenn es in einigen Situationen verdammt eng war. Ich musste sichergehen, dass ich es bis zu Hine schaffte und sie mich nicht vorher umbrachten.

Schließlich erreichte ich den Saal, in dem ich schon so viel Leid erfahren hatte.

Hier würde also alles enden. Seltsamerweise empfand ich keine Angst und selbst meine Wut war verraucht. Da war nur noch diese unendliche Trauer um Theo und Syth. Ich wollte, dass das alles hier vorbei war. Endgültig vorbei.

Vor dem Eingang waren zwei Fledermäuse postiert und ich schritt zielsicher auf sie zu.

Sie überragten mich um mehr als einen Kopf und zeigten ihre spitzen Zähne nur allzu deutlich, als sie mich sahen. Eine von ihnen spreizte bedrohlich die Flügel und gab ein Fauchen von sich.

»Sagt Hine, dass ich gekommen bin, um die dritte Prüfung zu absolvieren.«

Ich wusste zwar, dass die Tiere nicht reden konnten, aber als sie einige Schritte beiseite gingen, um mich durchzulassen, war ich mir sicher, dass sie mich verstanden hatten.

Jedes Glied meines Körpers fühlte sich taub an, selbst die pulsierenden Kopfschmerzen waren wie von Zauberhand verschwunden. Mit schweren Schritten betrat ich den Saal und erst da fiel mir auf, dass mein Oberteil durchnässt war. Zunächst dachte ich, dass es Aarons Blut war, aber das war ein Irrtum.

Die Wunde an meinem Bauch war erneut aufgegangen und das Blut sickerte unaufhörlich hinaus. Mein Blick war immer nur auf Syth und den Weg vor mir gerichtet gewesen, sodass ich nicht mitbekommen hatte, dass die Wunde wieder aufgegangen war. Das musste passiert sein, als Aaron mich gegen den Felsen gedrückt hatte oder als ich zu Boden gefallen war.

Der Schwindel, den ich auf die Kopfverletzung geschoben hatte, war wohl dem hohen Blutverlust zu verdanken.

Als das Adrenalin langsam meinen Körper verließ, wurde mir bewusst, dass ich es kaum schaffte, aufrecht zu stehen.

Wie sollte ich so die dritte Aufgabe bewältigen?

35. KAPITEL

Daxton

Ich wollte Charlie anbrüllen, damit sie sich umdrehte und von hier wegrannte, aber sie kam schwankend auf Hine und mich zu.

Was verdammt noch mal war ihr widerfahren? Ich suchte nach Aaron, aber von meinem Bruder fehlte jede Spur.

Ob ihm etwas passiert war?

»Scheint so, als wäre auf deinen Charme immer noch Verlass, Halbgott«, sagte Hine, während sie mit Genugtuung auf mich hinabblickte. Man hatte mir Fesseln angelegt und mich auf die Knie gezwungen wie ein wildes Tier, das gezähmt werden musste.

Sie hob eines ihrer Beine und rammte mir dann mit voller Wucht die Spitze ihrer Hacke in den Rücken.

»Lass sie laufen!«, schrie ich die Göttin an, obwohl ich wusste, dass es sinnlos war.

Den Schmerz ignorierte ich so gut es ging und schaffte es, aufrecht zu bleiben.

»Ich bin gekommen, um mich der dritten Aufgabe zu stellen«, verkündete Charlie mit erhobenem Haupt.

»Was du nicht sagst.«

»Allerdings muss ich zuvor mit Daxton sprechen«, forderte sie.

Hines Blick glitt von Charlie zu mir. Sie legte den Kopf schief, so als würde sie tatsächlich über diesen Wunsch nachdenken. »Also schön. Du hast eine Minute, um ihm zu sagen, was du zu sagen hast. Danach geht es los.«

Schwer atmend kam Charlie auf mich zu und dann sah ich das ganze Blut.

»Deine Wunde ist wieder aufgegangen«, sprach ich das Offensichtliche aus.

Sie nickte nur stumm und dann fiel mein Blick auf das kleine Tier, das sie wie einen kostbaren Schatz auf dem Arm trug.

»Ist das …«

»Ja«, sagte sie und ein Schluchzen entstieg ihrer Kehle. »Aaron wollte mich töten und Syth hat sich auf ihn gestürzt und mir damit das Leben gerettet.«

Nur zögerlich sprach sie die Worte aus und ich erkannte den Schmerz in ihren Augen.

Sie kniete sich vor mich hin und legte meinen alten Freund vor mir ab. Mein Bruder hatte ihr das angetan. Ich wollte es nicht glauben, aber ich wusste, dass Charlie mich nicht anlog.

»Wenn das hier vorbei ist, dann können wir ihn vielleicht begraben.«

Ich sah auf die Fledermaus, die mich all die Jahre begleitet hatte. Syth war in so vielen Momenten meines Lebens dabei gewesen und jetzt war er fort. Ich konnte mich nicht einmal von ihm verabschieden. Nie wieder würde ich seine Stimme hören oder spüren, wie sein kleiner Körper sich Wärme suchend an mich kuschelte. Für Fledermäuse gab es kein Hawaiki. Wenn sie starben, dann gab es kein Wiedersehen. Sein Tod war endgültig.

Als ich nichts sagte, sondern nur auf meinen toten Freund starrte, umarmte mich Charlie.

Warme Tränen liefen an meiner Wange entlang, als der Tod meines Freundes mir schmerzhaft bewusst wurde.

»Es tut mir leid«, sagte sie, während sie meinen bebenden Körper im Arm hielt.

Dann wurde sie von mir fortgerissen.

Auf Anweisung von Hine hin ergriffen zwei Wachen Charlie und brachten sie zu der Göttin.

Ich zerrte an den Fesseln und wollte ihr helfen, aber es nütze nichts.

»Ich bin neugierig. Warum bist du zurückgekommen? Dir muss doch klar sein, dass dich eine Strafe erwartet.«

Charlie schwieg und ich war mir nicht sicher, ob ihr nicht einfach die Kraft fehlte, um zu antworten.

Ihre Sachen waren durchtränkt von ihrem Blut und das sie überhaupt noch stehen konnte, war ein Wunder.

»Ich frage dich das nur ein letztes Mal, warum bist du zurückgekommen?«

Statt zu reden, sah Charlie mich mit ihren braunen Augen an. Auch ohne Worte verstand ich, dass sie mir einen Abschied von Syth ermöglichen wollte. Und ein winziger Teil von mir hoffte, dass sie auch wegen mir zurückgekommen war. Doch dieser Teil war selbstsüchtig und ich verabscheute mich für diese Gedanken.

»Du liebst ihn also«, interpretierte Hine Charlies Geste.

Die machte sich jedoch nicht die Mühe, ihr zu widersprechen, sondern starrte sie nur ungerührt an.

»Tja, dann wird dir die letzte Aufgabe gar nicht gefallen.« Hine winkte einen Diener herbei, der einen Dolch trug, der auf einem roten Samtkissen lag.

»Diese Waffe ist mit meinem Blut überzogen. Sie ist damit in der Lage, einen Halbgott zu töten. Deine Aufgabe lautet also, entweder Daxton oder dir selbst ein Ende zu setzen.«

Charlies Augen waren vor Schreck geweitet. Sie sah zwischen mir und der Waffe hin und her.

»Solltest du dich weigern, sterbt ihr beide«, fügte die Göttin der Unterwelt hinzu.

»Nein«, schrie ich.

»Das kannst du nicht machen.« Ich zerrte erneut an den Fesseln, konnte sie aber nicht lösen.

Hine trat vor mich.

»Das hier ist mein Reich, Halbgott. Du hast Glück, dass ich dich noch am Leben lasse, du jämmerlicher ...«

Ruckartig fuhr sie herum und stoppte Charlies Hand, die direkt mit der Klinge auf Hines Körpermitte gezielt hatte.

»Das ist ja eine nette Wendung, aber leider äußerst vorhersehbar.«

Sie drückte Charlie von sich weg, sodass diese zu Boden fiel.

»Ich muss schon sagen, entweder bist du äußerst mutig oder einfach nur dumm.« Sie blickte Charlie abfällig an, die sich langsam wieder aufrichtete. »Wahrscheinlich letzteres.«

Es tat weh, Charlie so zu sehen. Ich wollte zu ihr. Sie einfach in den Arm nehmen und sagen, dass wir das hier gemeinsam schaffen würden. Aber es wäre nur eine weitere Lüge gewesen.

Sie spuckte Blut vor Hines Füße.

»Es wird der Tag kommen, an dem du dafür büßen wirst«, sagte sie.

Hines Lachen erklang und war schneidender als jede Klinge.

»Mach keine Versprechungen, die du nicht halten kannst. Und nun hör auf meine Zeit zu verschwenden und triff eine Wahl.

»Denk daran, Sterbliche, er hat all die Frauen hierhergebracht und sie dann ihrem Schicksal überlassen. Er ist ein Blender und ein Dieb. Verdient so jemand es wirklich zu leben? Wenn du sein Herz durchstößt, dann bist du frei und ich verspreche dir, dass dir die Erlebnisse hier unten nur wie ein schlechter Traum vorkommen werden. Sei nicht dumm und tu das einzig Richtige«, stachelte Hine sie an.

Langsam ging Charlie auf mich zu und kniete schließlich vor mir. Den Dolch hielt sie in ihrer zitternden Hand.

»Als du mir bei dem Fest begegnet bist, wollte ich zunächst nichts von dir wissen. Ich hatte ein paar schlimme Monate hinter mir, aber du hast es geschafft, mich wieder zum Lachen zu bringen. Als Kiwi hast du mir mehr Liebe geschenkt, als es jeder Mensch davor getan hatte, und das werde ich dir nie vergessen«, sagte sie mit bebender Stimme und ich ertrug es kaum, sie so zu sehen.

»Die Rede ist ja wirklich rührend, aber lasst mich noch kurz eine Sache regeln.«

Hine streckte ihre Hände in meine Richtung aus und sprach einige Worte, die ich jedoch nicht verstand. Aber dann wurde mir bewusst, was genau sie da tat oder nicht tat. Sie wollte den Zauber lösen, den Charlie schon längst gebrochen hatte.

»Was hast du getan?«, fragte Charlie.

Ihr Kopf schnellte nun zu Charlie herüber. »Du hast es wirklich geschafft, meinen Zauber zu brechen. Das ist faszinierend. Sag mir, wie hast du das angestellt?«

Sie begutachtete Charlie wie ein Insekt, das zerquetscht werden musste.

»Ich habe keine Ahnung«, antwortete diese schließlich.

»Vielleicht sollte ich auch nicht dich fragen, sondern unseren gemeinsamen Freund.«

Sie kam wieder zu mir.

»Andererseits spielt es jetzt auch keine Rolle mehr, oder? Schließlich wollen wir doch alle, dass dieses Schauspiel ein triumphales Ende findet.«

Die Göttin trat nun einige Meter zurück.

»Du musst eine Wahl treffen und ich bin gespannt, wofür du dich entscheidest, Menschenkind.«

Einige der grünhäutigen Wachen standen um uns herum und hatten ihre Waffen gezogen. Wenn Charlie sich nicht entschied, dann würden sie die Wahl für uns treffen.

Meine Hände waren immer noch gefesselt, somit konnte ich Charlie nicht berühren. Sie hielt den Dolch weiterhin fest in ihrer Hand. Ihr Blick glitt zur schimmernden Klinge.

»Charlie«, flehte ich. »Sieh mich bitte an.«

Die Klinge begann erneut zu zittern.

»Ich will einfach nur, dass es vorbei ist.« Ihre Stimme war nur noch ein Flüstern.

Endlich richtete sie den Blick auf mich. Ihre Lippen bebten und der hohe Blutverlust ließ sie schwanken.

Ihr blieb nicht mehr viel Zeit.

»Ist schon okay. Ich habe unzählige Jahre gelebt und dennoch nie den Sinn darin gefunden. Syth ist für dich gestorben, weil er ebenso wie ich wusste, dass du etwas ganz Besonderes bist. Ich will, dass du mir jetzt die Klinge ins Herz stichst und meinem Leid ein Ende setzt. Bitte.«

Sie hob die Waffe und richtete das geschärfte Metall auf mich.

»Es tut mir leid«, sagte sie und dann sauste der Dolch nieder.

36. KAPITEL

Charlotte

Die Klinge traf mich an der Stelle, an der auch der Rochen mich verletzt hatte. Den Schmerz, der daraufhin folgte, nahm ich kaum noch wahr.

Mit letzter Kraft zog ich die Klinge heraus und warf sie achtlos zu Boden. Mein geschwächter Körper konnte sich nicht länger auf den Beinen halten. Es war endlich vorbei. Jetzt gab es keinen Schmerz oder Trauer mehr. Nur die endlose Leere des Todes.

Ich hörte Daxton meinen Namen immer und immer wieder brüllen, während mein Blick auf Syth gerichtet war. Er lag nur einen Meter von mir entfernt. Bald schon würde ich ebenso kalt und tot sein wie er.

Plötzlich erschien Hines Gesicht vor mir.

»Geh weg von ihr«, hörte ich Daxton rufen.

»Herzlichen Glückwunsch, Menschenkind, du hast die dritte Prüfung bestanden.«

Was spielte das jetzt noch für eine Rolle? Ich hatte keine Kraft mehr, um ihr zu antworten.

Sie hob den Dolch auf und durchschnitt Daxtons Fesseln. Sofort rannte er zu mir und zog mich auf seinen Schoß. Ich sah seine warmen, braunen Augen, während mein Blut bereits seine Kleidung färbte.

Mir war so kalt.

Daxton strich mir über die Haare und küsste mich auf die Stirn.

»Hilf ihr bitte«, flehte er die Göttin der Unterwelt an.

Ich verstand ihre Antwort nicht mehr, denn die Welt um mich herum wurde mit jedem Atemzug blasser.

»Sie stirbt«, rief eine vertraute Stimme und dann war da nur noch Stille.

***

Ich erwachte hustend und nach Luft schnappend, während mich jemand fest im Arm hielt.

Langsam beruhigte sich mein Atem und ich schaffte es, klare Konturen zu erkennen. War ich jetzt auf dem Weg nach Hawaiki? Musste ich mich ein weiteres Mal Hines Urteil stellen? Gerade dachte ich, dass ich ihr endlich entkommen war.

Jemand strich mir sanft über die Wange und rief immer wieder meinen Namen.

»Dax?« Meine Stimme klang unnatürlich rau in meinen Ohren.

»Ja, ich bin es«, versicherte er mir sanft.

Ich lag auf seinem Schoß und versuchte mich vorsichtig aufzurichten.

»Mach langsam, Charlie. Wir haben alle Zeit der Welt.«

Meine Finger tasteten meinen Bauch ab, aber dort war keine Verletzung mehr.

»Ich war verletzt und lag im Sterben«, ging ich die letzten Minuten meiner Erinnerung durch.

»Das stimmt. Du hast dich selbst anstatt mich gewählt und wäre ich nicht so froh darüber, dass du lebst, dann würde ich dich jetzt zurechtweisen, was für eine unbelehrbare Idiotin du bist.«

Er lachte, aber seine Augen hatten den glasigen Schein von Tränen, die er eisern zurückhielt.

»Jetzt bin ich mir ziemlich sicher, nicht tot zu sein. Ins Paradies kommt man wohl kaum mit so einem Mundwerk.«

»Das Paradies wirst du wohl nur noch als Transportmittel zu sehen bekommen, Herzchen.«

Vor mir stand die Göttin der Unterwelt. Wo war nur dieser verdammte Dolch? Jetzt, mit neuer Kraft, würde ich zu gerne einen weiteren Versuch wagen, um sie loszuwerden.

»Du standst an der Schwelle zum Tod. Wenn man es genau nehmen will, hattest du schon einen Schritt ins Jenseits getan. Ich habe dich zurückgeholt.«

»Warum solltest du das tun?« Wir wussten beide, dass sie nichts aus reiner Nächstenliebe tat.

Ich stand mit wackeligen Beinen auf. Dax war sofort an meiner Seite und stützte mich.

»Weil der Halbgott, dessen Herz du erobert hast, mich angefleht hat, und er bereit war, jeden Preis zu zahlen, der dafür nötig war.«

Ich sah zu Dax, der zustimmend nickte.

»Was hast du getan?«

Angst drückte mein Herz schmerzhaft zusammen und ich wusste nicht, ob ich die Antwort auf diese Frage hören wollte.

»Das, was nötig war, um dich zu retten.«

Ein Flehen lag in seinen Worten, eine stumme Bitte, mir zu verzeihen.

»Und welchen Preis forderst du jetzt? Dass wir dir beide bis in alle Ewigkeiten dienen?«

Dieses Monster hatte nur auf eine Gelegenheit gelauert, uns erneut hereinzulegen.

»Ein verführerisches Angebot, aber nein. Ich habe genug Diener.«

Sie entfernte sich ein paar Schritte und ich fragte mich unweigerlich, welchen Preis ich nun zahlen musste.

»Vor langer Zeit, bevor es diese Welt gab, war ich einfach nur eine Göttin, die unsterblich in den Gott Tane verliebt war. Doch er erwiderte meine Liebe nicht und als ich dann herausfand, wem sein Herz gehörte, wurde ich …« Sie machte eine bedeutungsschwere Pause. »… ungehalten.«

Bei ihren Worten lief mir ein Schauer über den Rücken. Ich konnte mir sehr gut ausmalen, was sie der anderen Person angetan hatte.

»Lange Rede, kurzer Sinn, ich habe ihr das pulsierende Herz aus der Brust gerissen. Ich dachte, die Sache wäre damit erledigt und der Weg frei für eine gemeinsame Zukunft. Doch Tane sperrte mich in dieses Gefängnis.« Sie breitete die Arme aus. »Ein mächtiger Zauber hält mich hier fest, aber ich habe nach langer Zeit ein Schlupfloch gefunden. Ich kann diesen Ort verlassen, wenn ich jemanden finde, der an meiner Stelle über Rarohenga wacht. Und da der Zauber an eine Frau gebunden war, musste es auch eine Frau sein, die meinen Platz einnimmt. Die Prüfungen sollten sicherstellen, dass die Kandidatin geeignet ist. Immerhin gehört viel Willensstärke dazu, sich auf meinen Thron zu setzen. Doch ich will mich nicht mit fremden Federn schmücken, denn die Idee mit den Prüfungen stammt nicht von mir.«

Ich hörte, wie Schritte hinter uns erklangen und sah dann Aaron mit seinem zerkratzten Gesicht.

Er hatte also überlebt. Ich spürte, wie Daxton sich neben mir versteifte. Ein Knurren, das mich bis ins Mark erschütterte, entstieg seiner Kehle. Er stellte sich schützend vor mich.

»Was hast du nur getan, Bruder?«

»Das, was nötig war, um dich loszuwerden. Erinnerst du dich, wer dir von dem Trank der Unsterblichkeit erzählt hat?«

»Du«, grollte Dax.

Zum ersten Mal nahm ich die unbändige Kraft ganz deutlich wahr, die von ihm ausging. Dax war eine Naturgewalt, die man nicht bändigen konnte.

»Ganz genau. Ich musste Hine nur davon überzeugen, dass du der perfekte Kandidat bist, um all die Frauen hierherzubringen, und ich hatte recht.«

Ich spürte, wie Aaron mich ansah, und Wut stieg in mir empor. Er hatte Theo und Syth getötet. Ohne jeden Skrupel oder Reue hatte er ihrem Leben ein Ende gesetzt.

»Dann war das alles hier nur ein Plan, um eine geeignete Kandidatin zu finden. Aber deine Rochen haben versucht mich zu töten, ebenso wie Aaron«, sagte ich zu Hine.

»Was meine Rochen betrifft, muss ich dir leider Unrecht geben. Sie hatten die klare Anweisung, dich nur so weit zu verletzen, dass du schwach genug bist, um einzusehen, dass du die dritte Prüfung niemals überleben würdest. Du solltest von Anfang an sterben, aber der Zeitpunkt musste stimmen. Sonst hätte der gute Daxton niemals eingewilligt, dass ich dich heile. Zudem war es äußerst amüsant zu sehen, wie ihr versucht habt mich zu hintergehen. Dachtet ihr wirklich, ihr könntet mich überlisten?« Die Göttin der Unterwelt sah zu Aaron. »Was ihn betrifft, liegst du falsch. Er hatte zwar die Anweisung, dich hier herauszuholen, damit du dich auf der Flucht bewusst für Daxton entscheidest und damit dein reines Herz beweist. Allerdings sollte er dich auf gar keinen Fall töten.« Hine wandte sich an ihre Wachen. »Nehmt ihn fest.« Sie deutete auf Aaron, der sich vehement gegen die Männer zur Wehr setzte. »Du hast gegen meinen Wunsch verstoßen. Damit ist unsere Zusammenarbeit hier und jetzt beendet.«

Er schrie, doch niemand kam ihm zu Hilfe.

»Er hat draußen für mich die Augen und Ohren offengehalten, wenn meine Fledermäuse es nicht tun konnten. Als er mir von dir erzählt hat, wusste ich, dass es noch eine Chance für mich gibt. Und als ich dich dann berührt habe, war ich mir sehr sicher. Dann musste nur noch alles in die Wege geleitet werden, damit wir jetzt hier stehen können. Bei dem Ritual, bei dem du in den Spiegel geblickt und unermüdlich die Worte »Whakakite i a koe« gesprochen hast, hat sich dein Geist bereits für mich geöffnet, sodass ich heimlich eine Verbindung zwischen dir und mir herstellen konnte.« Sie atmete einmal tief ein und aus. »Daxton ist von nun an frei und kann hingehen, wohin er will. Auf dich wartet jetzt eine Zukunft in Rarohenga«, verkündete sie. Für mich brach erneut eine Welt zusammen. Es fühlte sich an, als wäre ich wieder ganz am Anfang meiner Reise, nur gab es dieses Mal kein rettendes Ziel. Nur das Gefühl der Hilflosigkeit blieb zurück.

»Also hast du mich am Ende geopfert, um frei zu sein«, sagte ich an Daxton gewandt.

»Nein, ich wusste nichts von diesem Plan«, beteuerte er.

»Er hat recht. Es war die einzige Möglichkeit, um dein Leben zu retten.«

»Aber du hast gesagt, wenn ich alles bestehe, bin ich frei. Ich kann nicht hierbleiben, da draußen gibt es Menschen, die mich suchen,«, protestierte ich.

Hine schnalzte mit der Zunge, als wäre ich ein ungehorsames Kind.

»Zunächst einmal habe ich nie etwas davon gesagt, dass du dann frei bist. Da ich die Freiheit schon förmlich schmecken kann, will ich mal nicht so sein. Ich gebe dir drei Tage, um deine Angelegenheiten zu klären. Es ist dir gestattet, Rarohenga zu verlassen. Solltest du aber so dumm sein und in zweiundsiebzig Stunden nicht wieder hier sein, werde ich jeden Menschen töten lassen, den du auch nur angesehen hast. Also sei keine Närrin. Geh jetzt. Ich werde indes alles vorbereiten, damit wir nach deiner Rückkehr mit der Zeremonie beginnen können.«

»Welche Zeremonie?«, fragte ich.

»Die, bei der du meinen Platz hier einnehmen wirst. Dann bin ich endlich frei und du herrscht über diesen Ort und seine Wesen. Sieh es als Geschenk. Die Sterblichkeit wird dann nicht mehr für dich zählen.«

»Ich will dieses Geschenk nicht!«, protestierte ich.

Ich wollte nur noch nach Hause und das alles hier vergessen.

»Leider liegt es nicht in deiner Macht, das zu entscheiden. Ich rate dir dringend, nun zu verschwinden, andernfalls werde ich meine Großzügigkeit noch einmal überdenken.«

Mit diesen Worten entließ sie mich, nur um mich dann drei Tage später für immer an diesen Ort zu binden.

Ich wollte schreien und um mich schlagen, aber was würde es nützen? Sie würde mich vermutlich einfach einsperren, bis sie alles erledigt hatte.

Also ging ich und ergab mich ein weiteres Mal meinem Schicksal.

37. KAPITEL

Daxton

»Du lagst im Sterben und ich wollte dich nicht verlieren. Was verdammt noch mal hätte ich deiner Meinung nach tun sollen?«, entgegnete ich Charlie, die in meinem Zimmer auf und ab stampfte. Es kostete mich all meine Willensstärke, um sie nicht fest im Arm zu halten. Immer noch sah ich all das Blut und ihren leblosen Körper, wie er in sich zusammengesunken war. Sie hätte mich wählen sollen. Verflucht, es machte mich wütend, dass sie sich selbst die Klinge in den Körper gestoßen hatte.

Sie blieb stehen und sah mich an.

Unverständnis flackerte in ihren braunen Augen auf, während sie mein Gesicht genau musterte.

»Irgendetwas, nur keinen weiteren Handel mit dieser Irren«, antwortete sie und schnaubte wütend.

»Ich hatte keine Wahl, sonst würden wir jetzt nicht dieses Gespräch führen, sondern ich würde ein weiteres Grab ausheben.«

Ich ballte die Hände zu Fäusten, während ich Syths kleinen Körper vor mir sah. Ich hatte ihn in der Nähe des Pohukawa-Baumes begraben. Eingewickelt in den Umhang von Nikau, der ihn mir mit einem stummen Nicken gereicht hatte. Charlie war währenddessen an meiner Seite gewesen, hatte aber keinen Ton gesagt. Seltsamerweise war ihre Gegenwart tröstlicher als jedes Wort es sein könnte. Erst als wir in meinem Zimmer waren, brach sie ihr Schweigen.

»Du hast recht«, lenkte sie schließlich ein und ließ sich auf mein Bett fallen. Trotz Hines Magie konnte ich die Erschöpfung in Charlies Gesicht erkennen. Dunkle Ringe zeichneten sich unter ihren Augen ab, während der Rest ihres Gesichts außergewöhnlich blass war.

So viel Unausgesprochenes stand zwischen uns und ich wusste nicht, wie ich die Kluft überwinden konnte. Jetzt, da ich alles wieder fühlen konnte, wollte ich nichts weiter, als bei ihr zu sein. Doch ich hatte keine Ahnung, wie es um ihre Gefühle stand.

»Warum bist du zurückgekommen?«, traute ich mich schließlich zu fragen.

Sie richtet sich auf und sah mich an.

»Warum hast du mir zur Flucht verholfen?«, stellte sie die Gegenfrage. Ich zögerte keine Sekunde.

»Weil mir dein Leben wichtiger war als mein eigenes.«

Ihr Blick traf meinen. »Ich …«, begann sie zögerlich. »… muss jetzt duschen.«

Mit diesen Worten war sie im Bad verschwunden und ließ mich perplex zurück. Doch anstatt an ihrer Tür zu kratzen wie ein rolliger Kater, wies ich die Dienerin vor der Tür an, neue Kleidung für Charlie zu bringen. Immerhin trug sie immer noch die blutgetränkten Sachen von ihrer Flucht. Doch jetzt, nachdem Charlies neue Rolle bekannt war, behandelten sie alle mit dem Respekt, den sie von Anfang an verdient gehabt hätte.

Das Tier in mir würde am liebsten meinen Bruder für seine Taten in alle Einzelteile zerlegen. Niemals hätte ich ihm solch eine Niedertracht zugetraut. Wie konnte ich nur derart blind sein und glauben, wir beide würden auf derselben Seite stehen? Ich hatte die Wahrheit einfach nicht sehen wollen, gestand ich mir schließlich ein.

Wenige Augenblicke später hatte die Dienerin eine Auswahl von verschiedenen Kleidungsstücken gebracht. Ich schloss dankend die Tür und klopfte dann an die Badezimmertür.

»Ja?«, drang Charlies Stimme zögerlich hinaus.

Was würde ich jetzt dafür geben, auf der anderen Seite der Tür zu stehen.

»Ich habe hier ein paar Sachen für dich.«

Sie öffnete die Tür, nur mit einem Handtuch umwickelt. Der Geruch von Vanille stieg mir in die Nase und ich musste unweigerlich an unsere letzte Begegnung im Badezimmer denken.

Charlie griff nach den Sachen und unsere Finger berührten sich dabei. Die Intensität dieser flüchtigen Berührungen ließ mein Herz schneller schlagen, aber ich riss mich zusammen.

»Danke schön«, sagte sie rasch und war dann wieder im Bad verschwunden.

Wenn sie zurückkam, dann hatte ich eine Überraschung für sie.

Die Minuten vergingen und schließlich kam Charlie aus dem Bad. Sie hatte sich für eine Jeans und ein dunkelgrünes T-Shirt entschieden.

»Ich habe noch etwas für dich.«

Mit den Worten ging ich zur Tür und öffnete sie.

Als sie sah, wer sich dahinter verbarg, schlug sie die Hand vor den Mund.

»Wie ist das möglich?«, fragte sie mit brüchiger Stimme und einem Schimmern in den Augen.

»Tja, was soll ich sagen. Der Kerl hier hat wirklich Talent als Schauspieler, denn als er mich weggebracht hatte, dachte ich, dass ich nun in eine Art Höllenfeuer gehen muss. Es stellte sich allerdings heraus, dass er mich lediglich vor dieser durchgeknallten Blondine versteckt hat.«

Theo betrat das Zimmer.

»Ich lasse euch dann mal allein«, sagte ich und zog die Tür hinter mir zu.

Durch die geschlossene Tür konnte ich Charlies fröhliches Gekreische hören und ich wusste, dass dieses Geschenk das Schönste war, das ich ihr machen konnte.

Es hatte sich wirklich gelohnt, sie in dem Glauben zu lassen, dass er fort war. Jetzt hatte sie neuen Mut für die Zukunft.

38. KAPITEL

Charlotte

»Ich hätte nie gedacht, dass ich dich jemals wiedersehe«, gestand ich mit Tränen in den Augen.

»Dito, Granny«, begrüßte er mich.

Ich streckte die Hand nach Theo aus und berührte ihn an der Wange.

»Daxton hat mir erklärt, dass ich in Rarohenga eine Art Hülle habe. Sobald ich diesen seltsamen Ort aber verlasse, bin ich nur wieder eine Lichtkugel.«

Ich umarmte ihn stürmisch und genoss es, sein Lachen zu hören.

»Es tut mir so leid«, wiederholte ich immer wieder, während Theo mir beruhigend über den Rücken strich.

»Du brauchst dich nicht zu entschuldigen. Ich habe dich doch geschickt, um den Kiwi zu suchen. Genau genommen war es meine Schuld.«

Wenn ich in Gedanken die Schuldfrage weiterverfolgte, gelangte ich schließlich zu Hine und Aaron, die dem Strudel aus Rache und Eifersucht niemals entkommen waren.

Schließlich löste ich mich von Theo.

»Der komische Typ hat mir erzählt, dass du für ein paar Tage zurück kannst. Bitte informiere meine Eltern, dass ich nicht zu ihnen zurückkommen kann.«

»Oh, Theo.« Ich verstand seinen Wunsch, wusste aber gar nicht, was genau ich sagen sollte.

»Ich habe meinen Frieden gefunden und wenn ich deinen Verehrer richtig verstanden habe, dann kann ich so lange bleiben, wie ich will. Er meinte, du könntest Hilfe brauchen, den Laden hier zu schmeißen.«

Er blickte sich demonstrativ in Daxtons Zimmer um.

»Er ist nicht mein Verehrer«, wandte ich ein.

Theo hob beschwichtigend die Hände.

»Ich habe bisher ja nur die Hälfte verstanden von all dem, was hier gerade vor sich geht, aber dass der Kerl in dich verliebt ist, ist selbst für einen Geist unübersehbar.«

»Wo finde ich die Nummer deiner Eltern?«, fragte ich, um das Thema zu wechseln. Ich wollte mich momentan nicht mit den verwirrenden Gefühlen auseinandersetzen, die ich für Daxton hegte.

»Meine Brieftasche müsste noch auf meinem Nachtschrank liegen. Darin ist ein kleiner Zettel, auf dem ich meine Notfallnummern aufgeschrieben habe. Ihre Nummer ist die erste. Bitte bring meinen Leichnam nach Hause. Er befindet sich in der Nähe der Höhle und ist mit ein paar Zweigen bedeckt. Der Kerl hat sich nicht die Mühe gemacht, mir ein Grab zu schaufeln. Lüg meine Eltern an und sag, ich hätte einen Unfall gehabt und wäre an der Kopfverletzung gestorben. Sie sollen sich ordentlich von mir verabschieden können.«

Ich nickte. Es war immer noch unwirklich, dass er jetzt tot war und wie sein Leben geendet war, machte mich unsagbar wütend und traurig. Die Tatsache, dass Aaron jetzt in einem Verlies versauerte, war nur ein schwacher Trost. Doch um ihn würde ich mich später kümmern.

»Okay, dein Verehrer hat gemeint, bis die ganze Sache mit der Zeremonie vorbei ist, kann ich hier wohnen.«

Theo schritt im Zimmer auf und ab.

»Könntest du bitte aufhören, ihn so zu nennen?«

»Könnte ich schon, aber dann würdest du dich weniger ärgern, was wiederum bedeutet, dass dir zu viel Zeit bleibt, um über diese beschissene Situation nachzudenken«, erklärte er.

»Du bist ein wundervoller Freund.«

Theo hier zu sehen, war ein kleiner Trost, dennoch konnte ich die Schuldgefühle nicht verdrängen, die mich jedes Mal niederrangen, wenn ich ihn sah.

»Also schön. Ich will die Zeit, die mir noch bleibt, nutzen, was in erster Linie bedeutet, dass ich mich von jedem Menschen, der mir etwas bedeutet, verabschieden muss«, erklärte ich, obwohl es mir schwerfiel ihn zurückzulassen.

»Das solltest du als Geschenk sehen.«

Ein trauriges Lächeln zeichnete sich auf Theos Gesicht ab und ich bereute meine Worte.

Es klopfte an der Tür und ich war mir sicher, dass Daxton mich nun abholen kam.

»Mach es dir gemütlich«, empfahl ich Theo, als ich bereits den Griff der Tür umschlossen hatte.

»Ich gebe mein Bestes, um aus dieser geschmacklosen Höhle eine brauchbare Unterkunft zu machen.«

Er setzte sich auf das Bett und hüpfte auf der Matratze auf und ab. Was für ein Glück, dass er nicht das Zimmer sah, in dem ich mit Daxton geschlafen hatte. Es kam mir vor wie ein Traum, auch wenn ich jede Berührung immer noch deutlich spüren konnte. Der Gedanke, ihn nie wieder zu sehen, hat mich verrückt gemacht und keinen klaren Gedanken mehr fassen lassen.

»Gibt es einen Grund, warum du gerade rot wirst? Habt ihr etwa auf diesem Bett irgendwelche Ferkeleien getrieben?«

Theo hob anklagend die Augenbrauen.

»Nein, nein«, sagte ich und hob abwehrend die Hände.

»Irgendwas ist aber vorgefallen,« schlussfolgerte er richtig.

»Ich muss jetzt los.«

»Die Unterhaltung führen wir später fort, Granny«, rief er mir nach, als ich schon die Tür geöffnet hatte.

Daxton erwartete mich bereits und mein Herz schlug bei seinem Anblick schneller. So vieles war geschehen und dennoch fühlte ich mich wie bei unserer ersten Begegnung. Voller Neugier auf das, was kommen würde. Wir setzten uns wortlos in Bewegung. Mittlerweile hatte ich mich an das dämmrige Licht dieser Welt gewöhnt, sodass ich mich jetzt deutlich besser zurechtfand als bei meiner Ankunft.

»Sag mal, wie soll ich dich jetzt nennen? Daxton, Maui, Pango?«, fragte ich, um die Stille zwischen uns zu füllen.

»Nenn mich so, wie du möchtest«, entgegnete er und hielt den Blick geradeaus.

»Okay, Pupsbärchen.«

»Vielleicht sollte ich die Möglichkeiten doch etwas einschränken«, sagte er mit zusammengekniffenen Augenbrauen.

»Was ist dir denn lieber?«

»Um ehrlich zu sein, habe ich mich an Daxton irgendwie gewöhnt. Maui ist eher so etwas wie ein Titel für mich.«, erklärte er.

»Schade, dass du Pupsbärchen keine Chance gibst. Der Name birgt so viel Potential.«

»Da bin ich mir sicher, aber ich bleibe lieber bei Daxton.«

»Langweiler.«

Es war einfach, mit ihm zu reden, als wäre nichts geschehen. Als wären wir bei einer zwanglosen Verabredung.

»Was fängst du nun mit deiner neu gewonnenen Freiheit an?« Unwillkürlich hatte meine Stimme eine gewisse Schärfe angenommen. Ich konnte einfach nicht vergessen, was alles passiert war und dass ich schon bald an diesen Ort gebunden sein würde, während er frei war. Hinzu kam die Angst, ihn nie mehr wiederzusehen. Wir hatten vieles erlebt und ich gestand es mir nicht gerne ein, aber ich hatte mich in Daxton verliebt. Das bedeutete nicht, dass ich vergessen konnte, was passiert war. Das wäre töricht gewesen. Aber die Wunden begannen mit jeder Berührung und jedem Wort ein Stück zu heilen.

»Zunächst werde ich schauen, ob auf motu alles in Ordnung ist. Während der letzten Jahrzehnte konnte ich die Aufgaben als Wächter nicht wahrnehmen. Zudem werde ich versuchen, ein paar alte Rechnungen zu begleichen, um etwas Unrecht wieder gut zu machen. Tja, und dann werde ich wohl darauf achten, dass Hine keinen Schaden anrichtet, wenn sie Rarohenga verlässt.«

Er verlor kein Wort über uns. Die Bitterkeit dieser Erkenntnis traf mich härter als jeder Schlag.

»Ich denke, dann wirst du alle Hände voll zu tun haben.«

Was hatte ich erwartet? Dass er einfach bei mir blieb? Er hatte jetzt das, was er wollte, und brauchte mich nicht länger.

»Was fängst du mit der Zeit an, die Hine dir gegeben hat?«, fragte er mich.

Eine gute Frage. Was sollte ich mit einem ewigen Leben anfangen, das ich vermutlich alleine verbringen würde?

»Ich muss Theos Eltern erzählen, dass ihr Sohn tot ist. Ich werde Nikau beauftragen, Theos Leiche so zu platzieren, dass es aussieht, als hätte er einen Unfall gehabt. Selbst wenn sie Fingerabdrücke finden, wird es sie nirgendwo hinführen. Schließlich gibt es keine von Nikau in dieser Welt. Dann werde ich Loreley und Vicky ebenfalls anlügen. Schließlich bleibt mir noch meine Familie. Ich werde ihnen erzählen, dass ich mich unsterblich verliebt habe und hierbleiben werde. Meinen Tod kann ich allerdings ohne Leiche nicht vortäuschen. Dafür werde ich mir noch etwas anderes einfallen lassen müssen. Und dann werde ich wohl einfach darauf warten, dass die Zeit gekommen ist, um hierher zurückzukehren.«

Daxton nickte und wir erreichten das Ende der Höhle, die sich mitten im Wald befand.

Jetzt war es wohl an der Zeit, sich zu verabschieden.

»Ich habe dir nie für das gedankt, was du getan hast«, begann Daxton. O nein, das hier war wirklich der Abschied. Er meinte es ernst.

»Ich kann nicht gerade behaupten, dass ich es freiwillig getan habe«, sagte ich bitter.

»Das weiß ich, dennoch ist es das Mindeste, das ich dir geben kann.«

Ich schwieg, weil mir jede Antwort falsch vorkam.

»Wenn ich könnte, würde ich deinen Platz einnehmen.«

Seine Worte überraschten mich. Nie hätte ich gedacht, dass er seine Freiheit für mich aufgeben würde. Aber es waren eben nur Worte, die er ebenso gut einfach nur daher sagen könnte.

»Es macht wohl wenig Sinn, sich in Dingen zu verlieren, die niemals passieren werden.«

Ich setzte mich in Bewegung, ohne Daxton noch einmal anzusehen, dessen Blicke ich auf meinem Rücken spüren konnte.

Als ich mir sicher war, dass er mich nicht mehr sehen konnte, rannte ich. Unermüdlich bahnte ich mir einen Weg aus diesem Wald und als ich die ersten Bäume hinter mir gelassen hatte, atmete ich befreit auf.

Die Sonne stand hoch, sodass ich davon ausging, dass es um die Mittagszeit war.

Das einfallende Licht erwärmte sofort meine Haut und ich genoss das Gefühl mit jedem Atemzug. Erneut setzte ich mich in Bewegung und rannte zum Kiwi Birdlife Park.

39. KAPITEL

Daxton

Ich wollte Charlie zurückhalten. Mit jeder Faser meines Herzens wollte ich sie bei mir haben, aber dennoch blieb ich stehen und sah ihr nach, bis ihre Silhouette hinter den Bäumen verschwand, als hätte es sie nie gegeben. Es wäre egoistisch gewesen, sie darum zu bitten, ihre letzten Tage in Neuseeland gemeinsam mit mir zu verbringen. Das letzte, was sie jetzt gebrauchen konnte, war ein Halbgott, der ihr nur Leid beschert hatte. Ganz gleich, was ich für sie empfand, Charlie würde mir nie vergeben, dass sie meinetwegen an Rarohenga gebunden war.

Zögerlich setzte ich mich in Bewegung, auch wenn ich keine Ahnung hatte, wohin ich gehen sollte. Die Äste knackten unter meinen Stiefeln und erst als mein Blick gen Himmel ging, begriff ich langsam, dass ich wirklich frei war. Ich schloss und öffnete meine Hände und spürte das leise Kribbeln der Magie, die durch meine Adern pulsierte. So viele Jahre hatte ich nur einen Funken davon in mir getragen und jetzt brannte dort ein Feuer, das danach gierte, heraus gelassen zu werden.

Ich atmete die Waldluft tief ein und aus, um meine wirren Gedanken zu kontrollieren. Es musste einen Weg geben, Charlie zu helfen und ich durfte nicht ruhen, bis ich ihn gefunden hatte. Wie durch einen Tunnel begann ich plötzlich zu rennen. Schneller, immer schneller.

Bis ich schließlich das Ende des Waldes erreicht hatte. Vorbei war die ruhige Atmung, dafür war meine Kraft nun nicht mehr aufzuhalten. Ich sprang hoch und überließ mich der Magie, die mein Aussehen veränderte.

Die Haut wich braunen, langen Federn. Die Knochen wurden weniger und leichter, während nichts mehr an einen Menschen erinnerte. Jetzt war ich ein Habicht und stieß einen grellen Schrei gen Himmel aus. Verzweiflung, Wut und die Sehnsucht nach Charlie verschmolzen zu einem tiefen animalischen Laut, der über den Feldern Neuseelands erklang.

***

Ich wusste nicht, ob nur ein paar Minuten oder etliche Stunden vergangen waren, seitdem ich dem Ruf der Magie gefolgt war und die zirkulierende Luft um mich herum spürte. Nichts versinnbildlicht Freiheit besser als das Fliegen.

Wenn alles nur noch zu einer Winzigkeit verblasst und sich vor einem die Unendlichkeit des Himmels erstreckt, erscheinen selbst Probleme überwindbar zu werden. Erst jetzt wurde mir bewusst, wie sehr ich mich danach verzehrt hatte. Und das alles hatte ich Charlie zu verdanken.

Jetzt, da ich Zeit gefunden hatte über die Situation nachzudenken, wurde mir schmerzlich bewusst, dass ich nicht die Kraft hatte, Hine die Stirn zu bieten oder ihr irgendetwas anzubieten. Aber ich kannte jemanden, der ihr zumindest ebenwürdig war und den sie mehr hasste als irgendjemanden sonst.

Ich zog die Flügel an und stürzte hinab in die Tiefe. Der Wind peitschte über mein Gesicht, bis ich den Sinkflug verlangsamte und schließlich vor einer abgelegenen Hütte landete.

Rauch quoll aus dem steinernen Kamin empor und ich konnte jemanden summen hören. Der Geruch von Zwiebeln und gebratenem Fleisch stieg mir in die Nase.

Er war also zu Hause und ich störte ihn gerade beim Essen.

Das konnte nur schlimm enden.

Bei der letzten Begegnung mit Tane war ich gerade so mit dem Leben davongekommen. Meine Brüder hatten mich dazu angespornt, etwas aus seinem Garten hinter der Hütte zu stehlen. Eine einzelne Karotte hatte ausgereicht, damit er mir mit dem Messer so lange nachjagte, bis meine Füße taub waren. Damals war ich nur ein kleiner, dummer Junge gewesen. Dennoch war die Erinnerung daran erschreckend greifbar.

In Falkengestalt hüpfte ich zu einem der Fenster und spähte hinein. Sobald meine Krallen den Fenstersims berührten, verstummte die Stimme.

Auf einmal konnte man nicht einmal mehr das Zischen der Pfanne vernehmen. Diese Stille konnte nichts Gutes für mich bedeuten.

Es war niemand zu erkennen.

»Wen haben wir denn da? Ein verirrtes Vögelchen?«, erklang eine tiefe Stimme hinter mir.

Ruckartig drehte ich mich um und erkannte einen Mann mit langen blonden Haaren, dessen Oberkörper unbekleidet war, sodass man die zahlreichen Muskeln und Narben darauf erkennen konnte. Waldgrüne Augen musterten mich neugierig.

Ich piepte aufregte und hielt an der Fassade des Greifvogels fest.

»Verrat mir augenblicklich, was du hier zu suchen hast, Halbgott, oder du machst Bekanntschaft mit meiner Axt.«

Der Mann berührte demonstrativ eine kleine Axt, die an seinem Gürtel befestigt war.

Viel erschreckender war jedoch, dass er mich sofort erkannt hatte.

Resignierend sprang ich vom Sims und verwandelte mich vor seinen wachsamen Augen in einen Menschen zurück. Schließlich stand ich vollkommen nackt, aber aufrecht vor ihm.

»Warum bist du hier, Maui?« Seine Stimme war rauer als in meiner Erinnerung. So viele Jahre waren vergangen, seitdem ich Tane das letzte Mal gesehen hatte.

»Ich brauche deine Hilfe«, gestand ich. Es war dumm und anmaßend, einen Gott wie ihn zu stören.

Ein kehliges Lachen entfuhr ihm.

Dann schnellte eine Hand vor und umschloss meinen Hals. Er schnitt mir mühelos die Luft ab, während ich mich mit meiner ganzen Kraft dagegen wehrte. Meine Fäuste hämmerten auf ihn ein, aber Tane rührte sich nicht.

»Hast du etwa vergessen, dass ich dir bei unserer letzten Begegnung ewiges Leid versprochen habe, solltest du es jemals wieder wagen, mich zu stören?«

Er erhöhte den Druck und die Sicht verschwamm vor meinen Augen. Schließlich ließ ich kraftlos die Arme sinken.

»Hine«, brachte ich krächzend hervor.

Tane ließ mich ruckartig los, als hätte er sich an meiner Haut verbrannt.

Ich griff mir an den Hals und zog gierig die Luft ein. Der Kerl hätte mich mühelos mit einer Hand umbringen können.

»Du hast genau eine Minute Zeit, um meine Neugier zu wecken, andernfalls werde ich dich zwingen, dein eigenes Grab auszuheben und dich dann darin lebendig begraben.«

»Ich hatte vergessen, wie charmant du sein kannst«, sagte ich und schaute ihm direkt in die Augen.

»Fünfundfünfzig Sekunden«, erwiderte er nur und verschränkte die Arme.

»Hine und mein Bruder haben mich reingelegt, sodass ich die letzten Jahrzehnte ihr Gefangener war. Sie hat meine Kräfte unterdrückt und mich tagsüber in die Form eines Kiwis gezwungen. Zudem hat sie mein Herz versteinert, sodass ich nichts fühlen konnte.«

»Mir kommen gleich die Tränen.«

Der Gott zog seine Axt heraus und prüfte mit seinem Daumen die Schärfe der Klinge. Schon bei leichtem Druck entstand ein Schnitt, der sich sogleich schloss. Er versuchte mich einzuschüchtern, aber das würde ihm nicht gelingen.

»Dreißig Sekunden«, sagte er und begann zu summen.

»Um wieder freizukommen, musste ich eine Frau finden, die Hines Aufgaben erfüllt. Das habe ich.«

Er trat dichter an mich heran, sodass ich seinen erdigen Geruch deutlich wahrnehmen konnte.

»Hine meinte, sie hätte ein Schlupfloch in deinem Zauber gefunden.«

Das Summen verstummte.

»Das ist unmöglich.« Seine Stimme war nur noch ein Flüstern, aber nicht minder kraftvoll.

»Wenn eine geeignete Frau ihren Platz einnimmt und sie ihre Magie auf die andere überträgt, dann wäre sie frei. So lautet zumindest ihre Theorie«, erklärte ich.

Tane bewegte seinen Kopf von einer in die andere Richtung, sodass seine Nackenmuskulatur knackte.

»Die Zeit ist um.«

Die Axt sauste durch die Luft und landete eine Haaresbreite entfernt neben meinem Gesicht. Sie steckt nun in der Holzwand des Hauses und vibrierte noch unter der Kraft des Gottes.

Tane grinste mich breit an.

»Und warum genau bist du hier? Bestimmt nicht, um mir zu sagen, dass Hine entkommen will. Halte mich nicht für einen Narren, Junge.«

Ich atmete tief ein und aus.

»Doch, das ist der Grund.« Jeder wusste, dass es unklug war, Tane Geheimnisse anzuvertrauen. Er nutzte jede Gelegenheit, um sie gegen einen zu verwenden. In dieser Hinsicht war er keinen Deut besser als Hine.

In einer schwungvollen Bewegung zog er die Axt aus dem Holz. »Letzte Möglichkeit, deine Antwort noch einmal zu überdenken.« Er schwang die Waffe erneut und ich war mir sicher, dass er dieses Mal nicht daneben werfen würde.

»Ich liebe die Frau, die ihren Platz einnehmen soll«, gestand ich.

Die Augenbrauen des Gottes wanderten nach oben. Dann wurde er ganz ruhig, senkte die Waffe und ging in seine Hütte. Unschlüssig, was genau ich jetzt tun sollte, folgte ich ihm. Als ich in der Eingangstür stand, warf er mir eine Hose und ein Hemd zu.

»Damit ich deinen nackten Körper nicht länger anstarren muss«, erklärte er und zog sich selbst ein Shirt über.

Nachdem ich mich angezogen hatte, wanderte mein Blick in der spärlich eingerichteten Hütte umher, an deren Wänden zahlreiche Zeichnungen hingen. Sie zeigten ein und dieselbe Frau. Ich musste nicht lange überlegen, um zu wissen, dass das die Frau war, die Hine kaltblütig getötet hatte.

Nach all den Jahrhunderten hatte er ihren Verlust scheinbar nicht überwunden. Und zum allerersten Mal konnte ich diese tief empfundene Liebe verstehen.

»Sie war die schönste und liebevollste Frau, der ich jemals begegnen durfte«, sagte der Gott, als er meinen Blick bemerkte.

Ich schluckte schwer beim Klang des Schmerzes in seiner Stimme.

»Dann wirst du mir helfen zu verhindern, dass Charlie ihren Platz einnehmen muss?«

»Nein.«

Er setzte sich in einen abgewetzten Ledersessel. Im Kamin daneben prasselte ein Feuer.

»Das kann nicht dein Ernst sein«, widersprach ich.

»Ich mache nie Scherze. Willst du einen Drink?«

Er goss eine bräunliche Flüssigkeit in ein bauchiges Glas und stürzte es hinunter.

Man musste kein Genie sein, um zu wissen, dass es Alkohol war.

Ich schnaubte abfällig.

»Warum willst du mir nicht helfen?«

Ich konnte die Verzweiflung in meiner Stimme nicht verbergen. Es war mir egal, dass ich mich dadurch angreifbar machte. Hier ging es um Charlie.

»Weil es mir schlichtweg egal ist. Selbst wenn Hine frei ist, wird sie sich irgendwann langweilen. So ist das mit der Unsterblichkeit. Ohne jemanden, mit dem man die Zeit teilen kann, verschwindet alles in die Bedeutungslosigkeit.«

Er lehnte sich entspannt zurück und schaute ins Feuer.

Ich war versucht, auf die Knie zu fallen und um Charlies Leben zu betteln, aber das würde bei Tane nicht viel bringen. Es gab nur noch eine Sache, die ich versuchen konnte.

»Und wenn ich dir einen Handel anbiete?«

»Jetzt wird die Sache interessant. Doch was kann mir ein Halbgott schon geben?«, fragte er und sah mich unverwandt an.

»Ich würde ewig in deiner Schuld stehen und alles tun, was du möchtest.«

»Hm«, er tippte sich nachdenklich mit dem Zeigefinger gegen sein kantiges Kinn. »Es gibt eine Sache, die ich wirklich von dir will.«

Er machte eine bedeutungsschwere Pause, während meine Nerven zum Zerreißen gespannt waren.

»Deine Fähigkeit, dich in ein beliebiges Tier zu verwandeln«, eröffnete er mir schließlich.

Damit hatte ich nicht gerechnet. Ich nahm an, irgendeine unliebsame Aufgabe für ihn erledigen zu müssen.

Die Fähigkeit mich zu verwandeln war schon immer ein Teil meiner Macht gewesen. Es gehörte einfach zu meinem Körper und wenn ich ehrlich war, dann verband es mich ebenso mit Charlie. Als Kiwi konnte sie mir alles anvertrauen. Ich hatte einen Zugang in dieser Gestalt zu ihr gefunden. Wenn ich die Fähigkeit aufgab, dann gab ich auch einen Teil unserer Vergangenheit auf.

Tane erhob sich langsam von seinem Sessel und ging auf mich zu.

»Also, wie entscheidest du dich, Halbgott?«

40. KAPITEL

Charlotte

Die letzten drei Tage waren wie im Flug vergangen und dennoch hatte sich mir jede Sekunde schmerzhaft eingebrannt. Ich konnte Loreley erfolgreich davon überzeugen, dass ich die letzten Tage bei Daxton verbracht und vollkommen vergessen hatte, mich zu melden. Da die Beziehung jetzt in die Brüche gegangen war, wollte ich nur noch nach Hause.

Schwieriger war es, die Suche nach Theo in die richtigen Wege zu lenken. Schließlich fand die Polizei seinen Leichnam und von da an ging alles ganz schnell. Ich rief seine Eltern an und erzählte ihnen unter Tränen vom Tod ihres Sohnes. Die Geschichte war eine Lüge, aber mein Schmerz war echt. Zu gern hätte ich ihm die letzte Ehre bei der Beerdigung erwiesen, aber die würde erst stattfinden, wenn die Obduktion abgeschlossen war. Das würde sich noch einige Tage hinziehen und bis dahin würde ich schon längst wieder zurück in Rarohenga sein.

Meiner Familie hingegen versicherte ich, dass ich nie wieder nach Hause zurückkommen würde. Die Wut meiner Mutter war selbst am anderen Ende der Welt spürbar. Ihre Enttäuschung über meine Entscheidung ließ sie all den Kummer vergessen. Vielleicht konnte ich Nikau darum bitten, ab und zu Karten oder Briefe in meinem Namen zu verschicken, dann würde sie wenigstens ein kleines Lebenszeichen von mir erhalten.

Bevor ich den Kiwi Birdlife Park verließ, der in den letzten Wochen zu einem Zuhause für mich geworden war, wollte ich noch etwas von Theo und mir zurücklassen. In Theos Zimmer hatte ich einige Fotografien gefunden, von denen ich mir die schönste ausgesucht hatte. Sie zeigte Theo herzhaft lachend, während er einen viel zu großen Sonnenhut trug. Ich rahmte es ein und hängte es im Flur des Hauses neben den anderen Andenken an die vergangenen Helfer auf.

Lange hatte ich überlegt, was ich hinterlassen wollte. Schließlich nahm ich mir einen Bleistift und ein Stück Papier. Zögerlich führte ich die Miene über die noch weiße Fläche. Dunkle Linien vermischten sich und formten ein neues Bild. Ich war wie in Trance.

Bis ich meine Arbeit beendet hatte und mir ein schwarzer Kiwi entgegenblickte. Für einen winzigen Moment überlegte ich, die Zeichnung zu behalten, entschied mich jedoch dagegen.

Nun zierte der Kiwi, der mein Herz erobert hatte, ebenfalls den Flur.

Jetzt wartete ich vor dem Eingang der Höhle. Es gab so unglaublich viele Dinge, die ich noch tun wollte und die nun in weiter Ferne lagen. Ich könnte nie wieder andere Länder bereisen, mich mit meinen Freunden unterhalten oder einfach ein gutes Essen in einem Restaurant genießen. Mein Leben wurde mit einer Entscheidung ausgelöscht und ich konnte nichts dagegen tun. In den letzten drei Tagen hatte ich es mir nicht erlaubt, darüber nachzudenken. Ich wollte einfach nur alles erledigen, bevor ich ging. Aber jetzt war diese Endlichkeit da und ich ertrug den Druck nicht länger.

Ich schrie aus Leibeskräften über diese Ungerechtigkeit, bis meine Stimme heiser wurde. All meine Kraft lag in diesem verzweifelten Schrei, der durch den Wald hallte wie ein unaufhörliches Echo. Wenigstens über meinen Körper hatte ich noch die Kontrolle.

Schwer atmend schaute ich zu den Baumkronen empor, um die Tageszeit abzuschätzen.

Meine Zeit war um, aber die Hoffnung, dass Daxton noch auftauchen würde, wollte und konnte ich noch nicht aufgeben. Freude keimte in mir auf, als ich Geräusche hörte, die aus dem Höhleninneren kamen. Doch es waren nur zwei Wachen, die mich eskortieren sollten.

Ein letztes Mal blickte ich mich um.

Nichts.

Verflucht war mein naives Herz.

Wortlos folgte ich den Wachen in das Innere meines neuen Zuhauses. Die Wut und die Enttäuschung darüber, dass Daxton mich scheinbar vergessen hatte, nagten schwer an mir. Ich tröstete mich damit, dass ich Theo wiedersehen würde, wenn das alles vorbei war.

Dann könnte er sich frei in Rarohenga bewegen.

Den Weg durch die felsigen Wände nahm ich nur am Rande wahr, während ich innerlich die Sekunden zählte, bis mein jetziges Leben endgültig vorbei war. Doch keine Träne lief über meine Wange. Ich hatte sie alle bereits vergossen.

Wir erreichten den Thronsaal, in dem ich Hine zuletzt begegnet war. Auch jetzt thronte sie über allem, aber etwas hatte sich verändert. Die Verbitterung war aus ihrem Gesicht gewichen und ihre Kleidung glich der meinen. Offenbar konnte sie es kaum erwarten, an die Oberfläche zu gelangen.

»Du stehst zu deinem Wort«, begrüßte sie mich und nickte mir anerkennend zu.

Dutzende von Fledermäusen, Kiwis, Dienern und Wachen hatten sich im Saal versammelt und bestaunten die Szene.

Offenbar hatte Hine in ganz Rarohenga die Nachricht verbreitet, dass sie freikommen würde.

Natürlich war dieses Erlebnis mit einem Publikum deutlich aufregender für sie.

»Dann lass uns keine Zeit verlieren. Es wird folgendermaßen laufen: Ich werde den Zauber sprechen, der meine Fähigkeiten und die Unsterblichkeit auf dich überträgt. Ganz Rarohenga ist ab dann unter deiner Kontrolle. Ach, und damit du nicht auf dumme Gedanken kommst, sind unsere Leben miteinander verbunden. Jeden Schmerz, der mir zugefügt wird, verspürst auch du und umgekehrt«, erklärte sie, während sie die Stufen langsam herunter ging. Wie bei jeder unserer Begegnungen genoss sie ihre Überlegenheit und ich verabscheute sie dafür.

»So etwas in der Art hatte ich mir schon gedacht«, gestand ich bitter.

Hine war jetzt vor mich getreten.

»Gib mir deine Hände.«

Ich folgte ihrer Anweisung und erkannte dabei die Tätowierungen auf ihren Unterarmen.

»E rua nga wairua e whakawhiti ana i nga wāhi. Whakakotahi ki te mo ake tonu atu.«

Sie sprach jedes Wort langsam aus und ich konnte erkennen, wie die Tattoos anfingen sich zu bewegen. Sie wanderten auf meine Haut und erstarrten erst, als Hine den Zauber beendete.

Schließlich löste sie den Griff um meinen Arm.

»Fertig.« Ein Lächeln umspielte ihre Lippen und zum ersten Mal hatte ich das Gefühl, dass es aufrichtig war.

Sie war endlich an ihrem Ziel angekommen.

»Das war es schon? Ich spüre rein gar nichts.«

Ich streckte die Hände in die Luft und der Boden unter unseren Füßen begann zu beben.

»Du musst lernen, deine Emotionen zu zügeln. Dieser Ort und du seid jetzt miteinander verbunden. Er wird sich in nächster Zeit verändern und zu einem Spiegelbild deiner Selbst werden.« Sie legte ihre Hände auf meine Schultern und sah mir fest in die Augen. »Beruhige dich also erst einmal, bevor du das alles hier zum Einsturz bringst. Zumindest solltest du damit warten, bis ich diese verfluchte Höhle verlassen habe.«

Ich schaute erschrocken auf meine Hände. Sie hatte es doch tatsächlich geschafft, mich ein letztes Mal zu überlisten.

»Du dachtest doch nicht, dass ich ohne eine Rückversicherung gehe, oder?« Sie zwinkerte mir zu und ging in Richtung Ausgang.

»Nicht so schnell.«

Ich kannte die Stimme.

Daxton.

Er stand plötzlich im Eingang des Saals und neben ihm befand sich ein Mann, der nicht viel älter sein konnte als ich.

»Tane?«, sagte Hine und wich ein paar Schritte von dem Fremden zurück.

Das war also der Mann, der sie in dieses Gefängnis eingesperrt hatte.

Er war ebenso muskulös wie Daxton, aber noch einen guten Kopf größer. Die Härte in seinen Gesichtszügen ließ ihn kalt und unnahbar wirken.

»Wie ich sehe, wolltest du gerade deine neu gewonnene Freiheit genießen. Ich fürchte, daraus wird nichts, denn ich habe dir ewige Gefangenschaft versprochen, und das Versprechen werde ich auch halten.«

Hines Lachen hallte durch den gesamten Saal.

»Es ist vorbei, Tane. Du kommst zu spät. Der Zauber ist gesprochen und ich werde jetzt endlich Rarohenga verlassen.«

»Irrtum, denn in dem Moment, in dem du deine Magie gewirkt hast, habe ich bereits meinen Zauber gesprochen. Du warst so sehr damit beschäftigt, dich auf dein Ziel zu fokussieren, dass du ganz vergessen hast, auf die Umgebung zu achten. Du warst schon immer blind für das, was um dich herum vor sich geht.«

Sie machte Anstalten, in eine andere Richtung zu flüchten, doch der Mann stellte sich ihr in den Weg.

Obwohl er scheinbar auf unserer Seite war, jagte mir etwas an ihm eine verdammte Angst ein.

Seine Hand schoss hervor und er umschloss Hines Kehle. Sofort spürte ich, wie auch mir die Luft abgeschnitten wurde. Ich japste und umfasste meinen Hals. Doch da war nichts. Mein Körper gierte nach Sauerstoff und bald schon würde ich das Bewusstsein verlieren. Schließlich ließ er sie los und auch ich konnte wieder frei atmen.

»Siehst du? Wenn mir etwas passiert, dann widerfährt ihr dasselbe.«

Hine grinste triumphierend.

»Ich weiß, und auch, wenn ich deinen Zauber nicht brechen kann, so kann ich doch verhindern, dass du auf der Welt umherwanderst. Sperrt sie in die dunkelste Zelle, die Rarohenga zu bieten hat«, forderte Tane die Wachen auf.

Sie rührten sich nicht.

»Du hast hier unten gar nichts zu sagen. Es ist immer noch mein Reich«, entgegnete sie siegessicher.

»Das war es. Bis eben«, mischte ich mich ein. »Nehmt Hine fest und sperrt sie in eine Zelle«, wies ich die Wachen an.

»Und wenn ich mir dort das Leben nehme, wird es auch dein Ende sein«, keifte sie mit irrem Blick.

»Zu dumm, dass du dir das Leben mit einer Göttin teilst. Sie kann ebenso wenig sterben wie du«, widersprach Tane.

Die Wachen folgten unterdessen meiner Anweisung und schleiften die wütende Hine hinter sich her.

Es war für mich unbegreiflich, wie schnell sich die Situation geändert hatte.

»Ich habe mich noch gar nicht vorgestellt: Ich bin Tane, Gott der irdischen Welt.« Er verbeugte sich vor mir. »Maui ist ein ... alter Freund. Er hat mir ausführlich berichtet, was sich hier zugetragen hat. Es tut mir leid, dass dir und all den anderen derart viel Unheil passiert ist. Ich hätte Hine besser im Blick behalten sollen, aber ich dachte, hier könnte sie wenig Schaden anrichten«, erklärte der Mann. Ein schelmisches Grinsen zeigte sich auf seinem Gesicht und ich war mir sicher, dass er nicht nur aus reiner Nächstenliebe hierhergekommen war.

»Aber wenn du Tane kanntest, wieso hast du ihn nicht früher um Hilfe gebeten?«, fragte ich Daxton, der die Szene stumm mitverfolgt hatte.

»Weil ich nicht wusste, dass er es war, der Hine hierhin verbannt hatte. Zudem ist es nicht immer einfach, ihn zu finden. Dieses Mal hat es drei Tage gedauert«, antwortete Daxton. Ich wusste nicht, was es war, aber er verschwieg mir etwas. Das konnte ich bereits an seiner Körperhaltung erkennen und an der Art, wie er auf mich zukam. Etwas wichtiges fehlte.

»Du hast mich zwar nicht darum gebeten, aber es tut mir leid, dass ich in den letzten Tagen nicht bei dir sein konnte. Es war mit Sicherheit nicht einfach.«

»Nein, war es nicht«, sagte ich und schämte mich gleichzeitig dafür, dass ich dachte, Daxton hätte mich allein gelassen.

»Also können Sie den Zauber brechen?«, fragte ich hoffnungsvoll an Tane gewandt.

Doch der schüttelte nur den Kopf.

»Nein, aber ich kann die Rahmenbedingungen ändern.«

Er machte eine kurze Pause und mein Herz krampfte sich zusammen bei der Vorstellung, auf ewig Hines Platz einzunehmen.

»Dieser Ort braucht jemanden wie dich. Diese Geschöpfe …«

Er breitete die Arme aus. »… brauchen jemanden, der sich um sie kümmert und ihnen keine Angst einjagt. Zudem müssen die Seelen versorgt werden.«

»Also muss ich bleiben«, schlussfolgerte ich resigniert.

»Ja und nein. Als Hine durch den Zauber abgelenkt war, ist es mir gelungen, ihn zu verändern. Du kannst Rarohenga für einen Tag verlassen, jedoch nicht länger, und du darfst nie mehr Zeit in der Welt der Sterblichen verbringen, als du hier bist. Das alles ist ein empfindliches Gleichgewicht, also musst du vorsichtig sein. Zudem hat Hine nicht gelogen, als sie sagte, dass du diese Welt verändern kannst. Ich werde dir zeigen, wie es funktioniert. Außerdem bist du jetzt eine Göttin und somit unsterblich. Das kann durchaus spaßig sein.«

Er zwinkerte mir zu und erinnerte mich damit an einen kleinen Jungen und keinen unsterblichen Gott.

»Und was ist mit der Verbindung zu Hine?«, fragte ich und blickte zu ihrem Thron.

»Daran arbeite ich, aber vorerst bleibt sie bestehen.«

Ich setzte mich auf die Treppe und wusste nicht so recht, was ich sagen sollte.

Daxton setzte sich zu mir und nahm meine Hand in seine.

Ich betrachtete unsere ineinander verschlungenen Finger.

»Wirst du auch bleiben?«, fragte ich so leise, dass nur er mich hören konnte.

»Ich werde für immer an deiner Seite bleiben, wenn du es wünschst.«

Ich schaute auf und blickte den Mann an, der mich hierhergebracht hatte. Der bereit war mein Leben über seines zu stellen und versuchte die Fehler der Vergangenheit wiedergutzumachen. All die Erlebnisse hatten Wunden hinterlassen, doch ich hatte nun eine Ewigkeit Zeit, um sie heilen zu lassen.

»Ich denke, es kann nie schaden, einen Halbgott in der Nähe zu haben, der einen Hang für dramatische Auftritte hat.«

»Du vergisst dabei mein gutes Aussehen, den messerscharfen Verstand und meine unglaublichen Künste im Schlafzimmer.«

»Und deine Bescheidenheit«, fügte ich hinzu, sodass wir beide anfingen zu lachen.

Schließlich stand Daxton auf und zog mich zu sich hoch.

»Begrüßt die neue Herrin der Unterwelt, Göttin der verlorenen Seelen und Eroberin meines Herzens.«

Überall im Saal wurde applaudiert und man hörte, wie Hufe und Klauen auf den Boden stampften. Doch dieses Mal empfand ich keine Furcht, sondern einen zarten Funken Hoffnung für eine Zukunft, die ich alleine nach meinen Vorstellungen formen konnte.

EPILOG

»Komm schon, Granny. Lass mich nur dieses eine Mal auf dem Thron sitzen und die Neuen begrüßen.«

Theo drängte mich bereits seit einer halben Ewigkeit damit, dass er sich für den Herrscher von Rarohenga ausgeben wollte, wenn die neuen Seelen eintrafen.

»Nein. Und jetzt hör auf mich zu nerven oder ich zwinge dich dazu, die Rumpelkammer aufzuräumen«, drohte ich.

»Bitte nicht, in dem Zimmer hat sich der Müll der letzten Jahrhunderte angesammelt«, stöhnte er auf.

Tatsächlich gab es hier einen Raum, in dem meine Vorgängerin jeglichen Plunder gelagert hatte, den ihre Fledermäuse und Rochen angeschleppt hatten.

»Dann solltest du jetzt gehen. Es gibt genug zu tun.« Ich machte eine wegwerfende Handbewegung und Theo verschwand murrend. Später würde ich ihn milde stimmen, indem er für eine Stunde auf dem Thron sitzen dürfte. Wenn keine Seelen ankamen, konnte er wenigstens keinen Schaden anrichten.

»Hallo, meine Schöne.« Dax war hinter mich getreten und legte den Arm um meine Taille. Dann gab er mir einen sanften Kuss auf die Wange, der mich zum Lächeln brachte.

»Was führt dich an diesen finsteren Ort?«, fragte ich.

»Finster? Hast du dich hier schon mal umgesehen?«

Ich löste mich aus seiner Umarmung und zuckte mit den Schultern.

»Ich weiß nicht, was du meinst.«

»Ich meine, dass es hier drin aussieht, als wäre ich in Hawaiki gelandet.«

Mit Hilfe meiner neuen Fähigkeiten und Theos Unterstützung hatte ich Rarohenga nach meinen Vorstellungen geformt. Zugegeben, alles hätte etwas bunter sein können, aber ich war schon froh, dass die dunklen Gänge durch

Kristalle erhellt wurden, die das Sonnenlicht komplett ersetzen konnten. Ein wenig wie in dem Wald der Pohukawa-Bäume. Es hatte mich zwar viel Kraft gekostet, aber schließlich hatte ich Hines dunklen Thron eingestampft und einen Saal erschaffen, in dem sich jeder Neuankömmling sofort wohlfühlte. Der Boden war einer Blumenwiese gewichen, in der zahlreiche Schmetterlinge umherflogen, die mit Vorliebe auf Daxton landeten.

Der Thron war aus Blumenranken gebaut und Teil eines runden Tisches, der genug Platz für alle Mitglieder des Rates bot. Denn ich entschied nicht länger alleine über die Seelen, sondern hatte einige Freiwillige gefunden, die gemeinsam mit mir das Urteil fällten. Vorbei waren die Zeiten des Spiegels. Tane hatte mir gezeigt, dass es möglich war, das Leben einer Seele auf der gespiegelten Oberfläche des Tisches zu zeigen. Aber wir entschieden nicht nur anhand der Bilder, sondern ließen jedem auch die Gelegenheit, sich zu erklären. Im Zweifelsfall plädierten wir für eine Widergeburt, eine neue Möglichkeit für ein friedliches Leben. Es sollte niemand mehr mit Angst hierherkommen. Jeder erhielt eine faire Chance.

Wenn ich mal nicht da war, dann konnte der Rat auch alleine eine Entscheidung fällen.

»Vielleicht habe ich mich etwas von der Insel inspirieren lassen.« Ich zwinkerte Daxton zu und sah, wie sich ein blauer Schmetterling auf seiner Schulter niederließ.

»Es ist wirklich erstaunlich, wie schnell du gelernt hast, alles zu verändern«, sagte er anerkennend.

»Nicht alles. Der Kerker, in dem sich Aaron und Hine befinden, wird wohl immer bleiben, wie er ist.«

Mit Wut dachte ich daran, was die beiden uns angetan und genommen hatten. Dieser Schmerz würde nie ganz fortgehen.

»Ich schätze, etwas anderes haben sie auch nicht verdient. Hat Tane schon eine Möglichkeit gefunden, das Band zwischen dir und Hine zu lösen?«, fragte Dax.

Er hatte mir offenbart, dass er Tane seine Fähigkeit geschenkt hatte, sich in jedes beliebige Tier zu verwandeln, damit er ihm half. Das alles hatte er für mich aufgegeben. Um mir ein Stück weit die Freiheit zurückzugeben, die ich verloren hatte.

»Leider nein, aber es ist schwächer geworden. Ich spüre nicht mehr, wenn sie versucht sich selbst zu verletzen, nur wenn der Schmerz über ein Mittelmaß hinausgeht, reagiert mein Körper darauf«, entgegnete ich nüchtern.

»Das ist zumindest ein Anfang.« Er gab mir einen Kuss auf den Mund und verstärkte die Umarmung.

»Du hast meine Frage nicht beantwortet. Was führt dich hierher?«

»Brauche ich einen Grund, um die Liebe meines Lebens zu besuchen?«

Daxton strich mir sanft über den Arm und begann damit, meinen Nacken zu küssen. Ein wohliger Schauer durchzuckte meinen Körper bei jeder einzelnen Berührung.

»Du hast immer einen Grund«, brachte ich kurzatmig hervor, was Daxton zum Lächeln brachte.

»Ich wollte dich zum Essen entführen.«

Ich drehte mich um und küsste ihn. Die zärtlichen Berührungen wurden immer verlangender. Bis es mich schließlich alle Überwindung kostete, nicht über ihn herzufallen.

»Als ich das letzte Mal mit dir essen war, hast du ausgesehen, als würde deine Mahlzeit nach Müll schmecken. Dann hat uns dein Bruder gestört und schließlich fing die Erde an zu beben«, fasste ich die Ereignisse zusammen.

»Dieses Mal wird es anders«, versprach er.

»Wie kommst du darauf?«

»Das habe ich so im Gefühl.«

Er gab mir erneut einen sanften Kuss auf die Wange, der das Kribbeln wieder entfachte.

»Also schön. Ich sage Theo Bescheid und nehme mir den restlichen Abend frei«, sagte ich ergebend. Zugegeben, es war gar nicht nötig mich von irgendetwas zu überzeugen, wenn es darum ging, Zeit mit Dax zu verbringen.

»Übrigens hatte ich recht«, wechselte er das Thema.

»Und womit genau?« Verwundert hob ich eine Augenbraue.

»Damit, dass du dich unsterblich in mich verlieben wirst«, flüstere er in mein Ohr.

Ich antwortete auf die Aussage genauso wie damals im Birdlife Park.

»Wir werden sehen.«

ENDE

PERSONENÜBERSICHT

AARON	Mythologischer Name Maui-taha, Sohn von Taranga und Makea Tutara, älterer Bruder von Maui. Er hintergeht seinen Bruder, um selbst mehr Macht zu erlangen und damit seinen größten Konkurrenten loszuwerden.
AOTEAROA	Māori-Bezeichnung für Neuseeland, übersetzt bedeutet der Name: Land der langen, weißen Wolke.
CALLA	Dienerin Hines, lebt in Rarohenga
CHARLIE	Charlottes Spitzname, die nach einem abgebrochenen Studium einen Neustart im Kiwi Birdlife Park wagt. Sie ist Daxtons einzige Hoffnung, um Hine zu entkommen.
DAXTON	Er ist ein Gefangener Hines, dessen Herz von einer Gesteinsschicht umgeben ist. Er lockt Frauen in die Unterwelt, damit sie Hines Prüfungen überstehen und ihm somit zur Freiheit verhelfen.
HAWAIKI	Bezeichnung der Māori für den mythologischen Ursprung ihres Volkes.
HINE	Hine-nui-te-pō, Göttin der Unterwelt und des Todes. Laut Mythologie blieb sie freiwillig in der Unterwelt, um sich um die Seelen der Verstorbenen zu kümmern.
LORELEY	Mitarbeiterin im Kiwi Birdlife Park, die sich gut um Charlie kümmert.
MANATA	Tochter eines Stammesoberhauptes, wurde vom Riesen Matau entführt.
MATAKAURI	Manatas Mann, der den Riesen Matau mit Feuer tötete.

MATAU	Riese, der die Häuptlingstochter Manata entführte und dann bei lebendigem Leib verbrannt wurde. An der Stelle, an der sein Körper lag, entstand der Lake Wakatipu.
MAUI	Māui-tikitiki, Sohn von Taranga, jüngster von fünf Brüdern. Laut Mythologie benutzt er einen Kieferknochen als Angelhaken, um einen Fisch herauszuholen. Aus dessen Leib entstand die Nordinsel, während aus Māuis Kanu die Südinsel erwuchs. Um die Unsterblichkeit zu erlangen, versucht Māui die Unsterblichkeit von Hine-nui-te-pō zu stehlen und wird dabei von ihr geköpft.
MOTU	Bezeichnung für Insel.
NIKAU	Hines Kämpfer und Daxtons Vertrauter, lebt in Rarohenga.
PANGO	Ein schwarzer Kiwi, der im Kiwi Birdlife Park von Charlie gepflegt wird.
PAPA	Partnerin von Rangi, Mutter und Erdgöttin.
RANGI	Papas Partner, Vater und Himmelsgott.
RAROHENGA	Unterwelt der Māori.
SYTH	Lappenfledermaus, die sprechen kann und Spinnfäden nutzt, um Gegner außer Gefecht zu setzen.
TANE	Gott, der Hine in die Unterwelt verdammt hat. In den Legenden der Māori heißt es, dass Tane sowohl Hines Vater als auch Ehemann ist. Daraufhin floh sie in die Unterwelt.
THEO	Freiwilliger Helfer im Kiwi Birdlife Park. Er freundet sich schnell mit Viktoria und Charlie an.
TIKI	Häuptling, der die Ewigkeit in Hawaiki verbringt. Er rettet Charlie das Leben, als der Rochen sie verletzt.
VIKTORIA	Freiwillige Helferin im Kiwi Birdlife Park.
WAKA	Bezeichnung für ein Kanu. Auf den Wakas kamen die Vorfahren der Māori nach Neuseeland.

DANKSAGUNG

Ich vergleiche ein Buch gerne mit einem Rezept. Zum einen, weil ich gerne esse, und zum anderen, weil ich finde, dass eine Geschichte aus mehr besteht als aus den geschriebenen Worten. Zahlreiche Menschen stehen hinter diesem Buch. Angefangen von meiner wundervollen Familie und meinen herzensguten Freunden, die ich ebenso liebe. Bis hin zu einem großartigen Verlag, Coverdesigner und einer wachsamen Lektorin.

Aber fangen wir mal von vorne an. Ich bin kein gläubiger Mensch, aber dennoch spüre ich die Verbundenheit zu meinem Mann wie ein unsichtbares Band. Es ist nicht greifbar, aber ich fühle den Gleichklang in jeder Faser meines Körpers. Diesem unglaublichen Mann ist es zu verdanken, dass ihr Charlies und Daxtons Geschichte in den Händen halten könnt. Er unterstützt mich mit jedem Wort und in jeder liebevollen Geste. Zu unserem Glück gehören zwei zauberhafte Kinder, die den Alltag um ein Vielfaches bunter und lebendiger machen, als ich es je zu träumen gewagt hätte. Meinem Sohn habt ihr übrigens Syth zu verdanken. Im zarten Alter von zwei Jahren erzählte er mir von einer Fledermaus, die Spinnfäden benutzt. Diese Idee ließ mich nie ganz los und ich wusste, die richtige Geschichte würde kommen, und hier ist sie nun.

Meine liebste Melli darf natürlich in keiner Widmung fehlen. Schließlich ist sie nicht nur meine beste Freundin, sondern auch Testleserin der ersten Stunde, die mir unverblümt ihre Meinung mitteilt. Zwar sehen wir uns nur ein paar Mal im Jahr, aber wenn, fühlt es sich immer wie nach Hause kommen an. Jede von uns hat einen festen Platz im Herzen der anderen.

Ein weiteres Dankeschön gilt meinen wundervollen Impress-Lektorinnen Nicole und Ann-Kathrin, die sofort Feuer und Flamme für meine Idee waren. Sie hatten immer ein offenes Ohr für all meine verrückten Gedanken und nehmen sich besonders viel Zeit, wenn meine Stimmung mal im Keller ist. Sie sind einfach großartig.

Auf Marias Schultern lastete dieses Mal das Lektorat und glaubt mir, dass ist immer eine Herausforderung in Sachen Zeitformen und Kommata. Aber sie hat sich eifrig durch meine Stilblüten, Wortwiederholungen und Erklärungsdefizite gekämpft und ich finde, das Ergebnis kann sich durchaus sehen lassen.

Christin durfte vorab einen Blick hinter die Kulissen meiner Geschichte werfen, denn ihre zauberhafte Tochter war ein Vorbild für viele von Charlies Charakterzügen und ich wollte unbedingt, dass ihr das Buch gefällt. Liebste Christin, ich hoffe, es ist mir gelungen.

Ebenfalls muss ich meinen großartigen Testleserinnen Leo und Anna danken. Besonders Leo habt ihr einige zusätzliche Kapitel zu verdanken.

Und was wäre eine Geschichte ohne ihre Leser, die sie in ihren Gedanken zum Leben erwecken? Richtig, nur ein paar Worte. Ihr gebt diesen Worten ein Zuhause, eine Bedeutung. Und dafür möchte ich euch aufrichtig danken. Ihr seid wundervoll.

Impress

Die Macht der Gefühle

Wir produzieren nachhaltig

- Klimaneutrales Produkt
- Papiere aus nachhaltigen und kontrollierten Quellen
- Hergestellt in Europa

FSC
www.fsc.org
MIX
Papier aus verantwortungsvollen Quellen
FSC® C083411

Impress
Ein Imprint der Carlsen Verlag GmbH
Juli 2022

Lektorat: Maria Schmidt
Coverbild: shutterstock.com / © Artem Efimov / © twentyseconday / © Pixsooz / © Mio Buono
Covergestaltung: Formlabor
ISBN 978-3-551-30450-6
www.impressbooks.de